KB274022

霸 패군
君

설봉 新무협 판타지 소설

FANTASTIC ORIENTAL HEROES

패군 16

설봉 新무협 판타지 소설

초판 1쇄 찍은 날 § 2010년 11월 3일
초판 1쇄 펴낸 날 § 2010년 11월 10일

지은이 § 설봉
펴낸이 § 서경석

편집팀장 § 서지현
편집 § 어정원

펴낸곳 § 도서출판 청어람
등록번호 § 제1081-1-89호
등록일자 § 1999. 5. 31
어람번호 § 제2-2000호

주소 § 경기도 부천시 원미구 심곡2동 163-2 서경B/D 3F (우) 420-822
전화 § 032-656-4452 팩스 § 032-656-4453
http://www.chungeoram.com
E-mail § chungeoram@chungeoram.com

ⓒ 설봉, 2009

ISBN 978-89-251-2344-8 04810
ISBN 978-89-251-1840-6 (세트)

FANTASTIC ORIENTAL HEROES

설봉 新무협 판타지 소설

霸月春

패군

16

불순안(不順眼)

도서출판 청어람

第百六章

천적난무(天敵亂舞)

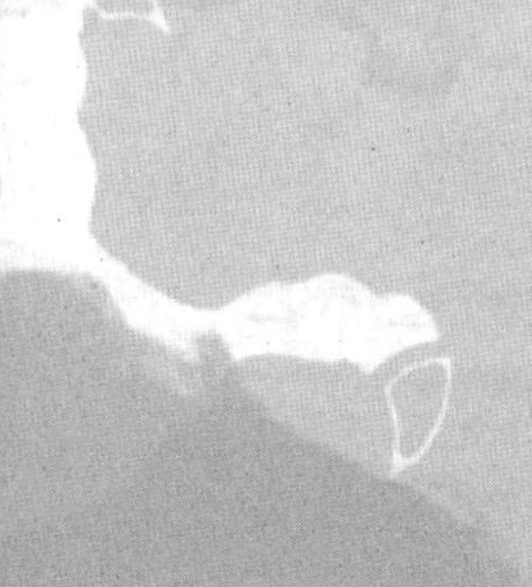

째액! 짹! 짹짹!

창문 밖에서 산새가 우짖는다.

그 외에는 아무 소리도 들리지 않는다. 많은 사람들이 쑥덕거리지만 그의 귀에 들릴 만큼 큰 소리로 떠드는 사람은 없다. 창문을 활짝 열어놨지만 사방이 쉬 숙은 듯 조용하니 폐관수련하기에 그리 나쁜 환경은 아니라고 본다.

그는 수련을 했다.

엄밀한 의미에서 폐관은 아니지만 마음의 문을 닫아걸었으니 그 자신에게는 폐관수련이 맞다.

일목을 이끌었다.

정신의 깊고 깊은 부분까지 치달려 들어갔다.

그가 추구한 것은 편안함이다. 고통이라고는 한 줌도 느낄 수 없는 천상의 낙원이다.

한데 원하는 건 바로 내주지 않는 게 세상의 이치인 것 같다.

세상을 밝게 보자고 할 때, 건강한 모습만 보자고 할 때…… 깊은 의식 세계는 곧바로 건강한 모습을 보여주지 않는다.

아픈 모습을 먼저 보여준다.

고통에 찌들고 황폐해진 모습을 보여준다. 차마 고개를 들고 마주 쳐다볼 수조차 없는 광경들을 조목조목 나열해 놓는다.

그리고 아픈 모습들을 하나씩 지워 나간다.

밝은 빛이 들어온다.

처음에는 한줄기 작은 서광에 불과했지만 곧 사방으로 비산한다.

서광을 놓치지 않는다. 가느다란 서광을 놓치면 세상은 다시 암흑으로 변한다. 빛을 잃지 않아야 한다. 꾸준히 지켜보고 마음에 담아야 한다.

빛은 어둠을 몰아낸다.

아픔과 고통과 부조화를 밀어낸다.

그는 많은 고통을 느꼈다.

무인이라면 신경 쓰지도 않고, 입에 담아 말하기도 부끄러운 다리 저림 현상까지 느꼈다.

이것이 그가 지녔던 본연의 모습이다.

여타의 무인처럼 진기를 사용하지 않는 그의 육신은 일반 범인들과 다를 바 없었다.

그의 모든 것은 자신에게 달렸다.

자신 스스로 강해지고자 하면 강해질 수 있고, 그런 생각을 하지 않으면 일반 범인과 다를 바 없다.

이런 말을 하면 사람들은 웃는다.

누가 강해지고 싶지 않겠나? 강해질 수만 있다면 얼마든지 강해지겠다. 어디서 쓸데없는 소리나 하고 다니나. 따뜻한 밥 먹고 할 일이 그렇게 없나.

하지만 실제로 그렇다.

사람들은 자신이 얼마나 강해질 수 있는지 모른다. 어느 특정한 사람이 아니라 누구라도 강해지고자 하는 마음만 있으면 강해지는데 자신 스스로 강해질 수 없다고 생각하면서 강해지길 원한다.

사람들은 천하제일인을 꿈꾼다.

그냥 꿈꿔라. 의심하지 말고, 완벽하게 믿고, 믿는 대로 행동히면 천하제일인이 된다.

아주 간단하다.

하지만 막상 '네가 천하제일인이다' 라고 말하면 당장 고개부터 절레절레 젓는다.

내가 무슨…….

아직 멀었어.

이 사람이 누굴 죽이려고 작정했나.

마음 깊은 곳에서는 천하제일인은 꿈도 꾸지 못하고 있다.

단지 바라기만 하는 것, 꿈만 꾸는 것은 몽상이다. 완벽한 믿음이 바탕이 되었을 때 꿈은 현실이 된다.

가부좌를 틀고 앉아 있는 동안 온갖 고통은 육신뿐만이 아니라 정신까지 파고들었다.

그는 한줄기 서광을 잡았다.

'빛줄기…… 밝음…… 이것이 나…….'

그렇다. 자신은 아픈 존재가 아니다. 아픔에 찌들어 있는 나약한 인간이 아니다. 한줄기 서광이다. 아픔을, 어둠을 밝음으로 인도하는 안내자이다.

그러자 온갖 고통이 썰물처럼 빠져나갔다.

그는 평온했다. 아늑했다.

십여 일의 폐관수련이 한 달 동안 푹 쉰 것만큼 충분한 휴식을 안겨주었다.

그리고 강력한 기파(氣波)를 탐지했다.

탐지하고자 해서 알아낸 것은 아니다. 평화를 깨는 날카로운 기운을 따라가 본 것뿐이다.

그는 말했다.

"방문은 봉해놨으니 들어오시려면 창문을 이용하셔야 할 겁니다."

창문 밖에서 대답이 들려왔다.

"이거 대접이 영 말이 아니군. 존장을 봤으면 벌떡 일어나 인사부터 할 일이지, 떡하니 앉아서 하는 말이라고는…… 어른에게 개구멍으로 들어오란 말인가?"

중후하면서 맑은 음색이다.

목소리가 참 좋다. 한마디, 한마디가 노래를 부르는 것처럼 마음을 상쾌하게 해준다.

사람의 목소리는 가장 훌륭한 악기라더니…… 그 말이 틀림없는 것 같다. 여인의 목소리도 아니고 사내의 목소리를, 그것도 겨우 몇 마디 들었을 뿐인데 벌써 호감이 생긴다.

"청하지 않은 손님 아닙니까. 존장의 예를 논할 수는 없지요."

계야부는 가부좌를 풀고 일어섰다.

십여 일 동안 정좌한 채 앉아 있었다.

누구라도 사지의 근육을 풀어줘야 정상적으로 움직일 수 있다.

신공을 수련한 무인이 아니라 일반 범인이라면 십여 일 동안 정좌하고 있는 자체가 불가능하다.

그는 범인이면서 이 같은 일을 했다.

가부좌를 풀고 일어서자 아무런 일도 없었던 듯 기혈이 막힘없이 흐른다.

그는 문가로 가서 봉인된 문을 활짝 열어젖혔다.

삐이익!

방문이 그동안 쌓였던 먼지를 털어내는 듯 뻑뻑한 소리를 냈다.

"들어오시겠습니까, 나갈까요?"

“나오거라. 밖에 날씨가 좋구나.”

계야부 앞에 난생처음 보는 사람이 서 있었다.

두 사람은 전각 앞 계단에 쭈그리고 앉았다.

가을날의 따스한 햇볕이 기분 좋게 내리쬐었다.

“내가 누군지 아느냐?”

그는 키가 컸다. 단단한 몸은 아니었지만 뼈가 억셀 것이라는 추측은 들게 만든다. 얼굴도 길어서 일명 말상이랄 수 있다. 이마가 원래 넓은데다 앞이마가 살짝 벗겨져 있어서 이마만 얼굴의 절반을 차지한다.

“목소리가 참 좋으시군요.”

“뭐? 하하! 하하하! 그러냐.”

“뉘신지는 모르지만 짐작은 갑니다.”

“그래? 누굴 것 같으냐?”

계야부는 말하기 전에 그를 다시 한 번 살폈다.

기도가 부드러운 것 같으면서도 강하다.

버들가지 같은 부드러움과 뼈를 단숨에 깎아내는 날카로움이 한 몸에 들어 있다.

이 사람과 싸운다면?

승패를 점치기 힘들다. 어떻게 보면 단숨에 무너뜨릴 수 있을 것 같고, 또 어떻게 보면 묘수란 묘수를 다 끄집어내도 아주 간단히 가로막힐 것 같다.

중원에 이런 사람은 몇 명 되지…… 아니다. 상당히 많다.

무총에서는 각 지단의 단주가 이 정도 기도를 떨친다. 그가 만나본 사람은 북지단주밖에 없지만 한 사람을 만나본 것으로 다른 사람의 무위도 짐작할 수 있다.

물론 무총주는 논외로 한다.

안선에도 지단주에 필적하는 고수들이 있을 것이다.

구파일방도 빼놓을 수 없다. 장문인들을 차치하고 그가 아는 사람만 꼽아도 상당수에 이른다.

숭도유 삼성이라는 소림의 성오존자, 무당의 하동도인, 그리고 유가의 일휴문사도 이 정도의 신위는 드러낸다.

그가 짐작하고 있는 방향은 동정호의 오대고수다.

세상에는 많은 고수들이 있지만 지금 그에게 가장 관심을 쏟고 있고, 뒤를 살피는 사람들은 그들밖에 없다.

동정목부와 할위막사, 그리고 천중일기는 봤다. 남은 사람은 염라왕야와 십도구패뿐인데…….

"십도구패 아니십니까?"

"허허허! 그래, 내가 십도구패다."

십도구패가 눈에 광채를 담고 쏘아봤다.

계야부는 심장을 꿰뚫어 볼 듯 날카롭게 쏘아오는 안광을 담담하게 받아냈다.

"무중무(無中無). 하하! 네가 마음을 숨기고자 하면 읽어낼 사람이 없겠구나. 도박을 해라. 네가 도박 세계에 뛰어들면 도신(賭神)이 되는 건 시간문제야."

십도구패는 재미있다는 듯 크게 웃었다.

“용채가 궁해지면 생각해 보겠습니다.”

계야부도 농을 농으로 받았다.

십도구패는 농으로 한 말이 아닐 수도 있다.

그는 도박을 하지 않으면 몸에 부스럼이 생기는 사람이다. 풍채를 보면 도박과는 담을 쌓고 사는 사람처럼 보이지만, 골수까지 도박에 찌들어 있다.

그런 사람이 한 말이니 반드시 농이라고는 할 수 없다.

“일단 용채나 좀 다오.”

십도구패가 손을 내밀었다.

풍채처럼…… 그의 겉모습은 돈이 궁해 보이지 않았다. 옷에는 먼지 한 톨 묻어 있지 않았고, 풀까지 먹여 빳빳하게 각을 세운 모습은 청결함까지 풍겨냈다.

그가 용채를 달라며 손을 내미는 모습은 얼핏 장난처럼 보였다.

계야부는 품에서 전낭(錢囊)을 꺼내 통째로 건네주었다.

“통이 크구나. 암! 사내는 모름지기 통이 커야 하는 법이야.”

십도구패는 전낭을 열어 안에 얼마나 있나 살폈다.

이럴 때 보면 영락없이 도박에 찌든 좀팽이다.

계야부가 웃으며 물었다.

“그 돈이면 얼마나 버팁니까?”

“하기 나름이지. 큰 판으로 하면 한 시진 정도?”

“그것밖에 안 됩니까?”

"요즘 통들이 커져서 돈이 돈이 아냐. 거기서 이 정도는 어린아이 과자 값이야."

"잃으면 아까우십니까?"

"아깝지. 이것들 다 쓸어버리고 돈 갖고 튀어버릴까 하는 생각도 종종 해."

"하하하!"

"정신이 맑구나. 시각랑이라고 해서 상당히 걱정했는데. 원래 싸움꾼에게는 칼을 쥐어주는 게 아냐. 그럼 싸우기밖에 더 해? 싸우는 게 뭐가 좋다고……."

계야부는 그가 말한 칼이라는 게 '의살' 일 것이라고 생각했다.

"한 가지 묻고 싶은 게 있습니다."

"뭔데?"

십도구패는 순순히 응했다.

그러고 보니 그는 찾아온 용건도 말하지 않았다. 계야부를 잘 알고 있는 것처럼, 예전부터 알았던 사람처럼 아무런 격의 없이 웃고 떠들었다.

"왜 의살에 관심이 많은 겁니까?"

그는 정곡을 찔렀다.

할위막사도 그렇고 천중일기도 그렇고…… 모두 의살 때문에 옆에 있다.

할위막사와는 손속까지 부딪쳐 봤다. 앞으로 무궁하게 발전할 수 있다는 말까지 들었다. 이제 또 오대고수 중의 한 명인

십도구패가 나타났다.

다른 이유는 있을 수 없다. 의살 때문에 온 것이다.

“그걸 몰라서 묻나?”

십도구패의 얼굴이 진지해졌다.

웃음기가 싹 빠진 얼굴이다. 표정은 딱딱하게 굳어졌고, 음성은 더욱 중후해졌다.

한데…… 이것도 진실은 아닌 것 같다. 그는 진지함을 가장하고 있지만 실제로는 그리 진지한 것 같지 않다.

도무지 심기를 종잡을 수 없다.

“의살은 천하제일공이다. 두말할 여지가 없어. 시원찮은 놈들은 몰라도 어느 정도 성취를 이뤘다 싶은 놈들은 한결같이 의살을 기웃거리게 된다. 한데 휘장에 가려진 여인의 알몸을 보는 것처럼 흘깃흘깃 엿보기만 한 의살을 사용하는 놈이 나타났어. 알몸의 여자를 확 껴안은 놈이 나타났단 말이야. 너 같으면 어떻게 하겠냐?”

“표현도 참…….”

“미! 뭐가 참이야! 딱 맞는 말이구만.”

그는 다시 농을 건네던 십도구패로 돌아갔다.

이제 진지한 표정은 사라졌다. 대신 자상한 아비나 형의 얼굴이 되었다.

“희한하지? 모든 무공의 끝에는 의살이 있더란 말이지. 이 놈을 익혔건, 저놈을 익혔건 모두 같아. 꼭 의살이야. 뭔지는 모르는데 정신을 이용하는 건 맞아.”

계야부는 아무 소리도 못했다.

그는 직접 의살을 사용한다.

진기를 전부 쏟아내고 난 다음에 얻은 정신무공이지만 진기를 가졌을 때보다 더 강한 무공을 쓸 수 있다.

지금 다시 옛 상태로 돌아가라면 가지 않는다. 진기를 회복할 수 있는 길을 열어줘도 가지 않는다. 의살을 간직한 채 진기를 회복하라고 해도 하지 않는다.

할 필요가 없기 때문이다.

의살에 비하면 진기는 하위 개념이다.

진기는 일신에 국한되지만 의살은 천하 만물을 통칭한다.

진기는 신과 가까운 인물을 만들어주지만 의살은 도교의 원시천존(元始天尊) 같은 절대 신을 직접 만들어준다.

누가 위에서 아래로 가려 하겠는가.

모든 무공의 끝에 의살이 있더라는 십도구패의 말을 인정한다.

"널 이용해서 뭘 하겠다 이런 건 아냐. 다만 네가 사용하는 게 우리가 생각하는 것이 맞는지 확인하는 것뿐이야. 네놈이 할 줄 아는 걸 우리라고 못하겠냐?"

"그것뿐입니까?"

"나는 그래."

"다른 분들도 그렇습니까?"

"그놈들이 뭘 하건 내가 상관할 일은 아니지."

계야부는 고개를 끄덕이며 말했다.

"의살을 보고 싶으십니까?"

이것이 십도구패가 찾아온 용건이다.

십도구패뿐만이 아니다. 한 명, 두 명…… 강하다는 사람은 모두 찾아올 것이다.

십도구패가 말한 부분을 생각하지 못했다.

모든 무공의 끝에 의살이 존재한다면, 최고수들이 그런 걸 감지했다면…… 그들이 의살을 주목하는 건 당연하다.

자신이 얼마나 강한지는 중요하지 않다.

의살을 이제 막 알기 시작했다면 약할 수밖에 없다.

일순간의 깨우침으로 천지조화를 알아내는 사람도 있지만 조금씩 깨우쳐 가는 경우도 있다.

의살도 마찬가지다.

양쪽 모두 가능하다.

어떤 고승(高僧)은 면벽(面壁) 후 단숨에 우주의 조화를 깨우쳤다. 또 어떤 고승은 평생을 용맹정진한 끝에 한 줄의 선시를 남기고 운명한다.

의살이 어느 쪽을 내줄 건지는 아무도 알지 못한다.

계야부는 후자다.

단숨에 모든 걸 깨우치는 쪽이었다면 그는 지금쯤 신이 되어 있어야 한다.

그를 찾아오는 초고수들도 이런 점을 안다.

그러니 굳이 비무를 할 필요가 없는 것이다. 계야부가 어떤 식으로 의살을 쓰는지 살핀다. 의살이 어떤 식으로 작용하는지 관찰한다. 그리고 의살의 발전 가능성을 타진한다.

찾아오는 사람들의 성격에 따라서 일부는 직접 손속을 부딪쳐 올 것이다. 조금 여유있는 사람 같으면 십도구패처럼 말을 건네오거나 멀리서 지켜보기만 할 것이다.

어쨌든 그들은 꼭 찾아올 것이고, 반드시 목적을 달성한 후에나 돌아가리라.

계야부가 천하제일인이 된다?

사실 그 점도 그들에게는 큰 관심 사항이 아니다.

무림에서 천하제일인이란 위치는 있을 수 없다. 어느 시점에서 최강자가 될 수는 있겠지만 정상에 올라서면 반드시 내려와야 하는 게 세상 이치다.

그들은 최강자라는 위치를 누려봤다.

천하제일인이라는 말은 듣지 못했을망정, 자신 스스로 이 정도면 무공의 끝을 봤다 하는 정도는 되었다.

천하제일인이라는 말에 의미를 부여하지 않는다.

계야부의 성장을 도전으로 간주하는 자도 있을 게다.

안선 같은 경우에는 직섭석인 도전에 직면했으니 치밀한 계획하에 무너질 수밖에 없는 타격을 가해올 것이다.

많은 사람들이 의살 때문에 찾아온다.

'바쁘게 생겼군.'

십도구패는 계야부의 단도직입적인 질문에 고개를 끄덕였다.

"의살, 보여주겠나?"

"어떤 식으로 보고 싶습니까?"

"자넨 가만히 있으면 되네. 내가 알아서 보고 싶은 것 보도록 하지."

십도구패는 말이 끝나자마자 손바닥을 쫙 펴더니 냅다 따귀를 후려쳤다.

'일목!'

의중을 꿰뚫어 봄과 동시에 일목이 일어났다. 깊은 정신 상태 속으로 침잠했다.

쉬익!

손을 들어 막았다. 강한 타격으로 충격을 줄 필요는 없기 때문에 손목만 가볍게 잡아챘다.

탁! 타악!

십도구패의 손목이 밑으로 뚝 떨어졌다. 그와 동시에 장(掌)이 주먹으로 변해 명치를 찔러왔다.

계야부의 손도 수직으로 낙하했다.

타악!

장이 권을 쳤다.

단 두 수에 불과한 공방은 그렇게 끝났다.

십도구패는 더 공격해 오지 않았다.

"하하하! 천옥신수(天玉神手)와 벽라삼권(碧羅三拳)이 어린아이 장난이 되어버렸군."

계야부는 큰 감흥 없이 들었다.

그는 천옥신수와 벽라삼권이 얼마나 유명한 무공인지 알지 못한다.

천옥신수는 천하를 경동시킨 천옥신녀의 성명절학이다.

그녀는 이 신수 한 쌍으로 하북(河北)을 어지럽히던 사마도 이백여 명을 격살했다.

벽라삼권은 더욱 유명하다.

아수라마황권(阿修羅魔皇拳), 그리고 권왕의 패왕권(覇王拳)과 함께 천하삼대절권(天下三大絶拳)으로 손꼽히는 절학 중의 절학이다.

무림 절학을 잘 아는 사람이 옆에 있어서 이런 소리를 들었다면 소스라치게 놀랐을 게다.

"육신의 힘으로는 감당할 수 없는 강도였고……."

십도구패가 계야부의 얼굴을 뚫어지게 쳐다보며 말했다.

"진기를 이끌어내는 흔적도 보이지 않았고…… 하지만 뿌리 없는 나무는 존재할 수 없는 법, 강한 힘이 표출되는 데는 현실적으로 설명 가능한 힘이 존재해야겠지. 전신잠력을 일시에 끌어모은다? 약간은 설명이 되는데…… 그래도 약해. 벽라삼권을 떨어뜨릴 성노라면 좀 더 강한 설명이 필요해."

그가 기지개를 쭉 켰다. 그리고 계야부의 어깨를 툭 치며 말했다.

"의살은 맞는 것 같다."

"그렇습니까."

이번에도 무덤덤하게 말했다. 이미 알고 있는 사실을 또 알아서 무엇 하는가. 십도구패가 그의 무공을 증명해 준다고 해서 뭐가 달라지는가. 아니, 그럴 필요나 있을까?

십도구패가 말했다.

"네가 사용하는 힘이 잠력을 모아놓은 것인지 아니면 그보다 더 큰 힘인지 알아볼 방법이 있는데."

"알아보라는 뜻입니까?"

"넌 궁금하지 않냐?"

계야부는 고개를 가로저었다.

일목을 알고 의살을 안다. 자신의 힘이 어디서 나오는지는 자신이 가장 잘 안다. 십도구패가 말하는 것은 외인이 그의 무공을 살피겠다는 뜻이다.

지금 그렇게 한가로운 장난이나 하고 있을 시간이 없다.

십도구패는 계야부의 마음을 읽었는지 씩 웃으며 말했다.

"어차피 알아보게 될 게다. 당금 무림에서 내공이 가장 강한 사람은 안선주야."

"네? 무총주가 아닙니까?"

"하하하! 힘만 세다고 싸움에서 늘 이기는 건 아니지. 무총주와 안선주의 관계가 그래. 어쨌든 네놈이 안선을 치기 시작했으니 끝장을 보려면 안선주와 부딪쳐야 할 게 아니냐? 하하! 난 옆에서 굿이나 보고 떡이나 먹을 테니까 잘해봐라."

그는 두 손으로 무릎을 짚으며 일어섰다.

"이번 섬서성에서 일어난 혈사(血史)도 네 작품이지?"

"그렇습니다."

계야부는 숨기지 않았다.

이미 알고 왔다. 그의 말속에 단호한 확신이 스며 있다. 숨겨도 소용없다.

"조만간 안선에서 반격을 가해올 거야."

"생각하고 있습니다."

"네놈은 괜찮다지만 다른 놈들도 괜찮을까?"

"괜찮을 겁니다."

그들은 자신의 앞가림 정도는 할 줄 안다.

피해야 할 상황과 싸워도 될 상황을 판단할 수 있고, 피해야 할 상황이라면 쥐도 새도 모르게 사리질 수 있다.

그들을 믿는다. 믿기에 시작한 일이다.

"점창, 화산도 건드릴 생각이냐?"

"……."

그 부분은 대답하지 않았다.

십도구패를 못 믿는 게 아니다. 낮말은 새가 듣고 밤말은 쥐가 듣는다. 입조심은 아무리 해도 부족함이 없다.

"말하기 싫으면 말고. 그 호랑말코 도사 놈들 두들겨 패는 데 도움을 줄까 했더니…… 나중에 또 만날 날이 있겠지. 그런데 말이야."

십도구패가 뒷짐을 지고 그를 내려다봤다.

"난 내기를 하면 늘 져. 열 번 내기를 하면 아홉 번은 지지. 하하! 내가 비밀 하나 알려줄까? 십도구패는 거짓말이야. 사실은 십도십패야. 한 번도 이겨본 적이 없거든. 하하하!"

"다음 말씀 짐작할 수 있을 것 같은데, 안 하시면 안 됩니까?"

"그럴까? 하하하!"

쉬익!

십도구패는 왔을 때와 마찬가지로 바람처럼 사라졌다.

계야부는 고개를 푹 숙였다.

잘못한 것일까? 십도구패는 자신이 '이긴다!'에 내기를 걸었다. 단 한 번도 이겨본 적이 없는 사람이 자신 편을 들어주었다.

그는 세상을 거꾸로 본다. 그래서 늘 이길 수 있는 내기를 진다. 이번에도 그와 같다면, 그의 판단대로라면 일휘단에 포함된 모두가 죽는다.

'그래도 간다, 끝까지.'

2

'이건 너무 위험해!'

사약란은 깜짝 놀랐다.

칠살문 살수들이 벌이고 있는 일은 섶을 지고 불구덩이 속으로 뛰어드는 것과 진배없다.

그녀는 서지단 군사 직을 맡아봤다.

서무림을 좌지우지한 적이 있다. 투살진기를 무림공적으로 선포하고 총통기까지 내걸었다. 어떤 자를 제거해야 하고, 어떤 자를 북돋아줘야 하는지 환히 들여다볼 수 있다.

이런 일은 좋지 않게 끝난다.

“일이 어느 정도 진행됐죠?”

“돌이킬 수 없을 지경입니다.”

“몸을 뺄 수는 없나요?”

“잠적은 가능하겠지만 찾아서 징치하고자 하면…… 아시다시피 누가 저지른 짓인지는 이미 드러난 상태이니까요.”

“어쩌자고! 어쩌자고…….”

사약란은 미간을 잔뜩 찡그렸다.

“북지단에서는 행동을 개시했나요?”

“아직은 꾹 눌러 참고 있지만 조만간 어떤 일이든 해야 할 겁니다.”

“민심이 안 좋군요.”

“산이라도 옮길 기세죠.”

그녀는 맥이 탁 풀렸다.

그때 그렇게 물러나서는 안 되는 거였다. 칠살문이 단차를 위해서 일한다고 했을 때, 무슨 일인지 살펴봤어야 했다. 한 번 목숨을 구해줬으니 할 일은 다했다고 생각한 게 잘못이다.

‘이제는 틀렸어.’

잔뜩 찌푸려진 미간이 좀처럼 펴지지 않는다.

무림은 문제가 안 된다. 중원이 화를 내기 시작했다. 민중들이, 민초들이 성내기 시작했다.

이제는 그 어떤 강한 세력도 감당하지 못한다.

평소에는 무지렁이처럼 짓밟혀도 악! 소리 한 번 내지 못하는 게 민초이지만, 그들이 뭉쳐서 큰 소리를 내기 시작하면 칼이나 창도 하찮아진다.

이 시점에서 북지단이 취할 수 있는 행동은 하나뿐이다.

하루라도 빨리 칠살문과 살림 살수들을 찾아야 한다. 그리고 제거해야 한다.

이 방법밖에 없다.

약간 머리를 쓸 수는 있다.

그들을 죽이기 싫으면 그들 대신 죽어줄 사람을 구해야 한다. 어떤 경우든 악행에 대한 징계가 이뤄져야 한다. 그것도 민초들이 납득할 수 있을 만큼 처절하게 징계해야 한다.

누가 칠살문을 대신해서 죽으려고 할까?

그럴 사람은 없다. 억지로 짜맞출 수는 있지만 순리대로 풀어가는 방법은 사라졌다. 그리고 이것도, 억지로 짜맞추는 일도 오직 북지단에 앉아 있는 단차만이 할 수 있다.

'차도살인(借刀殺人)에 걸려들고 말았어.'

그녀는 급히 말했다.

"칠살문을 찾을 수 있겠어요?"

"아씨, 죄송하지만…… 이 몸은 그림자입니다. 지켜보고 보고는 해드리지만 제가 나서서 일을 하지는 않습니다. 그럴 경우에는…… 하하! 제 처지 좀 헤아려 주셨으면……."

"휴우! 알았어요."

사약란은 한숨만 내쉬었다.

지통 같은 간자는 신분 노출을 극도로 꺼린다.

노출이라는 것은 햇살과도 같다. 어둠 속에 빛이 스며들기 시작하면 단번에 음지가 사라져 버린다. 간자란 철저히 숨어 있어야지 약간이라도 노출되면 두 번 다시 그 생활을 못한다.

"알았어요. 수고했어요. 휴우!"

사약란은 다시 한 번 한숨을 내쉬었다.

한 시진 후, 사약란은 이두마차에 몸을 실었다.

"빨리 좀 가주시겠어요?"

"아휴! 길이 얼마나 복잡한데요. 지금도 빨리 가는 겁니다요. 최대한 빨리 몰기는 합죠. 끼랏!"

마부는 힘차게 고삐를 잡아당겼다.

두두두!

마차가 힘차게 달리는 듯했다. 하나 이십 장도 못 가서 다시 따각따각 걷기 시작했다.

사람이 너무 많다. 하필이면 장날이라서 도읍의 모든 사람들이 쏟아져 나온 것 같다.

그때, 사약란의 눈에 한 사람이 띄었다.

누더기 옷을 걸친 노인이 사람들을 모아놓고 일장 연설 중이었다.

"패불감당(蔽芾甘棠), 물전물벌(勿翦勿伐), 소백소발(召伯所茇). 이게 무슨 뜻인고 하니! 무성한 아가위나무를, 자르지 말고 치지 말라. 소백이 집처럼 지내던 곳이니라. 이 말이란 말이시."

시경(詩經)에 나오는 감당애(甘棠愛)를 설명한다.

입고 있는 옷을 보면 얼마나 궁핍한지 한눈에 알 수 있다.

그는 가난한 사람이다. 하나 옷을 깨끗이 빨아 입었고, 학식 높은 사람이 아니면 말할 수 없는 내용들을 읊고 있기 때문에 비천하다기보다는 고고해 보였다.

"여기서 말하는 소백이란 누구냐 하면 말이시, 주나라 초기의 재상을 지냈던 소공석(召公奭)을 말하는디, 성왕(成王) 때 태보(太保:정승)로 임명되어 섬서(陝西)로 부임하였다 이 말이시."

누더기 옷을 걸친 노인은 좌중을 둘러보며 손짓, 발짓을 섞어가며 말했다.

사약란의 눈은 노인의 허리춤에 고정되었다.

무명 끈을 둘둘 말아 허리끈을 대신하고 있는데…… 흔히 볼 수 없는 특이한 매듭이다.

사약란은 매듭을 확인하자마자 마부를 불렀다.

"됐어요! 여기서 세워주세요!"

그녀는 사람들을 뚫고 들어가 노인 앞에 섰다.

원래는 시강(詩講)이 끝날 때까지 기다려야 하나, 지금은 마음이 조급해서 한시도 가만있을 수 없다.

그녀는 노인에게 은 한 냥을 내밀었다.

"독대(獨對) 조건이에요."

노인은 사약란을 보고 눈을 끔뻑거렸다.

사약란도 노인을 쳐다봤다. 허리춤에 매여진 허리 매듭을 살폈다.

'일곱 가닥! 칠결(七結)! 장로(長老)! 운이 좋았어!'

노인이 사약란의 눈길을 알아보고 피식 웃었다.

"소저, 이렇게 많은 돈은 감당하기 어렵소이다. 나 같은 늙은이는 그저 엽전 한 냥, 두 냥이면 족하지요. 그리고…… 허허! 이런 늙은이와 독대라니…… 몸에서 쉰내가 풍기는 탓에 사양해야겠소이다."

노인은 정중히 거절해 왔다.

사람들이 웅성거렸다.

은자 한 냥이면 쌀이 여덟 석이다.

그만한 거금을 아무것도 아닌 노인에게 덜컥 내밀었다.

복장으로 보아 무인인 것 같은데, 그것도 명문세가의 당당한 규수 같은데…….

여인도 놀랍지만 노인도 놀랍다.

그만한 돈을 아무렇지도 않게 사양한다.

어려운 시를 쉽게 풀이해 주면서 한 푼, 두 푼 얻어 쓰는 궁핍한 노인이 은자 한 냥을 대수롭지 않게 물리친다.

기이하게 보일 수밖에 없다.

"사약란이라면 독대가 가능할까요?"

순간, 노인의 눈에서 신광이 번뜩였다.

"허허! 그렇다면 이야기가 완전히 달라지지요. 독대 값은 감사히 받겠소이다."

노인은 은자를 덥석 집어서 품에 꾹 찔러 넣었다.

노인은 칠결제자, 개방(丐幫) 장로(長老)다. 문행(文行)을 하
는 거지이며, 시강으로 동냥을 하는 시개(詩丐)이다. 개방 장로
들 중에서도 학식이 가장 높은 축에 속한다.

노인은 사약란을 다 쓰러져 가는 산신각(山神閣)으로 안내
했다.

"요 며칠간 여기서 기거하고 있지요."

노인이 산신각 앞에 털썩 주저앉았다.

산신각은 겨우 한 사람이나 들어갈 수 있을까?

너무 허름하고 작아서 각(閣)이라기보다는 아주 작은 당(堂)
이 어울렸다.

사약란도 안으로 들어서지 못하고 산신각 앞 풀밭에 앉았
다.

사사사사삿!

주위에서 공기가 출렁인다.

아무리 못 잡아도 백 명에서 이백여 명에 이르는 개방도가
주위를 에워쌌다.

노인을 호위하는 개방도들이다.

"이제 말씀하시지요. 우리 말을 엿들을 사람은 없습니다."

노인이 자신있게 말했다.

사약란은 숲 속을 고루 살폈다.

개방도들이 어수선하게 늘어서 있는 것 같은데…… 현묘한
음양오행(陰陽五行)의 진리가 엿보인다.

"타구진(打狗陣)이군요."

"하하! 제 위력을 발휘하려면 천 명 정도는 펼쳐야 하는데…… 그래도 쥐새끼의 근접은 차단하지요."

안심하고 말하라는 뜻이다.

"마침 개방을 찾아가는 길이었어요."

"그렇습니까?"

노인은 크게 놀라지 않았다.

"동류강(東瑠江) 석교(石橋) 밑에 분타(分舵)가 있다고 들었어요."

"옳게 아셨습니다. 그곳에 거지 떼가 조금 있죠. 차 한잔 드시겠습니까? 하하! 거지도 차를 즐긴답니다."

"주세요."

사약란은 침착하게 마음을 가라앉히며 말했다.

개방 분타를 찾아가는 길에 노인을 만났다. 그것도 칠결장로를 운 좋게 만났다. 더더욱 기가 막히게 운이 좋은 것은 그가 시류(時流)를 아는 문행개(文行丐)라는 점이다.

이런 행운은 존재치 않는다.

자신이 노인을 찾은 게 아니라 노인이 자신을 찾아왔다.

개방도가 차를 끓여왔다.

문행개를 수행하는 제자들이라서인지 그들도 다른 개방도처럼 지저분한 몰골은 아니다.

"자, 들어보시오. 십 년 된 차인데 아주 상큼하다오."

사약란은 차를 마셨다.

천천히, 천천히…… 한 모금씩 음미하며 마셨다.

잠시 생각을 정리할 시간이 필요하다. 개방이 가지고 있는 것을 짐작해야 한다. 자신에게서 빼앗고자 하는 게 무엇인지도 미리 파악해 놔야 한다.

"개방은…… 정말 소식이 빠르군요."

찻잔을 내려놓으며 말했다.

"아무려면 무총만 하겠소이까. 무총의 비목대는…… 하하! 비목대 생각만 하면 머리가 어지럽죠."

"부탁을 해야겠어요."

"들어드릴 수 있는 것이면 얼마든지 들어드려야죠."

노인은 편하게 웃었다.

반대로 사약란은 미간을 잔뜩 찌푸렸다. 노인이 보건 말건 주름이 생길 정도로 깊이 찌푸렸다.

노인의 말뜻은 들어주지 않겠다는 것이다.

개인의 입장에서는 얼마든지 들어줄 수 있지만 개방의 입장으로는 무총 일에 간여하지 않겠다는 뜻이다.

물론 이것은 대화 초반에 흔히 펼치는 가림막이다.

본격적인 협상에 앞서서 조금이라도 유리한 고지를 선취하겠다는 뜻이다.

"개방은 제가 왜 개방을 찾는지 알고 있어요. 그렇죠?"

"하하! 글쎄…… 몇 마디 말을 들은 건 있는데……."

"차 잘 마셨어요."

사약란이 빙긋 웃고 일어섰다.

노인은 잡지 않았다. 아직 다 마시지 않은 차를 조용하게 음미하며 마셨다.

노인은 걸어가기 시작한 사약란의 등에 대고 말했다.

"차 한 잔에 은자 한 냥이라면…… 다음에도 청해주시오. 무척 남는 장사인 것 같구려."

사약란은 입술을 살짝 비틀며 웃었다.

개방의 이목은 늘 그녀를 따라다녔다. 그녀가 동정호 비궁에서 빠져나온 순간부터 지금까지 단 한 순간도 눈을 떼지 않은 채 바짝 붙어 다녔다.

중원 전역에 널려 있는 개방도의 숫자는 근 오만에 이른다는 풍문이다. 그 말이 사실이든 아니든 개방도의 이목이 사방에 깔려 있는 것은 사실이다.

그녀가 뒤쫓는 자를 떼어내고 또 떼어내도 금방 다른 눈길이 따라붙는다.

그런 눈길들은 그녀가 섬서성에 왜 왔으며, 북지단에는 왜 갔으며, 칠살문과 언제 만났는지까지 파악해 놨다.

개방은 칠살문을 안다. 시각랑이라는 것을 알고 있다.

물론 단차의 명령을 받고 있다는 사실도 단정은 못 내리지만 정황상 짐작은 하고 있을 게다.

개방의 눈길은 중원에서 움직이는 모든 무인을 쳐다본다.

그 눈길 속에 칠살문이 들어 있다. 그녀도 들어 있다. 단차도 들어 있고, 북지단도 들어 있으며, 무총도 들어 있다. 무림에 존재하는 모든 문파와 무인들이 총망라된다.

다만 말을 하지 않을 뿐이다.

개방은 자신이 칠살문 때문에 온 것을 알고 있다.

자신과 시각랑의 관계를 알고 있으며, 시각랑이 현재 무슨 일을 하는지 안다면 자신이 누군가에게는 도움을 청해야 한다는 사실도 쉽게 추측할 수 있다.

시각랑을 찾아야 한다.

사람을 찾아서 가장 빠른 준마를 타고 달려가야 한다. 그래서 그들이 죽음의 선을 얼마나 깊이 밟고 있는지 알려줘야 한다.

사약란의 의도는 쉽게 읽힌다.

개방은 그 일을 가장 빨리 해줄 수 있다.

비밀도 보장된다.

언젠가는 무림 앞에 시각랑의 죄과를 밝혀야 할 때가 올 것이다. 하지만 그것은 먼 훗날의 이야기다. 지금 당장 급한 것은 그들이 더 이상 안선도를 죽이지 못하게 해야 한다.

무림이 생각하는 안선과 무총이 생각하는 안선은 다르다.

하물며 일반인의 눈으로 보는 안선과는 얼마나 많은 차이가 벌어지겠나.

불행히도 단차는 계야부의 시선으로 안선을 본다.

계야부가 안선을 철천지원수로 규정했듯이, 단차도 계야부의 복수를 하기 위해 안선을 친다.

단차에게 안선은 복수의 대상일 뿐이다.

그에게 무림의 정의 같은 건 없다. 무림 평화라던가, 질서라던가, 무총의 규범 같은 게 없다.

안선도가 선한 사람이든 아니든 상관하지 않는다. 그들의 과거에 행한 업적을 고려하지 않는다. 문파에서 차지하는 비중도 따지지 않는다.

안선도이기에 죽인다.

무총은 더 이상 이 일에 개입하지 않으려고 한다.

그들은 모순되게도 안선의 입장에서 시각랑을 죽이기 위한 검을 뽑을 것이다.

무총의 힘을 빌릴 수는 없다.

무총 다음으로 가장 방대한 정보력을 소유하고 있는 문파는 삼척동자도 안다.

사약란이 개방을 찾을 수밖에 없다.

누구든 생각을 약간만 하면 짐작되는 일이다.

개방은 문행개 장로에게 이번 일을 맡겼다.

사약란을 찾아서 그녀가 하고 싶은 일을 맡아라. 시각랑을 찾아줘라. 그녀가 원한나면 무림의 눈총에서 벗어나 안전하게 숨을 수 있는 은신처도 마련해 줘라.

개방과 손을 잡으면 시각랑의 안전은 당분간이지만 보장된다.

그녀는 그 제안을 읽었으면서도 한마디 언급조차 하지 않고 일어섰다.

문행개도 잡지 않았다.

문행개 장로는 아쉬운 사람이 먼저 청해올 것이라고 믿는다. 지금은 벌떡 일어나 돌아가지만 곧 다시 돌아와 부탁을 할 것이라고 생각한다.

일을 해주는 대가로 사약란에게서 최대한 많은 것을 얻어내기 위해서다.

그녀는 개방과 손을 잡아야 한다.

그 외에 시각랑의 안전을 도모할 다른 방도는 없다.

정보량과 인력이 풍부하기로는 하오문(下午門)도 빼놓을 수 없다. 하지만 지금에 와서는 그들과 손을 잡지 못한다. 만약 그들과 접촉하려고 한다면 이번에는 개방이 적의 입장에서 방해를 할 것이다.

하오문도 그 점을 알기에 선뜻 손을 내밀지 않을 것이다.

결국 하오문이든 개방이든 먼저 손을 내민 쪽과 일을 성사시킬 수밖에 없다.

문행개 장로가 태연자약하게 사약란을 배웅할 수 있는 배경이다.

사약란이 그런 점을 모르랴.

그럼에도 본론조차 꺼내지 않은 채 일어섰다.

앉아서 차를 마실 때, 개방 장로의 의중을 읽었다. 그리고 개방이 왜 머리 좋고, 침착하고, 판단력이 뛰어난 문행개 장로를 보냈는지 숨은 뜻을 간파했다.

'개방이 내게 원하는 건 개방의 개야.'

시각랑…… 선인을 도살하듯 죽인 살인마들…… 그들을 숨겨준 사약란…… 독심환마 계야부의 아낙…….

사약란에게는 무림의 공적이 될 만한 요소가 많다.

자유인으로서의 사약란은 아무런 제재도 받지 않는다. 기껏
해야 무림공적이 될 뿐이다. 하나 만약 그녀가 무총의 총주 자
리를 원한다면 이야기가 달라진다.

그녀는 차후에 제시될 개방의 무리한 요구들을 모두 수용해
야 한다. 처음에는 가볍게, 그리고 점점 무겁게…… 종내에는
더 이상 견딜 수 없을 정도로 무거운 짐을 떠안아야 한다.

개방은 그러고도 남는다.

사약란은 걸으면서 웃었다.

'먼저 걸어온 싸움이야!'

동류강 석교 아래로 시신이 떠내려왔다.

맹수에게 다리가 뜯어 먹힌 듯 하체 쪽으로는 허벅지 뼈만
남은 시신이었다.

"뭐야?"

"재수없게 뭐 이런 게 떠내려와!"

석교 아래에는 무려 삼백여 명에 이르는 걸인이 득실거렸
다.

다리 밑이 일종의 걸인촌인 셈이다.

그들 중 몇몇이 시신을 건져 냈다.

하체는 눈 뜨고 볼 수 없었지만 상반신은 아주 멀쩡했다. 용
모도 깨끗하게 남아 있었다. 죽은 지 겨우 서너 시간? 아는 사

람이었다면 누군지 단번에 알아봤을 것이다.

"그걸 뭐 하러 건져 내. 그냥 떠내려 보내!"

"그래도 그런 게 아냐. 죽은 것도 억울한데 물귀신까지 만들어야 되겠어? 묻어주자고."

걸인들이 시신을 놓고 잠시 술렁거렸다.

그런데 뭔가 이상했다. 다른 때와 다른 기분이 들었다.

걸인들은 묘한 예감에 다리 위를 쳐다봤다.

많은 사람들이 다리 아래를 내려다보고 있었다. 시신이 물에 떠내려왔으니 가던 길을 멈추고 지켜보는 모양이다.

"뭘 쳐다보는 거야!"

걸인 한 명이 소리를 빽 질렀다.

시신 구경을 하던 사람들은 우르르 도망갔다.

그날 오후, 소문이 돌기 시작했다. 개방 분파 걸인들이 사람을 먹었다는 당치 않은 소문이다.

소문 내용을 들어보면 가관이 아니다.

사람을 죽이더니 물어뜯더라. 다리 살을 발라내더니 솥에 넣고 삶더라. 몇몇 사람이 뭐라고 했더니 개떼처럼 우르르 달려드는 통에 맞아 죽는 줄 알았다.

그야말로 온갖 소문이 나돌았다.

소문 중에는 거짓만 있는 게 아니다. 진짜도 있다.

사람들이 쳐다보자 더 먹지 못하고 시신을 땅에 묻더라. 시신이 묻힌 장소는 첫 번째 교각 옆이다. 그곳을 파보면 다리

살만 발라먹은 시신이 나올 것이다.

이 부분은 맞는 말이다.

걸인들은 그곳에 시신을 묻었다. 다시 강물에 흘려보낼까 하다가 죽은 육신이나마 편히 쉬라는 뜻에서 땅에 묻어줬다.

한데 이런 소문이 나돈 것이다.

이제는 시신을 다시 파낼 수도 없다.

소문을 들은 사람들이 다리 위를 건너갈 때마다 흘깃흘깃 곁눈질로 시신 묻힌 곳을 쳐다본다.

"이거 시신을 파내지도 못하고……."

"파내는 모습을 보기라도 하면 영락없이 사람 먹은 잡놈이 되는 것 아냐."

"가만히 있다가 누군가 확인해 보자고 달려들면 어떻게 해?"

"누가 감히 이곳에 와서 땅을 파자고 하겠어? 맞아 죽지 않으려면 설설 기어야지."

그랬다. 개방 분파가 있는 곳에 와서 행패를 부릴 정도로 배짱 좋은 사람은 없었다. 개방도 오만여 명을 적으로 돌릴 심산이 아닌 바에야.

"소문이 너무 흉흉해요. 확인해 봐야겠어요."

너무 아리따워서 천상에서 내려온 선녀인가 싶었다. 한데 그녀의 입에서 나온 말은 그야말로 청천벽력이다.

"저곳에 시신이 묻혀 있나요?"

"호호호! 소저, 소저는 여기가 어딘 줄 알고 온 거요? 얼굴은 선녀인데 생각이 없군."

여인은 손을 들어 교각 위를 가리켰다.

사람들이.빼곡하게 모였다. 그야말로 발 디딜 틈도 없을 만큼 많은 사람들이 쭉 늘어서서 다리 아래를 내려다보고 있다.

언제 이토록 많은 사람들이 모였단 말인가.

이건 틀림없이 모략이다. 다리 위를 가득 메운 사람들도 누군가 수작을 부려서 동원한 것이다. 그렇지 않고서야 때맞춰서 이렇게 딱 나타날 수가 없다.

"제 손에 흙을 묻히기는 그렇고…… 땅 좀 파주시겠어요?"

그녀가 개방도를 보며 싱긋 웃었다.

그녀를 보는 개방도는 웃을 수 없었다.

"이번에는 용서할 테니까 죽기 싫으면 꺼져!"

누군가 말했다.

그의 허리 매듭은 삼결(三結)이다. 이곳 동류강 분타를 책임지고 있는 분타주다.

그녀는 분타주를 보면서 말했다.

"잘 들어라. 내 이름은 사약란이다. 소문이 진실로 판명날 경우, 너희 동류강 분타 놈들은 한 놈 남김없이 도륙당할 것이다. 또한 개방주는 이번 일에 대해서 반드시 책임을 져야 할 것이다!"

그녀의 호령은 추상같았다.

그녀를 무시하던 분타주는 얼어버렸다. 건들거리며 그녀를 포위하던 개방도들도 사약란이라는 말에 기가 질려 버렸다.

무총주의 손녀.

검산의 검귀들을 지상에서 지워 버린 절대강자.

그녀에게 개방 동류강 분타 하나쯤 지워 버리는 것은 일도 아닐 것이다.

분타주가 기어가는 음성으로 말했다.

"여, 여협(女俠)! 왜, 왜 이러십니까?"

문행개 장로는 동류강 분타에서 달려온 개방도의 말을 듣자 피식 웃었다.

"혹 떼러 왔다가 하나 더 붙이고 가는군. 후후후! 서지단 군사…… 이 정도 반격은 있을 것이라고 예상했어야 하는데…… 당했군. 꼼짝없이 공짜로 일을 해줘야겠어. 하지만…… 공짜는 아니지. 이 세상에 공짜는 없어. 후후후!"

그는 크게 곤혹스러워하지 않았다.

개방이 당하고 있는 순간만 넘기면 된다.

사약린도 이 일을 크게 빌이고 싶지는 않을 것이나. 하니 쓸데없는 소문쯤으로 흘려 버릴 것이다. 묻혀 있는 시신을 굳이 캐내려고 하지 않을 것이다.

늦은 밤에 묻혀 있는 시신을 바꿔치기 할 수도 있다.

굳이 그녀가 손쓸 필요도 없다. 그녀가 지키고 서 있는 일만 하지 않으면 개방 스스로 알아서 할 수 있다. 그리고 이 일은 두 번 다시 끄집어낼 수 없다.

하지만 그녀의 문제는 순간으로 끝나지 않는다.

시각랑이 살아 있는 한, 언제든 족쇄로 활용할 수 있다.

지금은 그녀가 이겼지만 개방이 일 처리를 해준 다음에는 올가미를 목에 걸게 된다.

사전협상이냐 사후협상이냐가 달라질 뿐…… 개방의 개가 되어 멍멍 짖는 것은 마찬가지다.

'이제 개방도 기 좀 펴겠군.'

문행개 장로는 웃었다.

3

"재미있는 여자야."

고우진은 교각에 팔을 기대고 다리 밑을 쳐다봤다.

사약란이라는 여자, 정말 흥미롭다. 오랜만에 가슴이 뛰고 잊고 있던 욕정도 샘솟는다.

그녀는 아름답다.

침어낙안(沈魚落雁), 화용월태(花容月態)…… 아름다움을 찬양하는 말은 많다. 하지만 그녀의 미모를 말하기에는 어딘지 부족하다는 느낌이 든다.

그녀는 강하다.

무림이란 곳에서 강하다는 사람을 많이 만났다.

거의 대부분은 허명에 불과했지만, 안선주처럼 숨도 못 쉬게 만드는 인물도 있었다.

장담하건대 여인은 그 정도로 강하다.

어떤 이유에서인지 그녀를 보면 숨이 막힌다. 무공을 겨루면 승부를 점칠 수 없다는 압박감이 느껴진다.

재미있지 않은가.

가까이 따라붙으면 대번에 알아차릴 것이다. 그래서 멀찍이 떨어져서 뒤쫓는 수밖에 없다.

한데 멀리 떨어져서 뒤쫓자니 그녀의 향기를 맡을 수 없다.

가능하다면 숨소리까지 듣고 싶다. 그녀에게서는 어떤 향기가 나는지 천천히 음미하고 싶다.

그녀는 약아빠졌다.

그는 그녀가 어떻게 시신을 준비하고, 어떤 식으로 동류강에 띄워보냈는지 봤다.

병사한 시신을 살 때는 충분히 애도를 표했다.

목적 때문에 시신을 사지만 사는 사람이 파는 사람만큼이나 비통한 마음으로 시신을 대했다.

돈 때문에 시신을 팔아야 했던 사람도 한결 마음이 가벼웠으리라.

그녀는 정오가 넘어선 미시(未時)에서 신시(申時) 사이를 택해서 시신을 강물에 띄웠다.

개방도가 오후의 무료함을 달래기 위해 이것저것 잡다한 장난들을 치고 있을 무렵이다.

그때 마침 시신이 떠내려온다.

건져 내지 않을 리 없다.

범인 같으면 무섭거나 찜찜해서 손대지 않을 터이지만 그들은 무인이다. 밥도 얻어먹고, 잠도 한데서 자며, 세상에 존재하는 온갖 궂은일을 도맡아하다시피 한다.

그들에게 시신은 장난감에 불과하다.

그들이 시신을 건져 낼 시각, 교각 위에는 평소보다 서너 배 많은 사람들이 북적거린다.

개방도가 시신을 건질 무렵에는 평소와 다름없었다. 한데 시신을 건져 낸 후에는 갑자기 많은 사람들이 들끓었다. 그것도 오직 다리 밑을 내려다보기 위해서 모인 사람들이다.

개방도는 마른하늘에 날벼락은 맞았다.

분명히 억울하고 말도 안 되지만, 누명을 벗기가 용이치 않다.

평소에 개방의 모습이 식인(食人) 습성과 거리가 멀다면 의심하는 데 시간이 걸릴 것이다.

개방은 나쁘고 더럽다는 쪽으로 인식되고 있다는 점이 문제다.

사람이란 원래 더러운 것은 피하게 된다.

개방도는 시궁창 냄새를 풀풀 풍긴다. 개도 먹지 않는 쉰밥을 게걸스럽게 먹는다. 동냥을 주지 않으면 행패도 부린다. 여럿이 무리 지어 협박도 한다.

당연히 피하게 된다.

그러니 그들이 지금 당장 식인을 한다고 해도 ‘개방도라면 그럴 수도 있겠다’ 는 식으로 받아들인다.

개방은 오만 방도라는 거대한 집단을 형성했다. 협의(俠義)를 위해서는 목숨도 아낌없이 내놓기 때문에 구파일방으로 대변되는 대문파의 한자리를 차지하고 있다.

그러나 명문정파라는 대목에서는 고개를 갸웃거리게 만든다. 평상시의 좋지 않은 모습들 때문이다.

사약란은 개방이 안고 있는 고질적인 맹점을 건드렸다.

개방도 입장에서는 분하지만 꼼짝없이 당했다.

일 처리가 아주 깔끔하다.

고우진은 그녀가 마음에 든다. 당장 오늘 밤이라도 침상으로 끌어들이고 싶지만, 그게 안 된다면 다정하게 차를 마시거나 식사라도 하고 싶다.

불행히도 그는 그녀를 죽여야 할 입장이다.

사약란을 죽여라!

재고의 여지가 없는 일교사의 전언이다.

평소 같으면, 지금과 같은 상황이었다면 대번에 무시했다.

오랜만에 마음에 드는 여자를 봤는데, 손도 대보기 전에 죽이라니 말이 되나.

그래, 안 죽였다. 그래서?

일교사에게는 충분히 튕길 만한 배짱도 있고, 무공도 있다.

대공을 만나지 않았다면…… 진정 거대한 벽이라고 느끼지 않았다면……

자신이 상대할 수 없는 거인을 만났으니 꼴 같지 않은 일교사의 명령이라도 따라준다.

언젠가는 거인의 힘을 물려받을 때가 있을 것이다.

전 중원을 쥐락펴락 할 때가 온다.

중원을 취한다는 것은 황제가 되는 것과 마찬가지인데 사나이로 태어나서 그만한 일을 꿈꾸기가 쉬운가.

자신도 이교사의 선택을 받아서 북해빙궁의 절학을 이어받기 전에는 꿈도 꾸지 못했다. 아니, 절학을 이어받은 후에도 한동안은 자신의 위치가 어느 정도인지 몰라서 혼란스러웠다.

마음껏 활개 칠 수 있었는데, 그러지 못했다.

이제는 꿈이 아니다. 앞을 가로막는 몇몇 거인만 제거하면 이 땅이…… 이 거대한 대륙이 원(元)나라에 이어 다시 한 번 몽골인의 발밑에 머리를 조아리게 된다.

일교사의 명령쯤은 얼마든지 따라준다.

그의 명을 따르는 게 아니다. 그가 거인의 수하이기에 따라주는 것이다.

그가 말했다. 사약란을 죽여라!

"재미있게 됐어."

그는 피식 웃었다.

개방에는 분타마다 준족(駿足)을 가진 자가 서너 명씩 있다.

그들은 동냥을 하지 않는다. 다른 방도가 얻어온 밥을 먹고, 편안한 곳에서 휴식을 취한다.

잡다한 일도 시키지 않는다.

분타 전체가 나서서 싸워야 할 상황이 생겨도 그들만은 분타를 지키는 일에 투입될 뿐, 봉(棒)을 들게 하지 않는다.

그렇다고 그들이 한가한 것은 아니다.

짬이 날 때마다 주변을 돌아다니면서 지형을 습득한다. 산이며, 들이며, 강이며…… 볼 수 있는 것은 모두 보고, 갈 수 있는 곳은 모두 가본다.

그것이 그들이 하는 일이다.

이른 새벽, 세 명의 준족이 쏘아진 화살처럼 달려나갔다.

"넉넉잡아 이틀이면 소저의 전갈이 전해질 것이오."

문행개 장로는 웃음 머금은 얼굴로 말했다.

"고마워요."

'활시위는 떠났다.'

멀어져 가는 세 사람을 지켜보는 사약란의 심정은 답답했다.

시각랑들에게 단지 몇 마디 말을 전하기 위해서 개방의 힘을 빌렸다. 그들이 무시하고 듣지 않는다면, 지금처럼 살행을 계속한다면 개방의 힘을 빌린 효과는 없어진다.

그러면서 그녀에게는 한 가지 싸움이 더 남았다.

이제 개방은 그녀를 놓아주지 않을 것이다. 어떻게든 물고 늘어질 게다.

찰거머리처럼 달라붙는 이들을 떼어놓아야 한다.

시각랑이 살행을 멈추고 은신을 하지 않는다면 괜히 혹만 붙이고 만 것이 된다.

그래도 할 바는 다했다.

"그런데…… 소저 뒤를 쫓는 자가 있어요."

"제 뒤를요?"

"몰랐습니까?"

"몰랐네요."

"위험부담이 너무 커서 자세히 알아보지는 않았습니다. 다만 추측하건대…… 안선의 고우진이 아닐까 싶습니다."

"고우진?"

"그 사람이 지나온 족적을 살펴보면 목적지는 예천 북지단입니다. 예천으로 향하는 가장 빠른 길을 걷고 있었어요. 그러다가 그저께부터 방향이 틀어졌습니다. 소저에게로."

"그래요."

"볼일이 있지 않나 싶군요."

"고마워요."

"천만에 말씀. 이것도 인연 아니겠습니까. 좋은 인연, 계속 이어갔으면 합니다."

문행개 장로가 하얀 이를 드러내며 웃었다.

사약란은 한적한 산길을 택해 걸었다.

저벅! 저벅……! 저벅! 저벅……!

뒤따르는 발걸음 소리가 들린다.

주의 깊게 듣지 않았다면 결코 알아차릴 수 없을 만큼 작고 가벼운 소리다.

문행개 장로가 말해주지 않았다면 미행이 있는 줄도 몰랐을 게다.

상대는 붕지를 무너뜨린 장본인이다.

태연히 앉아서 들어오는 자들을 차례차례 처단했다.

목숨은 확실하게 끊었다. 혹여 운 좋게라도 살아나는 자가 없도록 만들기 위해서다.

그녀는 산속 깊이 들어갔다.

'이 정도면······.'

산속의 작은 공지가 나타났다.

허리 높이 정도 되는 작은 폭포가 있고, 야트막한 물웅덩이가 있고, 그 앞에 작은 돌들이 널찍하게 깔려 있다.

손발을 씻기에는 적합하다.

뒤따르는 사람도 고우진 외에는 없다.

개방도나 기타 무리들이 뒤따를까 봐 일부러 산길을 택했다.

저들은 자신의 이목뿐만이 아니라 고우진의 이목마저도 속여야 한다. 이 시대가 낳은 가장 걸출한 후기지수 네 명 중 두 명의 귀를 속일 수 있어야 한다.

불가능하다.

뒤를 미행하던 여타의 무리들은 진작 떨어져 나갔다.

이 순간, 두 사람을 지켜보는 사람은 없다. 오직 하늘만이 내려다보고 있다.

"나와요."

사약란이 뒤돌아서며 말했다.

"하하하! 이런, 이런, 눈치도 빠르지. 그만 들키고 말았네."

고우진은 뒷짐을 지고 넉넉한 걸음걸이로 다가섰다.

"고우진?"

"하하! 알고 있을 줄 알았지. 맞아. 고우진이야. 그러는 그쪽은 대무총의 후계자이신 사약란 소저? 소저라는 말이 좀 그런가? 혼인했으나 남편이 죽었으니 과부(寡婦)가 맞겠지."

그녀는 고우진의 도발에 흔들리지 않았다.

그가 반말을 하건 말건, 무시를 하건 말건 어디서 개가 짖느냐는 듯이 담담했다.

"뒤쫓아오는 이유는?"

"용건부터 묻는 건가? 그래도 우리 같이 후기사룡인가 뭔가로 거론되고 있는 입장인데 서로 아는 척 좀 해도……."

"뒤쫓아온 이유를 물었어요!"

"나참…… 그걸 몰라서 묻는 건 아닐 거고. 시원치 않은 놈한테 명령이라는 걸 받았는데, 널 죽이라더군. 그래서 죽이러 왔지."

"시원치 않은 사람에게 명령을 받을 정도로 한심한 사람이군요, 그대는."

"뭐라! 하!"

고우진은 입을 쩍 벌리며 좋아했다.

"입이 맵군, 매워. 좋아! 하하하!"

스웃!

사약란은 이번에도 그를 무시했다.

그가 너털웃음을 터뜨리며 말하는 동안 양쪽 허리춤에서 날 길이 일 척인 소검 두 자루를 꺼내 쥐었다.

한데, 그녀가 검을 꺼내자마자 고우진이 크게 뒷걸음질쳤다.

"아! 오해 말라고. 죽이러 온 게 아니니까. 그래서 먼저 말했잖아. 시원치 않은 놈에게 명령을 받았다고. 하하! 한심한 놈이 되지 않으려면 그런 명령은 따르면 안 되겠지?"

사약란은 검을 들어 그를 가리켰다.

"따라오지 마요."

"후후! 암고양이 같군."

"또 따라오면 당신이 공격하지 않아도 내가 공격해요."

"후후후!"

스륵!

사약란이 쌍검을 거뒀다. 그리고 태연히 등을 돌려 걸어갔다.

고우진은 뒤쫓지 않았다. 그너기 점이 되어 사라질 때까지 우두커니 서서 지켜보기만 했다.

"쯧! 장로인가 뭔가 하는 놈 때문에……."

그는 입맛을 다셨다.

사약란은 자신이 뒤따르는 걸 알지 못했다.

거의 이틀을 따라붙었다. 개방도를 어떻게 골탕 먹이는지다 봤다. 도저히 눈치챌 수 없는 거리를 두고 지켜봤기에 가능한 일이었지만, 조금도 눈치채지 못했다.

한데 갑자기 산으로 방향을 잡았다.

이상하다 싶었는데…… 이제 와서 미행을 눈치챈 건 아마도 장로인가 뭔가 하는 자가 알려줬기 때문일 게다.

고우진의 눈빛이 뜨겁게 달궈졌다.

고래 싸움에 새우 등 터진다고…… 둘이 겨루면 애꿎은 사람이 많이 다칠 것이다. 사람 많은 곳에서 싸우면 그 여파가 굉장히 사납게 번질 것이다.

애꿎은 사람이 다쳐서는 안 된다고 생각했나? 그래서 산으로 들어선 건가?

그것은 아무래도 상관없다.

사람 냄새가 풍기지 않는 산은 그녀의 체취를 맡기에 더없이 좋은 여건을 제공해 준다.

푸른 풀잎에 섞인 그녀의 냄새를 맡았다.

그녀와 대화를 나누었지만 대화 내용보다는 공기 중에 퍼지는 달콤한 향기를 음미하기에 바빴다.

남편 잃은 과부?

솔직히 틀린 말은 아니지 않은가. 한데 그런 말을 하면서 왜 미안했던 걸까?

미안한 감정은 있을 수 있다. 애써 잊고 싶은 과거를 돌이키게 만들었다고 자책하면 된다.

욕정은? 그녀를 품고 싶은 강렬한 마음은?

중원의 여인을 품어봤다.

기루에서 돈을 주고 품어보기도 했고, 양갓집 규수라는 여인들도 굴복시켜 봤다.

솔직히 말하면 나긋나긋한 살결은 가히 일품이다. 손으로 푹 찍으면 꿀처럼 묻어 나올 것 같다. 근육은 전혀 느낄 수 없어서 품에 안으면 착착 감겨든다.

방중술(房中術)도 뛰어나다.

하룻밤 침상에서 뒹굴다 보면 일 년 동안 수련한 양기가 모두 빠져나가는 듯한 느낌이 든다.

중원 여인들은 몽골 여인들은 줄 수 없는 최상의 쾌락을 안겨준다.

여인은 실컷 품어봤다.

한데 미친 듯이 욕정이 들끓는 것은 무엇 때문인가?

마치 음약(淫藥)을 복용한 것 같다. 정신은 멀쩡한데 몸이 팔팔 끓어오른다. 말은 냉정하게 할 수 있는데 체면 모르고 곤두서는 양물(陽物)은 제어할 수 없다.

겁탈을 해버릴까?

그 생각도 하지 않은 게 아니다.

도저히 욕정을 이기지 못해 행동으로 옮기려 할 때, 그녀가 먼저 쌍검을 뽑았다.

그때, 처음으로 가슴이 떨렸다.

어찌 된 영문인지 모르지만 쌍검이 그를 가리키는 순간 몸이 얼어붙는 듯했다.

그녀는 어떤 무공을 펼치려고 했나?

가슴 떨림과 들끓는 욕정이 교차하는 묘한 상황이 이어졌다.

그는 물러설 수밖에 없었다. 그런 상태로는 도저히 사약란과 싸울 수 없었다.

그녀가 따라오지 말라고 말했을 때, 암고양이 같다고 말해주었다.

사실 그 말도 억지로 했다.

양물은 터질 듯 부풀어 오르는데, 가슴은 차디차게 식어간다.

이 미칠 것 같은 상황을 도저히 이해할 수 없었다.

"후후후! 후후후후!"

그는 두 손을 들어 얼굴 가까이 댔다.

츠츠츠츳!

왼손에 빙화참이 운기되었다. 오른손에는 빙극검형이 형성되었다.

빙마지신만이 펼칠 수 있는 음공(陰功)의 최고 절학이 양손에 운집되었다.

왜 그녀 앞에서는 이런 무공을 펼치지 못한 것인가!

그는 두 손을 쳐다보며 말했다.

"아무래도 대공을 한 번 더 만나야겠군. 단차를 죽인 후에. 후후후! 정말 재미있는 여자야."

‘후웁!’

고우진이 보이지 않게 되자 그녀는 깊은 숨을 토해냈다.

참고 참았던 공포가 짙은 호흡과 함께 쏟아졌다.

‘온몸이 꽁꽁 얼어붙는 줄 알았어.’

기가 눌리지는 않았다. 고우진을 보면서 싸울 만한 상대라고 생각했으니까 위축된 것도 없다.

다만 진기를 끌어올릴 때 평소와 다르다는 느낌을 받았다.

빙정이 반발하는 것 같았다.

일곱 살 어린아이가 미운 짓을 할 때처럼 충실하던 빙정이 갑자기 까다롭게 변했다.

꼭 그런 느낌이었다.

그때, 고우진의 진기를 느꼈다.

북해에서 생성된 만 년 얼음덩이가 전신에 얹힌 것처럼, 살을 얼리는 차디찬 바람이 휘몰아친 것처럼…… 피가 얼어붙고, 입이 얼고, 손발이 굳어갔다.

고우진은 싸우지 않으려고 한 게 아니다. 말로는 그리 말했지만 속으로는 싸우려고 진기까지 운용했다.

어떤 피치 못할 일이 생겨서 싸움을 포기한 것이다.

그녀는 그런 사정을 감지했기에 순순히 물러섰다.

따라오지 말라고 엄포를 놓는 것으로 싸움을 일단락 지었다. 그렇지 않았다면 승패를 갈랐을 것이다.

“하아!”

다시 한 번 깊은 숨을 토해냈다.

빙정은 다시 귀엽디귀여운 어린아이로 돌아갔다.

그녀의 의념(意念)에 따라 군말없이 전신을 휘돈다. 화화구중과 뒤섞여서 자신의 소리를 내지 않는다. 조금 전처럼 날카로운 가시를 토해내지도 않는다.

완전히 정상이다.

'천적(天敵)…….'

문득 그런 생각이 들었다.

자신이 계야부에게서 받은 빙정은 북해빙궁의 신물이다.

고우진은 북해빙궁의 절학을 고스란히 전승했다. 빙정이 있어야 만들 수 있는 빙마지신을 목숨을 걸고 빙화참을 수련하여 제 손으로 얻어냈다.

그는 영물의 힘을 빌리지 않고 빙마지신을 이룬 최초의 인간이다. 의지의 화신이다.

빙화참과 빙극검형이 합쳐지면 빙령초혼마공이 탄생한다고 한다.

그는 이미 이 경지로 들어섰을 게다.

아무래도 천적일 것 같다는 생각이 든다.

그것보다 더 중요한 것은 그에 필적할 수 있는 무공이 도무지 생각나지 않는다는 점이다.

'우선 저들부터 정리한 다음에…….'

고우진을 떨쳐 낸 그녀는 전력으로 신형을 쏘아냈다.

칠살문을 어떻게든 사지에서 빼내야 한다. 그리고 개방의 협박도 깨끗이 씻어내야 한다. 두 번 다시 이번 일을 거론하지 못하도록 단단히 못을 박아놔야 한다.

쒜에엑!

그녀의 신형이 한줄기 유성이 되었다.

第百七章
피의 제전(祭典)

단차는 여전히 침묵했다.

세상이 들끓고 있지만 그의 처소는 찬바람조차 숨을 죽이는 정적이 지속되었다.

폐관봉문을 알리던 종이는 찢어졌다.

방문은 활짝 열려졌고, 그 후 닫힌 적이 없다. 창문도 여전히 열려져 있다.

전에도 그랬지만 마음만 먹으면 그 누구라도 단차가 어디서 무엇을 하는지 알 수 있다.

단차는 침상 위에 가부좌를 틀고 앉아 있다.

단차는 방문 앞 계단에 앉아서 양광을 쬐고 있다.

단차가 지금 뭐 하냐고 물으면 늘 이 두 가지 중에 하나가

거론되곤 했다.

그는 아무 일도 하지 않았다. 단지 시간만 죽였다.

명문정파에서 항의서(抗議書)가 쏟아져 들어오기 시작했다.

가장 가까이에 있는 화산파(華山派)와 공동파(崆峒派), 그리고 종남파(終南派)의 대응은 아주 거칠었다.

흉수를 잡을 자신이 없거든 물러서라!

예전에는 돌려서 말해오곤 했는데 이제는 아예 노골적으로 직접 압박을 가해왔다.

민심이 그만큼 흉흉했다.

무인들뿐만이 아니라 민초들까지 북지단을 쳐다보는 눈길이 심상치 않았다.

안선은 그만큼 중원에 많은 공을 들여왔다.

지금 당장 무기를 들고 일어선다면 민초들은 갈등을 할 것이다. 무총의 편에 서느냐, 안선을 돕느냐.

무총은 무림의 평화를 지켜온 최후 보루다.

무총 덕분에 무림은 조용할 수 있었다. 피보라가 튀고 살점이 떨어져 나가고 주검이 산처럼 쌓이는 것은 여전했지만 모두 무림에 국한된 일로 끝났다.

무림에서 벌어진 살육이 민초들에게까지 번진 적은 없다.

무총이 다른 건 몰라도 사마외도(邪魔外道)에 대한 탄압만은 철저히 해왔다.

산에 산적(山賊)이 없고, 물에 수적(水賊)이 없다.

이것 하나만 해도 무총은 역대 어느 황제도 하지 못한 일을 해낸 성스러운 조직이다.

이 점 또한 민초들은 잊지 않고 있다.

무총이 무인들을 강하게 핍박한다. 민초들도 그런 사실을 알고 있다. 그럼에도 그들은 무총을 지지한다. 그들의 생활을 평온무사하게 유지시켜 주기 때문이다.

안선도 이 점을 알고 선행에 주력해 왔다.

많은 재물을 베풀었고, 인덕을 많이 쌓았다.

무총이 창칼에서 보호해 주었다면 안선은 경제적인 궁핍을 도와주었다.

자! 어느 쪽 손을 들어줄 것인가.

희한한 것은 평화시에 창칼의 위협은 크게 느껴지지 않는 반면에 경제적인 위협은 직접적으로 와 닿는다는 것이다.

한마디로 민초들은 안선 쪽에 기울어져 있다.

무총이 무림을 장악하기 전처럼 무인들이 싸움을 벌이면 혹여 피해가 닥칠까 봐 전전긍긍하는 상황이 오지 않는 한, 무총은 절대적으로 불리하다.

이런 이유 때문에 삼대문파가 북지단을 핍박해 올 수 있었다.

당장 해결하라! 해결할 수 없으면 뒤로 빠져라! 우리가 해결하마!

변명의 여지가 전혀 없다.

그런 말을 듣기 싫으면 살수들의 살행을 멈추게 하면 된다.

그렇지 않으면 삼대문파가 아무런 제약도 받지 않고, 북지단과 전혀 상의없이 일방적으로 살수들을 쳐도 할 말이 없게 된다.

이제는 북지단이 가부간 결정을 내려야 한다.

"단차는 뭘 하고 있는고?"

"햇볕을 쬐고 있습니다."

"허허허!"

"이제는 일휘단주의 의향을 무시해도 좋지 않나 생각합니다만."

"그래도 그 사람 수하들 아닌가."

"지단주님의 수하이기도 합니다."

"내 수하래 봐야 금룡대밖에 더 있나. 현재 움직이는 자들은 칠살문과 살림이라면서? 허허허! 그럼 내가 할 말이 없지. 내 사람도 아닌데 무슨 말을 해?"

똑같은 이야기의 반복이다.

북지단주는 왜 일어서지 않는 것일까? 삼대문파의 항의서가 아니꼽지도 않은가. 기껏해야 살수 십여 명뿐인데, 그깟 놈들 단매에 때려죽이면 안 되는 건가.

만총림 부림주는 애가 탔다.

지단주가 명령 한마디만 내리면 즉각 출동시킬 문도까지 구비해 놨는데, 도무지 명령을 내리려고 하지 않는다.

'이 말을 하면 저 말을 하고, 저 말을 하면 이 말을 하고……

결국은 단차가 주도한 일이니 그의 뜻에 따라 행동하라는 것 같은데…… 그럼 가만히 앉아 있자는 소리잖아.'

삼대문파에 손가락질을 당하는 한이 있어도 가만히 있어라.

이것이 북지단주의 완곡한 뜻이다.

부림주는 또 한 번 무기력함을 느꼈다.

비목대주가 만총림을 휘어잡고 있을 때는 이렇지 않았다. 만총림의 건의는 어느 의견보다도 앞서서 채택되었다.

그때만 해도 전폭적인 신뢰가 있었다.

지금은 그렇지 않은 것 같다. 만총림의 보고를 두 번, 세 번 거듭해서 확인한다.

"하면 일휘단주님과 상의해서 결정해도 되겠습니까?"

"사람 하고는…… 진작부터 그리하라 하지 않았나. 단차가 잘 알아서 할 게야."

부림주는 물러설 수밖에 없었다.

내단주는 집안 단속을 철저히 했다.

허튼소리는 난 한마디도 담장 밖을 벗어나지 않도록 철저히 입단속을 시켰다.

외단주는 언제든 출동할 수 있게끔 만반의 준비를 갖췄다.

절검대, 뇌편대, 금룡대…… 그들은 자신이 상대해야 할 자가 살림 살수라는 것을 알고 있기에 바싹 긴장했다.

'자칫하면 몰살당한다!'

몰살당하는 것은 두렵지 않으나 북지단의 무적(無敵) 전통(傳

統)이 깨지는 것은 가슴 아파할 일이다.

그들은 만총림 부림주가 나타나기만 기다렸다.

그가 어깨를 축 늘어뜨리고 걸어왔다.

"제길! 또 틀렸군!"

절검대원 중 한 명이 연무장에 털썩 주저앉으며 말했다.

삼대문파는 어떻게든 빨리 행동을 취하던가 아니면 삼대문파에게 앞길을 양보하라고 연일 재촉하는데…… 오늘도 대문을 박차고 뛰쳐나가기는 틀렸다.

"또 그놈의 단차타령이시겠군."

외단주가 미간을 잔뜩 찌푸리며 말했다.

내단주는 눈을 부릅뜨더니 신경질적으로 걸어갔다. 보나마나 독주(毒酒)를 들이켜러 가는 것일 게다.

북지단은 답답하다 못해 미칠 지경이었다.

저벅! 저벅!

굉장히 느린 걸음…….

한 걸음 걷고 다시 다음 걸음을 옮길 때까지 속으로 다섯을 헤아려야 할 정도로 느릿한 발자국 소리가 들려왔다.

단차는 일어나 옷매무시를 반듯이 했다.

"햇볕은 잘 쬈나?"

"확실히 가을인 것 같습니다. 뜨겁다기보다는 따뜻하군요."

"바깥 날씨에 자극을 심하게 받는다는 건 진기가 고갈되는 현상인데…… 괜찮겠어?"

“괜찮습니다.”

“하기는…… 원래 진기가 없었지. 앉게. 그 자리가 되게 편해 보이는군.”

북지단주가 늙은 노구를 이끌고 직접 단차를 찾아왔다. 그리고 단차가 양광을 쬐던 자리에 엉덩이를 붙였다.

“이제 좀 그만 괴롭히면 안 되겠나?”

“네?”

“사방에서 난리야.”

“아! 죄송합니다.”

단차는 말로는 죄송하다 했지만 크게 미안한 표정은 아니었다. 그저 형식적으로 사과했다.

“복안은 서 있는 게지?”

“상당히 곤란하실 겁니다.”

“허어! 자신만 생각했군. 북지단 입장은 전혀 고려하지 않았어.”

“제겐 그만한 머리가 없습니다.”

“그렇지. 자네는 책사가 아니지.”

북지단주가 고개를 들어 태양을 쳐다봤다.

두 눈은 감았다. 태양의 열기를 얼굴 가득히 담아내는 모습이 무척 평화롭다.

“언제 북지단을 떠나겠나?”

“……?”

“사람 하고는……. 그 정도도 눈치 못 챌 것 같았나? 이래 봬도 무림에서만 일갑자(一甲子)야. 산전수전 다 겪은 몸이니 무시하면 못 써.”

“그런 것 없습니다. 때가 무르익길 기다렸을 뿐입니다. 오늘. 오늘 떠나겠습니다.”

“만총림은?”

“다 썼습니다.”

“허허허!”

북지단주는 기분 좋게 웃었다.

“만총림 그 사람들…… 머리 좋다는 사람들이 모여서 뭐 하는 건지. 이용당하는 줄도 모르고. 쯧! 있는 것 없는 것 다 내주고 쭉쟁이만 가졌군.”

“죄송합니다.”

“내게 죄송할 건 없지. 세상은 잠시도 가만있지 않는 것. 현상 유지는 퇴보를 의미하는 것일 뿐. 이제 싹 바뀔 때도 됐어. 성공하길 바라네.”

“인사는 안 드리겠습니다.”

“허허! 지금 하지 않았나. 참! 자네 북지단에 들어올 때 말이네, 왜 시각랑을 고집한 겐가?”

“절 찾아낼 수 없는 유일한 곳입니다.”

“유일하다……?”

“제가 잘 아는 곳이니까요.”

“거짓을 말해도 아는 것을 말해야 한다는 건가? 하면 시각랑을 잘 안다는 말이겠군.”

"아주 잘 압니다."

"칠살문을 끌어들일 때 그만한 짐작은 했네. 자네 누군가?"

"죄송합니다."

"죄송하기는…… 때가 되지 않았을 뿐, 언젠가는 비밀을 밝힐 날이 오겠지."

북지단주가 일어섰다.

두 사람은 서로가 모르는 사람이었다.

북지단주는 무림의 태양이나 마찬가지였고, 단차는 길가에 굴러다니는 돌멩이에 불과했다.

그런 두 사람이 만나 한 시절을 같이했다.

서로에 대해서 아는 것이 없으면서 전폭적으로 지원해 주었고, 또 그런 지원을 당연한 듯이 받아들였다.

두 사람은 이런 게 당연하게 여겨졌다.

두 사람이 본 것은 서로의 인간성뿐이다.

무공도 보지 않았다. 심성이 착한지 악한지도 보지 않았다. 내면 가장 깊은 곳에서 일어나는 마음만 보았다. 무엇 때문에 부인이 되었고, 어떻게 살아가고 있느냐 하는 것만 보았다.

북지단주만 본 것이 아니다. 계야부도 북지단주를 보고 느꼈다.

전부를 줘도 되겠구나.

마음 놓고 움직여도 되겠구나.

만약 그런 마음을 읽지 못했다면 북지단에서 계야부의 행동은 다른 식으로 전개되었을 것이다.

그들은 서로를 믿었다.

무림사에 다시없을 기문(奇聞)은 이렇게 만들어졌다.

'된 것인가.'

단차는 처소로 들어왔다.

북지단주가 그를 만나고 갔다는 소문은 일다경(一茶頃)도 지나지 않아 북지단 모든 사람이 알게 될 것이다.

사람들은 북지단주가 모종의 압력을 가했을 것이라고 믿는다.

단차에게 지금 하는 일을 당장 그만두라고 호통 치셨으리라.

사람들의 눈길은 당연히 단차에게 쏠린다.

단차의 다음 행동은 무엇인가?

물론 이런 사실은 북지단 사람들만 아는 게 아니다. 북지단에 압박을 가하고 있는 삼대문파에서도 알게 되고, 일방적으로 문도가 살상되고 있는 안선도도 알게 되리라.

북지단은 북무림의 중추이다. 그래서 이목이 항상 따라붙는다. 또 그런 만큼 숨길 수 있는 것도 없다.

활짝 열려진 창문을 통해 수많은 사람들의 눈동자가 쏟아졌다.

계야부는 창과도 같은 눈길을 온몸으로 받으며 태연히 행랑을 꾸렸다.

빈 몸으로 왔으니 갈 때도 빈 몸이다.

하나 시간을 들여서 꼼꼼하게 행랑을 쌌다.

가급적 더 많은 사람들이 지켜볼 수 있도록…… 일부러 의식은 하지 않으면서 짐을 챙겼다.

"가려나 봐?"

"염체가 있으면 가야지."

"단주님이 직접 말한 모양인데 가지 않고 배겨?"

"일휘단주는 총주님이 직접 하사하신 거잖아? 아무리 단주님이라고 해도 일휘단주를 마음대로 내보낼 수는 없지. 총단에서 무슨 전갈이 왔나?"

"그런 소리는 못 들었어."

"나도. 만총림도 저놈 때문에 전전긍긍한다는 소리만 들었는데…… 단주님이 뭐라고 하셨으니 짐을 꾸리는 거겠지?"

"에이! 빨리 꺼졌으면 좋겠다. 속이 다 후련하네. 어디서 거지발싸개 같은 놈이 기어들어 와가지는…… 저놈 덕분에 북지단 물이 온통 흙탕물이 됐어! 그 잘나가던 금룡대주님도 강에 가서 낚시나 하고 계시잖아!"

문도들의 수군거림이 제법 크게 들려왔다.

처음에는 작은 수군거림에 불과했는데, 나가는 것이 확실해지자 목청이 조금씩 높아졌다.

'마지막 정리도 끝났고.'

계야부는 행랑을 등에 메고 일어섰다.

이로써 북지단은 북무림 무인들로부터 안전하게 되었다.

자신이 북지단을 떠나는 순간, 북지단은 전력을 다해 자신과 살수들을 칠 것이다.

그것만이 북지단이 존속하는 길이다.

원망은 하지 않는다. 아니, 당연하게 받아들인다. 자신이 완벽하게 등을 돌릴 수 있게끔 기회를 만들어주었다. 인연을 완전히 끊을 수 있게끔 만들었다.

북지단주는 계속 살수들을 치지 말라고 했다. 단차의 사람이니 단차의 뜻에 따르라고만 했다.

북지단과 단차의 선을 그은 것이다.

단차가 북지단을 벗어나면 곪은 상처 한 부분이 완전히 떨어져 나가게 된다.

그때는 무슨 짓이든 할 수 있다.

이심전심(以心傳心).

서로 의논을 한 적도 없으면서 두 사람의 마음은 하나로 일치했다.

됐다. 할 바를 다했다.

그는 초롱을 열어 비둘기 두 마리를 힘껏 날려 보냈다.

이 순간을 위해 만총림에서 가져온 전서구다. 이것이 북지단에서 보내는 마지막 전서가 될 것이다.

북지단 정문을 나섰다.

그는 북지단을 나설 때 늘 후원에 있는 뒷길을 이용했다.

오늘은 정정당당하게 정문으로 빠져나왔다.

사람들 눈에 잘 띄는 흰색 준마를 탔고, 단차의 상징인 복면에 폭넓은 방갓도 썼다.

모든 사람이 그를 주시했다.

'응?

그는 정문 옆에 늘어서 있는 여인을 봤다.

그녀는 자신처럼 긴 여정을 떠날 차림새였다.

"제가 받은 명령은 일휘단으로 가라는 것이었어요. 단주님을 모시겠습니다."

비화원주가 고운 웃음을 지으며 말했다.

그는 거절하지 않았다. 형식으로 한두 번쯤 말해보는 만류도 하지 않았다.

비화원주는 정신이 삭막해졌을 때, 생의 기운을 북돋워준다.

그녀는 무인이지만 파괴를 하지 않는다. 생산에 주력하고 창조적인 일을 한다.

꽃을 가꾸고, 나무를 키운다는 것은 생(生)을 지켜본다는 뜻이다.

그녀는 옆에서 묵묵히 자신의 일을 하는 것만으로도 사람들에게 원기를 북돋워준다.

"먼 길을 가는데 말이라도 타시지."

"북지단에 들어와서 한 일도 없이 신세만 많이 졌어요. 호호호! 등을 돌리고 떠나는 것과 마찬가지인데 말까지 달라고 할 배짱은 없답니다."

그녀도 지금 행하는 출문(出門)이 어떤 의미인지 알고 있다.

북지단에 등을 돌리는 행위이며, 차후 북지단과 적의 입장에서 부딪칠 수도 있다는 사실을 안다.

그럼에도 같이 동행하려고 나섰다.

그녀와 어떤 교분이 있었나? 같이 죽음을 불사할 만한 의리라거나 정리 같은 것이 있나?

그런 것은 전혀 없다.

비화원 부원주로 임명받았지만 부원주의 직책을 수행한 적은 없다.

서로의 위치가 바뀌어 자신이 일휘단주가 되고, 그녀가 일휘단에 배속되었지만 딱히 생사를 걸 만한 일을 한 적도 없다. 아니, 잡다한 일조차 하지 않았다.

그녀의 역할은 파괴 속의 생산이다.

계야부는 비화원을 그런 뜻에서 받아들였고, 그래서 그들이 자신의 할 일만 묵묵히 하도록 지켜봤다.

이렇게 따라나설 이유는 없다.

그녀는 어떤 결심에서 죽음의 길을 같이 가려는 것일까?

묻지 않는다. 그녀는 옆에 있어도 좋을 사람이기에 아무것도 묻지 않는다.

"하하! 원주께서 그리 말하면 제가 뭐가 됩니까?"

말 위에 앉아 있던 계야부가 머쓱해져서 말했다.

"원래 염체없으셨잖아요."

비화원주가 생긋 웃으며 말 옆에 따라붙었다.

단차는 말을 몰았다.

따각! 따각!

말발굽 소리가 바늘 떨어지는 소리도 들릴 법한 정적을 깨
웠다.

*　　　*　　　*

“총통기를 내걸어야 합니다. 빠르면 빠를수록 좋습니다. 미
적거리다가는 좋은 기회를 놓칠 수 있습니다.”

부림주는 단차가 떠나자마자 북지단주를 찾아가 채근했다.

“쯧! 뭐가 그리 급해. 예천을 벗어날 시간은 줘야지.”

“물론 그럴 겁니다. 아니, 내일 아침에나 공표할 겁니다. 하
지만 준비는 미리 끝내놔야 합니다. 재가해 주십시오.”

“단차를 잡을 자신은 있고?”

“그를 잡을 생각은 없습니다.”

“그럼?”

“일단 살인자들의 정체를 밝힐 겁니다. 무림공적으로 선포
하고, 총통기를 내설어야죠. 공동파가 북에서 내려오는 시각
랑을 차단할 겁니다. 종남파는 옆에서 오는 살림 살수들을 막
을 것이고…… . 그사이에 화산파와 저의 북지단은 약한 자, 칠
살문부터 칠 겁니다. 앞으로 이틀, 이틀 안에 칠살문의 머리를
내걸겠습니다.”

부림주는 자신있게 말했다.

“단차가 그 생각을 못했다고 보나?”

"단차가 생각하지 못한 변수가 있습니다."

"그래?"

"고우진이 예천에 들어왔습니다."

"흠!"

북지단주는 처음으로 놀란 표정을 지었다.

고우진이라면 단차를 제거할 수 있다. 제거는 못하더라도 발길을 막을 수는 있다. 발길을 막지는 못해도 더디게는 할 수 있다.

고우진은 어떤 식으로든 영향을 끼친다.

단차에게는 아주 큰 변화의 시기에 좋지 않은 불청객이 찾아든 셈이다.

"해보게."

북지단주는 시원하게 말했다.

"네?"

부림주는 북지단주가 너무 선선히 대답해서 잘못 듣지 않았나 싶어 되물었다.

북지단주가 말했다.

"이번 기회에 만총림을 마음껏 활용해 보는 것도 괜찮겠지. 해봐. 내단주와 외단주도 꺼내 쓰고. 그래도 부족하면 호법원까지 전부 써봐. 허허!"

부림주는 한순간 북지단주가 왜 이러나 싶었다.

그에게 북지단을 전격 운용할 수 있도록 모든 권한을 내준 것과 뭐가 다른가.

"감사합니다!"

부림주는 황급히 읍했다.

그에게 일생일대 최대의 기회가 찾아왔다는 것을 뒤늦게 깨달은 것이다.

2

단차의 일거수일투족은 관심의 대상이다.

그가 비록 출문을 했다고는 하지만 아직은 북지단의 일휘단주다. 북지단에서 정식으로 파문(破門) 통보를 하지 않았으니 그의 권한도 보장된다.

북지단주는 그가 예천을 벗어날 때까지 기다리라고 했다.

단차는 일휘단주라는 신분으로 예천으로 벗어나는 것이다.

이는 그가 예천에 있는 동안은 북지단 전 무인이 그의 명령을 받아야 할 이유가 있다는 뜻이다.

북지단 무인들은 모습을 보이지 않았다.

괜히 그의 눈에 띄었다가 엉뚱한 명령이라도 받으면 곤란하다.

아직은 일휘단주이니 명을 거역하는 것은 항명(抗命). 재수 없게 목숨을 빼앗겨도 할 말이 없다.

다른 문파 사람들도 멀찍이 떨어져서 지켜보기는 마찬가지다.

예천에서 그와 시비를 벌인다는 것은 바로 북지단을 상대하는 격이 된다.

모두들 이런 위험부담을 피하고 싶어 했다.

"조용해서 좋은데요?"

"그리 길지 않을 거요."

"사람들은 꽃이 피어나는 순간만 봐요. 아주 아름답거든요. 하지만 꽃은 지는 순간이 더 장엄해요. 꽃가루를 풀풀 날려 종족을 번식시키고 할 일을 다 마친 후에 만족하면서 지거든요. 그런 의미를 생각하면 시든 이파리 하나도 금쪽같아요."

"조용할 때는 조용한 모습만 보라는 뜻이오?"

"그래요. 시끄러울 때는 역동적인 모습을 보고, 조용할 때는 한가함을 즐기고. 피고 짐이 모두 삶이에요."

계야부는 비화원주를 쳐다봤다.

그녀도 그를 쳐다보며 빙긋 웃었다.

"남자를 사귈 생각은 없었습니까?"

문득 물었다.

그녀의 나이는 마흔 중반이다.

평생 좋은 생각만 하고 살아온 사람답게 얼굴 전체에서 온화한 기운이 물씬 풍긴다.

세속 말로 하면 참 편안하게 잘살아온 얼굴이다.

모든 사람들이 그녀를 좋아한다. 그녀 또한 모든 사람을 따뜻하게 대한다. 그녀가 역정 내는 모습을 본 사람이 한 명도 없다면 말 다한 것 아닌가.

하지만 그녀도 십대 후반이나 이십대 초반에는 이런 성품이 아니었을 게다.

설산파의 무공은 날카롭기로 정평이 나 있다.

설선파가 진산비기로 내세우는 현빙공은 얼음송곳처럼 날카롭고 잔인하다.

어지간히 독한 심성이 아니면 그런 무공을 접하지 못한다.

청춘이 팔팔할 때의 비화원주는 지금 모습과는 사뭇 달랐을 것 같다. 눈에서 불꽃이 일고, 손속이 매우 맵고, 불의를 보면 의기를 못 참는 전형적인 여걸이었을 것 같다.

“남자…… 그런 생각을 못해봤네요?”

그녀가 활짝 웃으며 말했다.

“눈에 드는 사람이 없었습니까?”

“다가오는 사람이 없었다는 편이 맞겠죠? 어려서는 무공 수련하기 바빴고, 좀 나이가 든 후에는 흙과 씨름하기 바빴으니…… 호호! 사내를 볼 틈이 없었네요.”

“다가서는 사람이 있었어도 알지 못했을 겁니다.”

“그랬을까요? 아깝네.”

“하하하!”

“호호호!”

두 사람은 화기애애하게 웃으며 예천을 빠져나왔다.

“설산파의 길과 비화원주의 길은 전혀 다른 길인데…….”

“어쩌다가 검보다 흙을 잡았냐 이 말이죠? 전 설산파의 후인, 설산파의 길을 버린 적은 없답니다.”

“……?”

　"흔히들 설산파의 무공은 잔혹무비하다고 하지만 그렇지 않아요. 아무리 뿌리 깊은 나무라고 해도 천지를 뒤엎을 듯한 태풍은 견디지 못하죠. 뿌리가 뽑히거나 부러져요. 여기서 착안된 말이 강(剛)이 유(柔)를 이기지 못한다는 말인데…… 저희 설산파 무공도 이런 이치를 담고 있어요."

　계야부는 묵묵히 들었다.

　예천을 빠져나오는 동안 약간의 변화가 생겼다.

　북지단 무인들이 쫙 빠지고 다른 파 무인들이 배 이상 많아졌다.

　이미 소문이 퍼진 듯하다.

　이번 섬서성에서 일어난 살인의 배후에 단차가 있다!

　그는 곧 무림공적으로 선포될 것이고, 북지단은 총통기를 내걸 생각이다!

　이런 소문은 무인들을 불나방으로 만든다.

　단차는 살림의 공격을 거뜬히 받아넘겼다. 외단주와 비무도 했다. 북지단 일휘단주의 직위도 얻었다.

　그는 다방면에 걸쳐서 무공을 증명했다.

　그의 무공은 대문파 장문인 수준을 넘어선다. 동정호 오대 고수와 필적할 수준까지 거론된다. 북지단주와도 평수를 이뤘다는 소문이 자자하다.

　이치적으로 생각해도 몇몇 무인들이 무리 지어 덤빈다고 해도 그만한 자를 꺾을 수는 없다.

　그래도 모인다. 주위를 에워싼다. 이판사판이라는 심정으로 무기를 들고 달려든다.

이것이 무림의 공분이다.

총통기가 무서운 것은 단순한 깃발 하나가 전 무인들의 마음을 결속시킨다는 데 있다.

모두…… 예상했다.

따각! 따각!

말발굽 소리가 단조롭게 울렸다.

"처음 입문하면 아주 혹독하게 수련시켜요. 무조건 강해져야 한다고 가르치죠. 근골도 강화시키고 진기도 북돋고, 정신도 날카롭게 다듬고…… 처음부터 부드러운 건 의미가 없어요. 강할 수 있을 만큼 강해져야죠. 그것이 설산파의 현빙공이에요."

비화원주의 음성이 잔잔하게 들렸다.

"현빙공을 극성까지 수련해 내면 보기만 해도 섬뜩한 예도(銳刀)가 돼요. 가만히 있어도 한기가 풀풀 날리죠. 호호호! 그런 여자에게 연심을 품는 사내는 별로 없을 거예요."

북지단은 오래 기다리지 않는다.

비목대주가 여전히 만총림주를 맡고 있었다면 오히려 무림공적 발표 시기를 늦췄을 수도 있었다.

그는 기다릴 줄 아는 자다.

계야부가 시각랑과 만나고, 살림 살수들과 내통하는 현장을 포착한 후에 무림공적 발표를 할 게다.

하면 무림의 주도권은 그가 쥐게 된다.

그가 하고 싶은 대로 무림 군웅들을 움직일 수 있다. 단차를 죽일 수도, 살릴 수도 있다. 자신의 명성을 북지단주만큼이나 높이 올리는 계기로 활용할 수도 있다.

부림주는 기다리지 못한다. 그는 어떤 사안이 되었든 자신의 머리로 일을 꾸며야 만족한다. 가만히 있으면 시간이 해결해 줄 문제도 구태여 일을 꾸며서 결과를 빨리 앞당기려고 한다.

내일 아침이나 모레 정도…… 그 정도면 옛날 투살진기가 그랬던 것처럼 자신 역시 총통기를 받게 되리라.

"그래서 그다음에 수련시키는 게 구음신공이에요. 설산파에서 구음신공을 전수받았다는 건 현빙공이 극상에 올랐다는 뜻으로 보면 돼요. 그런 사람이 아니면 피리는 만져 보지도 못해요."

"구음신공이 유(柔)한 무공은 아니던데……."

"그래요. 구음신공 자체가 강성(剛性)이죠. 하지만 현빙공하고는 다른 강성이에요. 현빙공이 날카로운 강이라면 구음신공은 굳센 강이죠. 약간 달라요."

"흐음!"

"구음신공을 수련하다 보면 강성은 여전히 유지하면서 날카로움을 다듬게 돼요. 굳셈 가운데 부드러움을 유지하는 거죠."

비화원주는 계속 말을 이어 나갔다.

그녀라고 주위에서 일어나는 변화를 감지하지 못할 리 없다.

발걸음이 진중해졌다. 손은 언제든 허리춤을 더듬을 수 있
는 위치에 머물러 있다.
그녀는 마음의 준비가 끝난 상태다.

*　　　*　　　*

스읏! 스스슷!
어둠 일부분이 출렁거렸다.
검은 물결이 파도를 탈 때처럼 급하게 훅 밀려왔다가 잠잠
해졌다.
"큭!"
지극히 짧은 단말마가 새어나왔다.
벌레 울음소리처럼 아주 짧고 미약해서 귀를 쫑긋 세우고
있어도 듣기 힘들었다.
"쉬잇!"
어둠이 말을 했다.
입을 들어 막힌 자는 발노 못하고 발버둥 쳤지만 이내 사지
를 축 늘어뜨렸다.
잠시 정적이 흘렀다.
"큭!"
십여 장쯤 떨어진 곳에서도 개구리 울음소리와 아주 흡사한
소리가 울렸다.
스읏!

어둠이 또다시 출렁거렸다.

이번에는 움직임이 훨씬 명확했다.

일반적인 어둠보다 훨씬 짙은 어둠이 불쑥 일어섰다.

“끝났습니다.”

어둠이 말했다.

그러자 여기저기서 한꺼번에 어둠이 요동쳤다.

많은 그림자가 일어섰다. 거의 이십여 개에 달하는 그림자가 평소의 어둠과 색깔을 달리했다.

“개방도 둘!”

“하오문 둘!”

“비살문 하나!”

“북지단 만총림…… 셋!”

여기저기서 보고 소리가 울렸다.

그들을 지켜보던 자들이 소리없이 제거되었다.

모조리, 전부, 한 명도 예외없이 모두 같은 시간에 같은 장소에서 저승길로 떠났다.

“불!”

화아악!

횃불 십여 개가 일시에 켜졌다.

어둠이 일순간에 물러나고 사방이 환히 드러났다.

검은 옷을 입고, 얼굴에 검은 복면까지 쓴 자들이 손에 피묻은 검을 들고 서 있다. 검도 짙은 검은색이다. 검에 검은 칠을 해서 광채만 숨겼다.

"후회하는 자는 지금이라도 떠나라."

"……."

바람 소리조차 숨을 죽였다.

"이제 날이 밝으면 전 무림이 우리를 쫓을 것이다. 너희의 검에 묻은 피, 전 무림의 피다. 너희는 북지단 형제들의 목숨마저 취했다. 이제 아무도 옆에 없다."

진한 죽음의 냄새가 풍긴다.

개방도를 죽이고, 하오문을 죽이고…… 그들의 죽음에는 아무런 죄책감도 들지 않는다. 죽일 만하니까 죽였다는 생각밖에 없다. 하지만 만총림은 다르다. 그들까지 죽인 것은…… 진정 미안하다.

"지금까지 걸어온 길은 얼마든지 되돌릴 수 있다. 지금이라도 발길을 돌리면 된다. 북지단은 너희의 귀환을 절대 막지 않을 터."

그때, 검은 그림자가 입을 열었다.

"대주, 자신을 속이라는 겁니까?"

"……."

"이미 우리 검에는 북지단의 피가 묻어 있습니다. 되돌아갈 수 없는 강을 건너 반대편에 섰습니다. 대주, 더 이상의 염려는 저희에 대한 모욕입니다."

"그런…… 가."

"대주!"

"화산파로 간다!"

“일조(一組)! 척후(斥候)! 이조! 대주님 호위!”

금룡대주, 그는 손을 들어 말을 막았다.

“척후면 된다. 나머지는 같이 하자. 겨우 스무 명 남짓밖에 안 되면서 위아래 구분 지을 것까지 있나. 가라!”

금룡대주가 일조를 가리켰다.

*   *   *

“어쩌다 보니 구음신공에 너무 빠져들고 말았어요. 그동안 설산파 사람들이 몰랐던…… 아니, 알았으면서도 들어가고 싶지 않았던, 그래서 들어가지 않은 음률의 세계를 아주 깊이 경험했죠. 그러다 보니 강이 사라지더군요.”

비화원주가 흙을 만지게 된 이유다.

계야부는 고개를 끄덕였다.

현빙공과 구음신공에 대해서는 잘 모르지만 어느 정도 이해할 수는 있다.

“예천을 빠져나왔네요.”

비화원주가 길목에 서 있는 이정표를 보며 말했다.

“지금부터 시작인가요?”

“날이 밝으면 시작될 거요. 우리가 피부로 느끼기까지는 조금 더 시간이 걸리겠지만.”

“만총림은 움직임이 빨라요.”

“이번만은 그렇지 못할 것이오. 정신이 없을 테니까. 하하하!”

계야부는 호탕하게 웃었다.

*   *   *

"전부…… 다 죽었단 말인가!"
"깨끗한 솜씨였습니다. 현장에 바로 도착했어도 살릴 수 있
는 사람은 없었습니다."
"전부 다 죽였어?"
"전부 다 죽었습니다."
"금룡대주! 금룡대주!"
부림주는 탁자를 꽉 움켜쥐고 부들부들 떨었다.
그들이 언젠가는 움직일 것이라고 생각했다.
한가하게 낚시나 하고 매운탕이나 끓여 먹기에는 지니고 있
는 칼이 너무 날카로웠다.
한데 너무 전격적으로 움직였다.
하필이면 단차가 북지단을 나설 때 움직이기 시작했는가.
모두가 단차를 쳐다보고 있을 때! 그때를 어찌 알고!
'연통하고 있었어!'
이것은 의심이 아니라 확신이다.
금룡대는 단차가 출문하는 것과 동시에 움직였다.
출문이 마치 움직이라는 신호라도 되는 양, 한 치의 망설임
도 없이 지켜보던 모든 무인을 척살했다.
그중에는 만총림의 눈도 있다.

단차가 북지단과 결별할 것이라는 사실을 알고 그에 맞춰서 일을 저질렀다고 볼 수밖에 없다.

하면 누가 어떻게 연통을 보냈을까?

단차에게는 사람이 없다. 그가 출문할 때 같이 따라나선 사람은 비화원주뿐이다.

비화원주가 중간 연락책 노릇을 했나?

아니다. 다른 사람은 다 의심해도 그녀만은 의심할 수 없다.

그녀는 아침, 점심, 저녁…… 그 어느 때든 화단에만 가면 볼 수 있었다. 직책이 그래서인지는 몰라도 무인이 아니라 꽃을 가꾸는 여인이었다.

그녀가 단차를 따라간 것은 융통성이라고는 손톱만큼도 없는 강직함 때문이다.

그녀는 총주에게서 일휘단 배치를 임명받았다.

그 순간부터 일휘단에서 생사를 같이하는 것이 그녀의 소명이 되었다.

일휘단주가 마인 노릇을 해도 그의 손발이 되어 움직인다.

지금처럼 북지단을 떠나면 같이 떠날 수밖에 없다. 왜? 그녀는 일휘단주의 사람이니까.

그녀를 단차 곁에서 떼어낼 사람은 총주님밖에 없다.

총주님이 임명 때와 마찬가지로 직접 하명을 해야 비로소 떨어져 나온다.

그녀는 그런 여인이다.

그렇다고 선과 악조차 구분하지 못하는 것은 아니다.

그녀는 비화원을 전부 데려가지 않고 단신으로 따라나섰다.

그를 따라가는 게 어떤 의미라는 것을 알고 있으며, 그 일에 수하들까지 가세시킬 수 없다는 뜻이다.

자신 한 명 따라나서는 것으로 총주의 명령을 이행한다는 아주아주 고지식한 발상이다.

그런데 하물며 북지단에 칼을 들이대는 일에 동참했겠나?

지금은 그럴 수 있다. 지금은 완전히 북지단에 등을 돌렸으니 살기 위해서라도 검을 들어야 한다. 하나 이전에는, 북지단을 떠나기 전에는 죽으면 죽었지 절대로 이적 행위를 할 여인이 아니다.

그녀가 아니라면…… 금룡대다.

강가에 있는 금룡대는 개개인의 움직임을 일일이 살피고 있었으니…… 북지단에 남아 있는 금룡대 속에 간자가 있다.

'그럴 수 있어!'

부림주는 확신했다.

금룡대가 대주에게 바치는 충성심은 절대적이다.

대주가 단차라는 얼뜨기에게 귀속되는 통에 따라가지 않고 남았지만 그래도 금룡대주에 대한 충성심은 변하지 않았을 게다.

그들 중 몇몇이 연통을 해줬다고 해도 무리는 없다.

'이것들이!'

“금룡대를 살펴라! 그놈들 중에서 입 가벼운 놈들을 골라 냇!”

“넷!”

명령이 떨어지기 무섭게 유생 몇이 움직였다.

“모든 정보망을 최대한으로 가동시켜라! 단차는 미끼야! 금 룡대! 금룡대를 찾아야 해! 그놈들이 어디로 움직였는지 살펴 봐! 칠살문과 합류할 수도 있고, 살림 쪽에 붙을 수도 있어! 그 쪽을 특히 주의해서 살피라고 해!”

“넷!”

대답과 함께 유생 몇 명이 부리나케 사라졌다.

“날이 밝는 즉시 총통기를 발동한다. 무림공적 대상자는 칠 살문 일곱, 살림 넷, 금룡대 스물, 그리고 단차와 비화원주다. 모두 서른세 명! 그들의 죄상을 낱낱이 기재해!”

“벌써 처리해 놨습니다.”

“축시(丑時)다. 자시(子時)를 넘기자마자 무림에 통문(通文) 해!”

“넷!”

이번에는 유생들이 움직이지 않았다. 그가 벌떡 일어나서 만총림을 나섰다.

북지단주의 직속 휘하인 네 사람이 얼굴을 맞댔다.

모인 용건은 모두 알고 있다.

“아침에 바로 칠 텐가?”

외단주가 물었다.

"아닙니다. 단차는 치지 않습니다."

부림주는 최대한 공손하게 대답했다.

내단주와 외단주, 그리고 호법원주는 오랫동안 북지단주의 휘하에서 지내왔다.

만총림에서는 비목대주가 그와 같은 영광을 누렸다.

즉, 자신은 이들에 비하면 아랫사람에 불과하다.

그런 사실은 만총림을 현실적으로 이끌고 있는 지금도 변하지 않았다. 이들의 눈에는 아직도 아랫사람으로 보일 터이다. 북지단주가 전권을 쥐어줬지만 함부로 휘두를 수 없다. 이들의 비위를 맞춰가며 조심스럽게 협조를 얻는 식으로 진행해 나가야 한다.

그런 점에 불만은 없다.

전권을 손에 쥐기 위해 나아가는 과정 중의 하나이니 기꺼이 웃는 낯으로 받아들인다.

"단차는 고우진이 칠 겁니다. 지금 생각으로는 양패구상(兩敗俱傷) 정도로 보고 있습니다만……."

그는 말끝을 흐렸다.

이미 내려진 결론이지만 최종적인 판단은 이들이 하게 만든다.

"고우진이라. 흠! 양패구상…… 가능하지."

내단주가 받았다.

"내단주께서는 종남파와 함께 살림을 막아주십시오. 한 발

짝도 다가서지 못하게 해주서야 합니다."

"그러지."

"외단주께서는……."

"말 들었네. 공동파와 함께 진을 치지."

외단주도 흔쾌히 동의했다.

"호법원주께서는……."

호법원주도 고개를 끄덕였다.

사실 이런 말을 할 필요도 없다. 자신이 이미 북지단주에게
말했고, 북지단주는 이들을 불러 하명을 해놓은 상태다. 다만
언제 움직일지가 관건이었다.

한밤중에 한자리에 모였다.

'지금 움직입니다!' 이 한마디면 끝나는 거였다.

"가능하시면 지금 움직여 주셨으면 합니다. 저쪽에서는 벌
써 금룡대가 움직였습니다. 그들의 움직임을 파악하지 못하고
있는데…… 파악하는 대로 통보해 드리겠습니다. 세 분 중에
서 손속을 맞댈 분이 계실 겁니다."

"흠! 금룡대주가 결국 그 길을 갔나."

외단주가 침통한 표정으로 말했다.

위치로는 그의 수하였지만 수하로 대할 수 없는 사람이었
다. 직위만 낮을 뿐, 자신과 같은 입장으로 대해왔다.

부림주가 말했다.

"축시를 기해서 무림공적으로 발표하겠지만 그에 앞서……
금룡대주께서는 개방도를 비롯해서 삼십여 명을 죽였습니다.

그중에는 저의 만총림 사람도 셋이나 있습니다. 보시는 즉시
살검을 쓰셔야 할 겁니다."

부림주의 눈동자가 사냥개처럼 번들거렸다.

3

두두두두두!

날이 밝기 무섭게 일단의 말들이 북지단 정문을 빠져나와
동쪽으로 질주해 갔다.

"내단주 아냐? 이 새벽에…… 드디어 단차를 치는 모양이
지?"

"아니…… 단차는 저 길로 안 갔는데?"

"그러게? 엉뚱한 길로 가고 있잖아? 저기로 가면 종남(終南)
인데 어디로 가시는 거지?"

"저 사람들이 하는 일은 도무지 종잡을 수 없더라."

"하기는……."

새벽같이 일어나 하루 일을 시작하려는 사람들이 삼삼오오
모여서 쑥덕거렸다. 그때,

두두두두두…… 두두두두……!

북지단 정문에서 또 다른 일단의 기마대가 달려나왔다.

그들은 내단주와 전혀 다른 방향으로 기수를 꺾었다.

"아! 이제 알았다. 이번에 섬서에서 이상한 살인 사건들이
부쩍 일어났잖아. 그걸 해결하려는 것 같아."

"칠살문과 살림이 저지른 만행 말이지?"

"단차가 배후 인물이라며?"

"누가 배후에 있든 간에 칠 생각인가 봐. 그러니까 어제저녁에 단차를 쫓아낸 거지."

"에이, 빌어먹을 놈들! 애꿎은 사람들은 왜 죽이고 지랄이야."

"애꿎기만 한가? 그분들이 어떤 분들인데……."

"칠살문인가 팔살문인가 하는 그놈들도 그래. 전에는 못된 놈들만 골라서 죽이더니 이제는 성인군자만 골라서 죽여. 이런 빌어먹을 놈들이 어디 있어!"

"북지단이 싹 뛰쳐나갔으니 조만간 좋은 소식이 있을 거야. 천벌을 받을 놈들이 살아 있으면 안 되지. 암!"

사람들은 너나 할 것 없이 북지단의 움직임에 반색했다.

조반(朝飯)을 마치고 아침 일과를 시작할 무렵, 북지단 정문 옆에 마련된 공고판에 통고(通告) 한 장이 걸렸다.

'무림공적(武林公賊) 통고주지(通告周知)'라고 적혀 있는 통고장에는 단차를 비롯한 서른세 명의 신상 명세가 화상(畵像)과 함께 소상히 적혀 있었다.

형벌은 무림공적이 으레 그렇듯이 척살(刺殺)이다.

불문곡직(不問曲直) 척살(刺殺)!

말미(末尾)에는 다사후세인계지물망(多謝后世人戒之勿忘)이라는 글자도 적혀 있다. 이번 일을 후세에 널리 알려서 잊지 않도록 경계하라는 뜻이다.

통고 중에서도 가장 강력한 통고다.

"쯧! 서른세 명이나."

"모두 죽일 놈들이니까. 그러니까 누가 그런 짓을 하래?"

"세상에 태어나서는 안 될 놈들이었지."

"비화원주는…… 사람 그렇게 안 봤는데."

"단차 그놈을 만나기 전에는 안 그랬지. 그놈을 만나서 버렸
어."

"여자는 강한 자에게 끌린다더니 그런가 보지? 단차가 비화
원주를 꺾었잖아. 승부는 나지 않았지만 비화원주가 진 거나
마찬가지지 뭐. 그러니까 몸 주고 마음 주고 다 준 거 아냐?"

"그랬을까?"

"그랬을 거야."

"듣자 하니 단차는 한참 젊은 놈이라던데."

"그러니까 더욱 미쳐서 날뛴 거지 뭐. 늦바람이 무섭다
고…… 사내 알기를 돌같이 아는 사람이 손자 어르고 있을 나
이에 바람이 들어서는. 쯧!"

"인생 망친 거지 뭐."

사람들은 공고판 앞에서 쑥덕거렸다.

어제저녁이나 새벽과는 다르게 한결 정리된 분위기였다.

무림공적 통고가 붙었다는 것은 이미 이 세상 사람이 아니
라는 뜻과도 같았다.

사람들에게 그들 서른세 명은 이미 죽은 자였다.

*   *   *

따각! 따각!

말 위에 여인이 앉았다. 말고삐를 사내가 잡았다.

"저 정말 괜찮은데……."

"이젠 일휘단주도 아니고 북지단과 인연도 끊었고…… 옛날 별호가 어떻게 됩니까?"

"호호호!"

"왜요?"

"웃지 마세요."

"웃긴 별호인가요?"

"그게 좀 촌스러워서…… 설산신녀(雪山神女). 한때는 그렇게 불리기도 했죠."

"설산신녀라…… 딱 누님에게 맞는 별호입니다."

"누…… 님…… 요?"

"제게 누님 소리 듣기 쉬운 것 아닙니다."

"낯선 호칭이네요. 누님이라……."

"부담스럽나요?"

"아뇨. 좋아요."

두 사람은 한가롭게 소풍을 즐겼다.

세상은 온통 무림공적 이야기로 시끌벅적하다.

전 중원이 들썩일 판인데 하물며 북지단이 위치한 섬서성에서는 어련하겠는가.

지나가는 모든 사람들이 무림공적 이야기를 한다.

다루에서 차를 마실 때도, 객잔에 묵을 때도, 음식을 먹다가도 무림공적 이야기를 들어야 한다.

그러다가 두 사람을 보면 사색이 되어 슬금슬금 피한다.

세상 사람들이 모두 단차와 비화원주의 얼굴을 아는 건 아니다. 거의 대부분이 모른다는 편이 맞다.

다만 그들은 백마(白馬)와 얼굴까지 푹 덮은 방갓을 본다. 그리고 무림공적들의 우두머리로 지목된 단차를 떠올린다. 사십대 중반의 단아한 여인과 추물 중의 추물이라는 단차의 모습은 사람들 뇌리에 쉽게 박혔다.

그래도 두 사람은 무림공적의 특징을 지우지 않았다.

여전히 백마를 탔고, 방갓을 깊이 눌러썼다.

그래도 시비를 걸어오는 사람은 없다.

단차의 무공이 워낙 높다고 소문난 탓이다. 또 북지단이 통고를 할 때도 단차의 주의 사항을 단단히 적었다.

함부로 싸울 생각을 하지 마라. 일파를 능히 멸문시킬 수 있는 초고수 중의 초고수이니 자중, 또 자중하라. 무총이 직접 나설 때까지 그의 위치만 보고하라.

단신으로 일파를 멸문시킬 수 있는 초고수.

당금 무림에는 그런 사람이 몇 명 있다.

검산이 무너졌고, 붕지가 무너졌으며, 살림이 반 조각 났다.

이들 봉문삼문은 일파를 무너뜨리고도 남을 저력이 있다.

어느 문파도 그들과 적이 되고 싶어 하지 않는다. 한데 후기사룡이라는 자들은 봉문삼문을 장난감처럼 다뤘다.

솔직히 단차를 건드리고 싶어 하는 문파는 없다.

명예욕에 눈이 뒤집힌 이런 자들이 아니라면.

서른 명쯤 되는 자들이 길을 가로막아 섰다.

"후후후! 비화원주, 젊은 사내놈 맛이 좋소?"

"창피한 줄 알아야지. 젊은 놈 몽둥이맛을 보더니 머리꼭지가 돌아버렸네. 이제는 말 위에 앉아서 한가하게 세상 구경이나 하고…… 참 좋겠수다."

그들은 처음부터 도전적이었다.

자신들의 문파를 밝히지도 않았고, 길을 가로막는 이유도 설명하지 않았다.

산적이나 다름없는 행동이다.

"예의가 없군."

계야부가 복면 속에서 씩 웃었다.

그 웃음, 그 살기…… 두 눈을 벗어나 방금 말을 한 사내의 눈동자에 꽂혔다.

"훗!"

사내는 온몸에 소름이 돋는지 움찔 놀라며 뒤로 물러섰다.

"대형, 왜 그러십니까?"

"저 자식…… 사술을 쓰는 것 같아."

"예?"

"좌우지간 조심들 하자고!"

차앙!

그는 거리가 한참 떨어져 있는데도 다짜고짜 검을 뽑았다.

얼이 반쯤 빠졌다는 증거다. 마음속으로는 벌써 후회하고 있으며, 절대로 이길 수 없다는 사실을 받아들이고 있다.

"유황, 송진, 흠…… 화옹(火甕)을 준비한 것 같아요. 무인들의 싸움이 아니라 들개 싸움이 되겠네요. 오늘 누님 소리도 들었겠다, 기념으로 이자들은 제가 상대할게요."

비화원주가 말에서 내리려고 했다.

계야부가 그녀의 다리를 지그시 잡았다.

"제 무공을 궁금해하는 자들이 많아요. 확실하게 보여주지 않는 한 이런 무의미한 싸움은 지속될 겁니다. 죽여도 죽여도 계속 오겠죠. 두 번 다시 검을 들 수 없게끔…… 그러자면 제가 나서야 합니다. 앉아서 구경하세요."

"잔인하게……."

"보시기 싫으면 눈을 감으셔도 됩니다. 새로운 마두의 등장이 될 테니. 어차피 무림공적으로 지목되었으니 막장까지 간 것…… 독하게 가보죠."

"마음대로 해요."

비화원주는 품에서 피리를 꺼냈다.

"단주께서 저들을 치는 동안 전 영혼을 위로하겠어요. 검이 그려내는 풍경은 잔혹하겠지만 이승을 떠나는 영혼은 평안을 누릴 거예요. 그렇게라도 해주고 싶네요."

계야부는 방갓 끝을 잡아 깊숙이 눌러썼다. 여러 말을 하는 것보다 더 깊이있는 대답이었다.

계야부는 검을 사용했다.

시각랑들이 모두 사용하기 쉽고 위력이 강한 만도를 쓸 때 그는 굳이 검을 고집했다.

군(軍)에 들어와서 처음 잡은 병기가 검이었다.

파총(把總)이라는 정칠품(正七品) 군직(軍職)을 끝으로 갑옷을 벗을 때도 검만은 놓지 않았다.

그는 항상 검을 쓴다.

스릉!

검이 요사스러운 광채를 발산했다.

뚜벅! 뚜벅! 뚜벅……!

그는 거침없이 걸어갔다.

기수식(起手式)이고 뭐고 없다. 발검술(拔劍術)도 아랑곳하지 않는다. 검을 막대기처럼 잡고 두 팔을 축 늘어뜨린 채 무인지경(無人之境)으로 걷는다.

"우릴 아예 사람으로 보지도 않는구먼!"

"이거 너무하잖아!"

가로막아 선 자들이 분기를 드러냈다.

계야부가 소리쳤다.

"가장 자신있는 절초를 써라! 후회없도록!"

그의 음성은 쩌렁 산하를 울렸다.

일목!

음성에 온 정신을 담는다. 십도구패의 말대로라면 찰나 동안에 전신의 모든 잠력(潛力)이 음성에 집중되어 터졌다.

"헉!"

막 검을 들고 튀어나오려던 무인이 엉거주춤 엉덩이를 뺐다.

계야부의 음성은 불문의 사자후(獅子吼)나 도가의 청룡음(靑龍音)을 능가했다.

타타타타탁!

거침없이 걸어오던 그가 먹이를 노리는 들개처럼 뛰어왔다. 양들 무리 속으로 뛰어드는 호랑이처럼 삼십여 명의 사람들, 삼십여 개의 병기 속으로 파고들었다.

쒜에엑! 슈각!

검은 벌써 바람을 가른다.

머리가 반으로 베어졌다. 오른쪽 귀 윗부분을 파고든 검이 왼쪽 귀 바로 아래로 빠져나왔다.

슈각! 슈각!

검이 갈지(之) 자로 그어졌다.

머리가 잘린 자는 몸을 눕히기도 전에 목에 베어졌다. 뿐만이 아니다. 다시 돌아온 검이 이번에는 허리까지 베어냈다.

온갖 장기가 우수수 쏟아졌다.

전신에 있던 피가 무너진 제방처럼 터져 나오고 누런 뇌수도 사방으로 비산했다.

"헉!"

뭐가 어떻게 되는지도 모르는 순간에 살육이 벌어졌다.

옆에 있던 자가 너무 놀라 외마디 비명을 토해냈다. 하나 그가 가슴 저리며 토해낸 경악성은 곧바로 비명이 되고 말았다.

슈각! 슈우웃!

오른쪽 어깨를 베고 들어온 검이 몸통을 사선으로 그어 내렸다.

"아악! 아아아악!"

그는 자신의 몸이 몸통을 따라서 미끄러져 내리는 것을 보며 비명을 토해냈다.

살아 있는 상태에서 몸이 반으로 갈린 것을 본 것이다.

"죽엇!"

계야부를 향해서 불붙은 항아리가 던져졌다.

안에는 기름이 가득 들어 있다. 맞든 피하든 방원 삼 장은 불구덩이로 변할 것이다.

"죽여! 죽여 버렷!"

악에 받친 고함도 터져 나왔다.

타악!

계야부는 날아온 화옹을 검으로 쳐냈다. 부드러운 솜으로 받듯이 살짝 받아냈다. 그리고 휘청거리는 검의 탄력을 이용하여 다시 쏘아냈다.

휘익! 화아악!

불붙은 항아리가 공중에서 터지며 불길을 사방으로 흩뜨렸다.

"아악! 으아악!"

여기저기서 불덩어리를 뒤집어쓴 무인들이 비명을 쏟아냈다.

아비규환(阿鼻叫喚)이 따로 없다. 이처럼 잔혹한 지옥도는 다시 못 그릴 것이다.

쒜에엑! 쒜엑!

계야부는 불붙은 자들을 베어냈다.

"터뜨럿! 터뜨럿!"

휘익! 휘이익!

다시 화옹 여러 개가 날아왔다.

그들은 자신들이 어떻게 해서 화옹의 불더미를 뒤집어썼는지 모르고 있다.

당연한 생각이다.

화옹은 던지면 그것으로 끝이다. 곱게 받아내서 다시 던진다는 것은 생각지 못한다.

기름이 가득 든 옹기를 한지 열 겹이 감싸고 있다. 한가운데에 심지가 박히고, 불을 붙인 채로 던진다.

옹기는 허공을 날면서 한지를 흠뻑 적신다. 옹기가 깨지지 않아도 상관없다. 옹기가 하늘을 가를 때, 기름은 이미 한지를 뚫고 분출되는 상태다.

그걸 어떻게 받아서 다시 던진단 말인가.

그런 건 있을 수 없다. 아마도 던진 놈이 잘못 던졌을 게다. 힘껏 던져야 하는데…… 손이 미끄러지거나 그랬을 게다. 던지는 와중에 옹기를 놓친 게 틀림없다.

그렇게 생각할 수밖에 없다.

사실이 그렇다.

그 누구도 화옹을 받아서 되던질 수는 없다.

이들이 단차의 막강한 무공 내력을 전해 듣고도 자신있게 길을 막아선 것은 화옹을 믿었기 때문이다.

화옹을 쓰는 것은 무인의 수치이지만 무림공적을 잡았다는 명예에 비할 바는 아니다. 단차와 정면으로 마주 섰다는 용기만으로도 무림사에 이름을 남길 것이다.

한데 불행히도 상대가 계야부다.

사실 화옹은 무림의 화기가 아니다. 군인들의 화기다. 밀려오는 적을 상대할 때 화옹만큼 좋은 것도 없다. 또 대군에게 포위당해서 길을 뚫을 때도 화옹처럼 든든한 우군은 없다.

계야부는 화옹을 많이 다뤄봤다.

던지는 방법, 막는 방법…… 연구하지 않은 부분이 없다.

군인들은 싫든 좋든 화옹을 상대하게 되어 있다.

그럴 경우, 자신에게 화옹이 던져질 경우에 대부분의 병사는 방패를 들어 막는다.

그것이 유일한 방법이다.

화옹은 방패에 맞아 기름을 쏟아낸다. 불은 기름을 따라 흐르고, 방패를 들어서 막든 막지 않든 온몸에 불이 붙어서 펄쩍펄쩍 뛰는 것은 마찬가지다.

화옹을 막는 척할 수는 있지만 온전히 막을 수는 없다.

계야부도 그랬다.

숱하게 연구하고 또 연구했지만 화옹을 막을 방법은 없었다. 유일한 길이라면, 혼자 몸이라면 빠른 발로 화옹의 살상 구역을 벗어나는 것만이 최선이다.

자신도 이들과 맞서면서 그럴 생각이었다.

화옹이 던져지면 빨리 피한다. 그까짓 삼사 장쯤 벗어나는 게 큰 문제겠냐.

한데 막상 화옹이 날아오자 뜻밖에도 길이 보였다.

화옹에 담긴 기름은 이미 사방으로 비산하고 있다. 불길도 기름을 따라 하늘을 불꽃으로 수놓는다.

검을 화옹에 대고, 화옹이 떨어지는 속도에 맞춰서 검을 떨어뜨린다. 그러다가 어느 정도 속도가 죽으면 다시 되튕긴다.

단지 생각뿐이었지만 그것으로 충분했다.

그의 무공은 의살이다. 생각만으로 모든 게 이루어진다.

몸은 생각을 따랐고, 화옹은 상대에게 되던져졌다.

'어차피 생지옥으로 만들 생각이었으니.'

망설임이 있을 수 없다.

그는 검을 들어 화옹을 받아쳤다. 한 개, 두 개…… 연속으로 되튕겼다.

파앗! 화르륵! 화르르륵!

"아악!"

"이, 이게 뭐야! 아아아악!"

무인들이 사방으로 도주했다.

계야부의 승리다. 아주 짧은 순간에 일궈낸 승리이다. 하나 그는 멈추지 않았다.

쒜에엑!

신형이 바람처럼 쏘아졌다.

"뭐, 뭐! 아악!"

도주하던 자의 허리가 반으로 꺾였다.

그 앞을 달리던 자는 던진 검에 뒤통수를 뚫리고 말았다.

쒜에엑! 쒜에에엑!

계야부는 악마처럼 사방으로 쫓아다녔다.

가까운 자는 일 장밖에 도주하지 못했고, 가장 멀리 도주한 자는 이십여 장 달려나갔다.

그들 모두 죽었다.

단 일 검에 생명을 빼앗지도 않았다.

주검을 많이 다뤄본 장의사가 봐도 눈살을 찌푸릴 정도로 참혹하게 죽였다.

무림에 새로운 악마가 등장했다.

삘리리…… 삘릴리…… 삘리…….

비화원주는 피리를 불었다.

피의 제전.

눈앞에 펼쳐진 지옥도를 보면 그 말밖에 생각나지 않는다.

그녀는 영혼이 육신을 벗어나기 전에 자신의 피리 소리를 들려주고 싶었다. 그리하면 조금이라도 편한 마음으로 저승에 가지 않을까 생각했다.

한데 살육이 너무 빨리 일어났다.

그녀가 피리를 불기 시작해서 한 소절도 끝나기 전에 세상은 지옥이 되었다.

불이 활활 타오른다.

불길이 태우는 것은 사람이다. 사람의 살과 뼈를 태우면서 지독한 노린내를 풍긴다. 한 번 몸에 배면 영원히 씻길 것 같지 않은 지독한 냄새가 사방으로 번진다.

그녀는 노린내를 고스란히 맞으면서 피리를 불었다.

도살전을 지켜보는 사람은 많다.

멀찍이 떨어져 있지만 족히 천여 개에 이르는 눈들이 방금 전에 벌어진 살육을 목도했다.

그들 대부분이 무인이다.

나름대로는 단차를 징계하겠다고 모여든 사람들이다.

생각 밖으로 단시간 내에 많은 숫자가 모이자 자신감도 늘어가고 있는 실정이었다.

그러던 차에 살육전이 벌어졌다.

무공의 겨룸 같은 것은 어디서도 찾아볼 수 없다. 일방적인 도살이었고, 지옥 악귀의 신내림이었다.

그들은 할 말을 잃었다.

"악마…… 악마 같은 놈……."

살육 초반에는 그런 말도 튀어나왔다.

저런 놈의 새끼는 단매에 죽여야 한다. 우리 모두 검을 들

자. 이 기회에 뿌리를 뽑자…… 온갖 말들이 오고 갔다.

그런 말들이 뚝 그친 것은 단차가 도주하는 자들을 끝까지 쫓아가서 죽인 후이다.

군웅들은 입만 쩍 벌릴 뿐 말을 하지 못했다.

단차가 보여준 신법을 따를 수 없다.

비호를 능가한다. 천마(天馬)라고 해도 그처럼 빠를까.

단차의 독심에 기가 눌린다.

다 죽인다. 가로막는 자는 살려두지 않는다.

그는 상대에게 오히려 충고를 했다. 후회하지 않도록 최선을 다하라고 말했다.

군웅들은 그 말을 잊었다. 대신 '길을 막으면 다 죽인다'는 하지도 않은 말만 기억했다.

행동으로 보여준 말은 백 마디 말보다 진했다.

따각! 따각! 삘리리…… 따각! 삘리……!

말발굽 소리와 피리 소리가 뒤섞여 나왔다.

군웅들은 쫘악 갈라섰다. 그 누구도 길을 막지 못했다.

第百八章

잔인한 결전

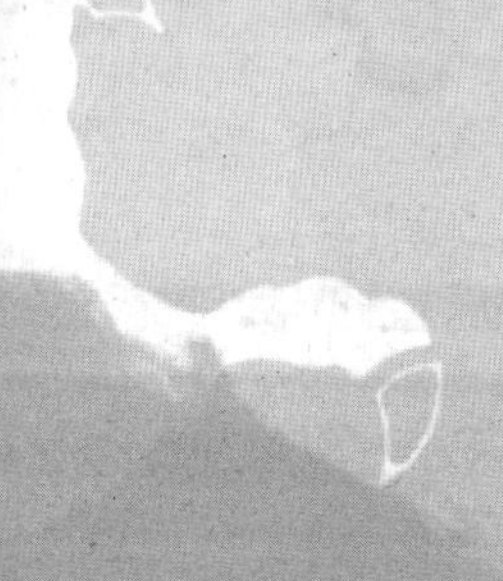

"살인마가 저기 오는구나."

"그러게요!"

두 조손의 말이 고스란히 전해져 왔다.

그들은 작은 음성으로 말하지 않았다. 일부러 똑똑히 들으라는 듯이 진기를 실어서 말했다.

따각! 따각!

두 조손이 차를 마시고 있는 다루 곁을 백마 한 필이 지나갔다.

여인이 말 위에 타고, 사내가 고삐를 잡았다.

"쯧! 여자든 사내든 짝을 잘 만나야지."

노인이 못마땅한 듯 말했다.

여인은 대꾸하지 않았다. 하얗게 질린 얼굴로 방갓사내를 쏘아볼 뿐이다.

"쯧쯧! 그새 휘말린 게야? 저놈이 쓰는 무공이 의살 아니냐. 흔들리면 네가 진 게야."

"저 자식이!"

여인이 불끈 성을 내며 일어섰다.

"앉아라. 이 할아비가 손을 봐주마."

노인이 여인의 어깨를 잡고 힘주어 눌러 앉혔다. 그리고 방 갓사내, 단차를 향해 말했다.

"고이 가긴 틀린 것 같지?"

'하…… 위미!'

그는 여인을 단번에 알아봤다.

전에는 청순함이 돋보였는데, 그사이에 성숙한 여인이 되어 버렸다. 하얀 피부는 분을 바른 것 같고, 가슴까지 내려오는 긴 머리는 기름을 칠한 듯 찰랑거린다.

붓으로 그린 듯한 눈썹, 큰 눈, 오뚝한 코, 그리고 붉은 입술 까지 미녀의 조건을 고루 갖췄다.

하나 그녀는 마녀다.

투살진기를 사용한다는 이유로 무림공적이 되어 떠돌고 있 다.

그녀가 덮어쓴 무림공적이라는 풋말은 아직도 떨어지지 않 았다. 그녀는 여전히 무림공적이며 뭇 무인들의 척살 대상이다. 단차처럼 불문곡직 척살하라는 명이 떨어져 있다.

그래서일까? 주위에 무인들이 득실거린다.

자신 때문에 모여든 사람들일 수도 있다.

이제는 그도 무림공적이니 누구를 치고자 모여들었는지는 오직 그들만 안다.

"대단한 고수예요."

비화원주가 말했다.

"대단한 정도가 아닙니다. 북지단주와 버금가는 고수…… 하니 초극고수라고 말해야 맞겠죠."

"그 정도나?"

"잔잔한 대해(大海)입니다. 이제 바람이 불면 성난 바다를 볼 수 있을 겁니다. 저항은 꿈도 꾸지 못하고 하늘만 쳐다보면서 살려달라고 간절히 애원해야 되겠죠."

"큰일 났네?"

"그런 것 같습니다."

계야부는 말고삐를 비화원주에게 건네주었다.

하위미의 투살진기는 맛본 적이 있다.

시전하면 반드시 죽는다며 망설이는 것을 억지로 끌어내다시피 해서 경험해 봤다.

한마디로 죽음의 절학이다.

당시 투살진기에서 빠져나온 것은 그야말로 기적이라고 아니 할 수 없다. 정말 운이 좋아서 빠져나왔지, 자칫했으면 꼼짝없이 말려들 뻔했다. 전신진기가 꼭 잡힌 경혈로 폭주하여 폭발해 버리는 지극히 희한한 경험을 할 뻔했다.

아니다. 운 때문에 산 것이 아니다. 무공 때문에 살았다.

귀영십삼식, 그리고 투살진기.

한 뿌리에서 태어난 두 개의 마공.

귀영십삼식이 아니었다면 세상에서 가장 운이 좋은 사람이라도 죽을 수밖에 없었다.

이 문제, 아직 풀지 못했다.

어떻게 귀영십삼식이 무림에 흘러나왔는지, 그녀는 왜 투살진기를 쓰는 건지.

그녀의 할아버지?

할아버지가 해답을 말해줄지도 모른다.

"조심해요."

그는 비화원주의 염려를 들으며 노인에게 걸어갔다.

"감히 체 발로 걸어와? 하하하! 배포는 있는 놈이군."

"무명소졸은 아니신 듯한데…… 존성대명(尊姓大名)을 여쭤볼 수 있겠습니까?"

"살인마가 그런 건 알아서 뭐 하려고?"

계야부는 노인과 말을 나누면서 하위미를 흘깃 쳐다봤다.

예전에는 그녀와 통하는 게 있었다.

멀리서도 그녀의 존재를 느꼈다. 그녀가 살심을 품고 있는지, 웃고 있는지 눈 감고도 짚어냈다.

이심전심(以心傳心)? 아니다. 귀영십삼식과 투살진기가 서로에게 반응했다.

두 사람은 한 뿌리에서 태어난 두 가지 무공을 수련했다.

이제는 느끼지 못하는 듯하다.

그의 몸에서 귀영십삼식이 빠져나갔기 때문이다.

진기를 모두 잃으면서 예전에 능수능란하게 사용했던 모든 무공을 잃어버렸다.

그는 지금도 귀영십삼식을 쓸 수 있다.

사전투광신보는 예전보다 서너 배 빠르게 전개한다. 토노번인의 신법에 불과했던 시구각보도 절정고수의 절공처럼 현란하게 펼쳐 낼 수 있다.

하나 지금 그가 펼쳐 내는 초식들은 예전 초식이 아니다. 진기의 운용이 빠졌다. 하니 모양만 본뜬 가짜 초식이다.

귀영십삼식의 진파를 끌어낼 수 있지만 진기는 단전에서 솟구치지 않는다.

전신잠력이 일시에 모인다?

그 말이 맞을 수도 있고 틀릴 수도 있지만 굳이 부인하고 싶은 생각은 없다.

십도구패의 그 말로 말해보면 단전에서 일어난 진기가 혈도로 직충하는 것이 귀영십삼식이다. 한데 지금은 전신잠력이 일시에 혈도에 운집하여 진파를 끌어낸다.

서로 완전히 다르다.

일목 상태에서 자연스럽게 얻어지는 힘은 어떤 무공도 시전 가능케 만들어준다.

일목을 끌어올리면 그녀를 느낄 수 있다.

예전 귀영십삼식을 이끌던 상태로 들어갈 수 있기 때문에 그녀의 심상변화(心象變化)를 감지할 수 있다.

그녀는 분노한다. 화를 억누른다. 당장에라도 손을 쓰지 못해서 불만스럽다. 싸우면 이길 수 있다는 자신감이 팽배하고, 의살에 당하지 않으려고 잔뜩 긴장한다.

그녀의 모든 것이 손에 잡힐 듯이 느껴진다.

여전히 투살진기를 사용하고 있으며, 더욱 강하게 발전했다.

반면에 그녀는 자신을 읽지 못한다.

귀영십삼식의 흔적을 찾아내지 못하고 있는 것이다. 의념이 단전으로 들어와 진기를 찾아야 하는데, 텅 빈 공간뿐이니 아무것도 읽을 게 없다.

계야부의 눈빛이 하위미에게 머물자 노인이 눈을 부릅떴다.

"고얀!"

딱 한 마디, 그리고 곧바로 파공성이 이어졌다.

파앙!

공기가 잔뜩 움츠러들었다가 일시에 터졌다.

'투살진기!'

그는 단번에 노인의 무공을 알아봤다.

하위미에게 투살진기를 당할 때…… 손바닥을 내밀었다. 손바닥을 쳐보라고 시켰다. 그리고 식은땀을 흘리며 쩔쩔맸다. 단지 손바닥을 툭 쳤을 뿐인데.

노인은 아주 강한 장력을 쳐낸다.

얼핏 보면 때려죽이겠다는 기세가 훨씬 돋보인다. 하나 조금만 깊이 보면 강한 장력보다는 그저 살이나 만져 보자는 식의 장난기가 더 많이 엿보인다.

'맞아도 죽지 않아.'

누구나 같은 생각을 할 것이다.

손녀를 곱지 않은 눈으로 쳐다봐서 불쾌한가 보다.

천만에!

지금 노인의 손이 바로 죽음의 손이다.

쉬익!

계야부는 뒤를 훌쩍 물러섰다.

노인의 눈에 이채가 번뜩였다. 그때다!

"내가 한다고 했잖아요!"

앉아 있던 하위미가 버럭 고함을 지르며 일장을 쳐냈다.

그녀와 계야부의 거리는 팔만 뻗으면 닿을 거리다. 하필 물러선다는 게 그녀 앞으로 가고 말았다.

쉬익! 퍼엉!

일장을 여지없이 등 뒤 명문혈(命門穴)에 격타당했다.

"큭!"

계야부는 짧은 단말마를 토하며 휘청거렸다.

"어!"

"어?"

두 마디 경악성이 동시에 울렸다.

노인과 하위미는 휘청거리는 계야부를 보면서 희한하다는 표정을 지우지 못했다.

그녀의 손길은 매우 독하다.

투살진기가 장족의 발전을 한 지금, 그녀의 손길에서 벗어날 수 있는 고수는 전 무림을 통틀어 한두 명뿐이다.

노인도 하위미의 손길을 무시하지 못한다.

만약 그녀와 손속을 맞댈 일이 생기면 만반의 준비를 갖춘 후에야 마주친다.

하물며 일장을 격타당하고도 멀쩡하다는 건 생각할 수 없다.

그녀는 죽음의 손이다.

그런 그녀가 진기를 가득 끌어올려 일장을 쳐냈다. 명문혈을 정통으로 두들겨 맞았다.

지금쯤 전신진기가 모두 명문혈에 모여들어야 한다. 응축되고, 강렬한 폭발을 일으켜야 한다.

계야부는 몹시 아픈 듯 몸을 휘청거렸지만 죽지는 않았다. 아니, 멀쩡했다.

"너…… 안 죽냐?"

노인이 자신이 생각해도 기가 막힌 말을 했다.

계야부는 검지를 곧추세워 좌우로 흔들었다.

"의살이…… 놀랍긴 놀랍네."

노인이 본격적으로 싸워보려는 듯 두 손에 각지를 껴 우두둑 소리를 냈다.

계야부는 피식 웃었다.

이것은 의살 때문이 아니다. 전신에 진기가 전혀 없기 때문에 무사할 수 있었던 것이다. 명문혈에 모일 진기가 없는데 무엇으로 응축, 폭발시킨단 말인가.

단지 생매를 맞아서 아픈 것뿐이다.

그는 '진기가 없으면 어떻게 될까' 생각해 봤고, 망설임없이 시험했다.

투살진기를 알고 있다.

자신의 생각이 맞지 않아도 충분히 의살로 풀어낼 자신이 있다.

그런데 생각했던 대로 아무런 영향도 미치지 못했다. 평범한 범인이 무인에게 일장을 격타당했을 때처럼 엄청난 충격만 고스란히 전달되었다.

계야부가 말했다.

"손녀분과 이야기 좀 해야겠습니다."

"뭐, 뭐…… 이놈, 이거 말하는 게……."

"투살진기로는 저를 상할 수 없습니다. 뉘신지 성함을 모르니 노인장이라고 부르죠. 노인장, 노인장은 절 상하게 할 수 없습니다. 투살진기 외에 다른 절공이 있다면 모를까."

"뭐야!"

"방금 보셨을 텐데요?"

"……."

노인은 할 말을 잃었다. 하위미는 분해서 씨근덕거렸다.

"싸우려는 게 아닙니다. 몇 마디…… 말만 하면 됩니다. 가능하겠습니까?"

마지막 말은 하위미에게 한 말이었다.

두 사람이 탁자를 사이에 두고 마주 앉았다.

비화원주는 여전히 말을 타고 있고, 염라왕야는 탁자 두 개를 건넌 곳에서 계야부를 주시했다. 엉뚱한 짓을 하면 당장 손을 쓰겠다는 의사가 역력했다.

"분한가?"

계야부의 첫마디였다.

물론 하위미는 대답하지 않았다.

"몹시 분하군."

"고작 그런 말이나……."

"하, 위, 미."

"훗!"

파랗게 질려 있던 하위미의 안색이 더욱 파래졌다.

"느끼지 못하겠나?"

"뭐, 뭐! 너, 넌 누구야! 내, 내 이름은 어떻게…… 뭐, 뭘 느끼지 못하냐고……."

하위미는 횡설수설했다.

그가 불쑥 그녀의 이름을 꺼내자 머릿속이 하얗게 비었다.

그녀의 이름을 아는 사람은 흔치 않다. 전 무림을 통틀어 다섯 손가락 안에 든다고 할 수 있다. 극히, 지극히 적은 소수의 몇 사람만이 안다.

단차는 정확하게 '하위미'를 말했다.

"요즘도 독주를 즐기나?"

"뭐, 뭣!"

"칠십 년 묵은 오량액을 좋아했지."

'시각랑!'

하위미의 눈가에 살기가 맺혔다.

그 일을 아는 사람은 시각랑뿐이다.

담위민과 오량액을 같이 마셨기 때문일까? 그때 일이 인연
이 되어 몇 사람을 더 만났다.

"네 손에 죽지 않은 사람이 있다."

"……!"

하위미의 손이 부들부들 떨렸다.

일촉즉발이다. 이제 한마디만 더 그녀의 신경을 긁으면 여
지없이 출수를 할 판이다.

부살진기가 통하고 안 통하고는 상관없다. 죽인닷!

"절대 놀라지 마라. 놀란 척도 하지 마라."

단차의 음성이 갑자기 나직해졌다.

"바보…… 아직도 나를 느끼지 못하는 거냐."

이번 말도 개미가 기어가는 듯 가늘기 짝이 없었다.

"헉!"

그녀가 깜짝 놀랄 때, 계야부가 오른손을 내밀었다. 그리고
귀신이 곡할 말을 했다.

"내 무공은 뭐랄까…… 철포삼(鐵布衫)을 수련한 것처럼 육신을 단단하게 만들어주지. 웬만한 권각장지(拳脚掌指)는 가볍게 받아넘길 수 있어."

그 옛날…… 한 사람, 자신의 손에 죽지 않은 한 사람이 한 말이다.

하위미는 떨리는 음성으로 말했다.

"그래서요?"

"쳐봐."

"손바닥을요? 아서요. 손바닥이라도 죽어요."

그때 그 말이다. 자신이 했던 말을 그대로 했다.

"살만 닿으면 죽는 건가?"

이건 계야부가 한 말인데, 단차의 입에서 흘러나왔다.

"진기가 진기를 때리면 죽어요. 몸에 진기가 안 통하는 곳이 없죠? 어디를 맞아도 죽어요."

"그런가?"

확실하다! 이런 반문을 했다.

"당신 누구예요?"

그녀의 음성이 가늘게 떨렸다. 두 눈에는 눈물이 그렁거리고 입은 금방이라도 울 듯이 삐죽거렸다.

"사정이 있어서…… 절대 모른 척해다오."

"살아 있었어요? 죽지 않았어요?"

"거기서부터…… 모른 척해줘."

하위미가 급히 고개를 끄덕였다. 두말할 필요도 없다는 듯 끄덕이고 또 끄덕였다.

그녀의 눈에서 떨어진 눈물이 볼을 타고 주르륵 흘러내렸다.

"자식, 선머슴 같던 놈이 눈물은."

"놀리지 말아요."

하위미는 소매를 들어 슬쩍 눈물을 닦았다.

"놀라워요. 단차가 오라버니라니. 어떻게 그럴 수 있어요. 하기는…… 칠살문이 말도 안 되는 살겁을 저지르기에 뭔가 이상하다 싶긴 했는데."

"지금까지…… 내가 살아 있는 걸 아는 사람은 네가 다섯 번째다."

"네? 그럼 그분들도 몰라요?"

계야부는 고개를 끄덕였다.

"사…… 언니는요?"

고개를 가로저었다.

"그럼 누가 알아요?"

"할위막사, 천중일기."

"아!"

하위미가 탄성을 토해냈다.

"독심독의, 그리고 당문의 노문주."

"그렇군요. 그분들이 오라버니를……."

하위미는 모든 것을 알았다는 듯 함빡 웃음을 지어 보였다.

"일어선다. 남은 이야기는 나중에……."

"나중은 싫어요. 오늘 저녁에 찾아갈게요. 사람 없는 곳에 여장을 풀어요."

하위미가 마중이라도 하겠다는 듯 벌떡 일어서려다 주위의 눈치를 보고 다시 앉았다.

"아는 놈이지."

"예."

"누구냐?"

"오늘 밤에 알게 될 거예요."

"다 큰 처자가 밤에 사내를 만나?"

"할아버지도 같이 가시면 되잖아요. 오늘 밤은 산길 좀 타게 될 테니 푹 쉬어두세요."

하위미는 그 어느 때보다도 밝고 활기찼다.

타탁! 타탁! 타타탁!

모닥불이 산중 한가운데를 밝혔다.

사람들은 멀리서 불빛만 쳐다볼 뿐, 가까이 다가서지 못했다.

—금일(今日) 진입자사(進入者死).

산곡 입구에 푯말이 박혀 있다.

단차는 산중에서 밤을 새울 모양이다. 아무에게도 방해받지 않고 조용히 쉬고 싶은 것일까?

쉬고자 하는 자를 건드리면 어떻게 될까?

무인들은 감히 산중으로 들어서지 못하고 산곡 밖에서 옹기종기 모여 앉아 밤을 지새웠다.

"산이라 그런지 좀 춥네요."

하위미가 열심히 모닥불을 살렸다.

"몰라 뵈었습니다, 염라왕야시라니."

계야부가 공손히 말했다.

노인의 별호는 염라왕야다.

노인은 후덕한 인상이다. 하루 종일 논일을 하다가 서녘으로 떨어지는 황혼을 보며 껄껄 만족스럽게 웃는 소박하고 다정한 풍모를 지녔다.

그런 노인의 별호가 염라왕야이다.

왜 그토록 잔인한 별호를 가진 것일까? 이유는 간단하다. 누구든 손에 닿기만 하면 죽기 때문이다.

투살진기는 삶이 없다. 오직 죽음뿐이다. 때리든, 살에 닿기만 하든, 꼬집든, 비틀든…… 살에 접촉하는 방법은 오만 가지가 넘겠지만 결과는 모두 죽음으로 이어진다.

그는 투살진기 하나로 동정호의 오대고수 중 한 명이 되었다.

계야부는 이로써 동정호의 오대고수를 모두 만나봤다.

"낮말은 새가 듣고 밤말은 쥐가 듣는다고 했네. 안 그런가,

단차."

노인은 단차를 만나기 전에 계야부라는 자에 대해서 들었다. 아니, 위미의 입에서 계야부라는 이름이 새어나왔을 때, 단번에 그가 단차임을 눈치챘다.

그런데도 여전히 단차라는 이름을 사용해 주었다.

옆에 사람이라고는 비화원주밖에 없지만, 비밀을 철저하게 지켜주자는 생각에서다.

그와는 친형제나 다름없는 칠살문도 그가 살아 있는 걸 모른다.

그의 부인인 사약란도 모른다.

사약란과는 북지단에서 만난 적도 있는데 말하지 않았다.

그 정도로 비밀을 지키는 데는 이유가 있으리라.

"아무것도 묻지 않아주셨으면 좋겠습니다."

"들을 건 대충 들었지. 한 가지만 묻지. 이번 일, 승산있나?"

"안선을 제거하려고 할 뿐, 승산 같은 건 생각해 보지 않았습니다."

"허허허!"

염라왕야는 웃기만 했다.

그는 하위미와 많은 이야기를 주고받았다.

다른 두 사람이 혼곤히 잠에 취해 있을 때도 두런두런 이야기꽃을 끊임없이 피워냈다.

새벽이 되자 염라왕야와 하위미는 올 때와 마찬가지로 은밀히 빠져나갔다.

"고우진은 염려하지 마세요."

하위미가 활짝 웃으며 말했다.

"안 그래도……."

"내버려 두게. 그놈과 붙지 못해서 어찌나 몸을 긁어대던지. 이번 기회에 천외천(天外天)에 대해서 공부해 두는 것도 좋지."

"피잇! 제가 질 거란 말이에요? 그럼 할아버지도 져요. 그건 생각하지 못했죠?"

"그런가?"

염라왕야는 너무도 밝아진 손녀의 표정에 쩔쩔맸다. 그녀의 이런 모습, 익숙하지 않은 듯했다.

"나중에 봐요. 그때는 꼭 술 사야 돼요."

"그러지. 나중에 뵙겠습니다."

염라왕야를 향해 공손히 읍을 했다.

그때 염라왕야가 의미심장한 말을 했다.

"오천(五天) 중 셋은 벗이고 둘은 적일세. 모든 걸 보이지 말게. 특히 의살…… 의살의 성취도는 철저히 숨겨야 할 걸세. 강호 속담에 칠 푼만 드러내고 삼 푼은 숨기라는 말이 있지. 그 말을 명심하게. 누구에게든."

'오천…… 오대고수!'

"명심하겠습니다."

그는 염라왕야의 말을 가슴에 새겼다.

자신이 계야부임을 드러내지 못하듯이 오대고수도 무언가 숨기는 게 있는 건 확실했다.

2

"후웁! 후웁!"

"후우우……!"

그들은 한 걸음 옮길 때마다 깊은 숨을 토해냈다.

악산(岳山)이라는 건 알고 있었지만, 그리고 산악에서 태어나 산악에서 자란 사람들이라 산에는 익숙하지만 이곳은 도무지 적응이 되지를 않았다.

밤이 깊으면 한 치 앞을 분간하기 힘들었다.

태양이 뜨면 깊은 골짜기에 몸을 묻고 잠을 청했다.

낮에 움직이고 밤에 쉬면 한결 수월할 것 같은데, 지형도 모르는 산을 밤에만 이동하려니 죽을 맛이다.

더군다나 이놈의 산은 암산(巖山)이다. 발끝만 삐걱해도 천 길 낭떠러지로 굴러 떨어진다.

"오늘 새벽까지는…… 올라가야 한다!"

"큭!"

누군가가 살짝 웃었다.

모두의 마음을 한마디로 대변하는 가벼운 웃음이다.

그렇다고 거부하는 건 아니다. 지상명령이 떨어졌으니 반드시 수행한다.

스읏!

앞서 가던 네 명이 갑자기 움직임을 멈췄다.

뒤따르던 사람들도 바위를 붙잡고 있으면 붙잡은 채로, 동아줄에 몸을 감고 있으면 감고 있는 채로 움직임을 멈추고 숨을 죽였다. 반면에 긴장은 최고조로 끌어올렸다.

선두가 멈추면 뒤도 멈춘다.

어떤 행동보다도 최우선시되는 철칙이다.

스으읏!

네 명이 다시 움직이기 시작했다.

'후우!'

그들은 남몰래 한숨을 토해냈다.

어떤 때는 이렇게 밧줄에 매달려서 한 시진을 보낸 적도 있다.

말이 한 시진이지 피가 통하지 않고, 몸은 얼어오고, 숨은 거칠어지고…… 갓 무공을 배우기 시작할 때 받았던 육신의 고통을 고스란히 느껴야 하는 시간이다.

짧은 순간에 끝났으니 천만다행이다.

스읏! 스으읏! 스읏!

그들은 한 명, 두 명 정상에 올라섰다.

'하아!'

감탄이 절로 새어나온다.

산정(山頂)에는 취운궁(翠雲宮)이 있다.

삼 층으로 이루어진 건물로 바위 위에 올려져 있는데, 주변은 넉넉하게 거닐 만한 공간이 있다.

연화봉(蓮花峰)이라는 이름은 취운궁 앞에 있는 큰 바위에서 유래되었다. 바위의 모습이 꼭 연꽃을 닮아서 서봉(西峰) 이름이 연화봉이 되었다.

가장 뒤에 있던 네 명이 앞으로 달려나와 선두에 서 있던 네 명과 교체했다.

"가라! 발각되면 자진하라!"

"염려 마십시오."

그들 네 명은 즉시 몸을 날려 사라졌다.

"한 시진 정도 쉴 시간이 있을 게다. 날이 밝으면 어떻게 될지 모르니 푹 쉬어둬라."

지금까지는 낮에 잠을 청할 수 있었지만 이제 상황이 달라졌다.

몸은 숨길 곳이 전혀 없는 산봉에 올라섰다. 취운궁에는 사람이 살고 있으며, 날이 밝으면 밖으로 나올 것이다.

그들이 발각되는 것은 시간문제다.

그래도 가능한 숨을 수 있는 데까지는 숨어야 한다.

그들은 마땅한 곳을 찾아 소리없이 흩어졌다. 은폐물이 전혀 없는 곳에서 몸을 숨겨야 한다는 것은 고역이다.

한 시진이 경과했을 무렵, 앞서 나갔던 네 명이 돌아왔다.

"경계는 없습니다."

"흠!"

어느 정도 예상한 일이다.

"청진자는?"

"그게…… 일이 아주 지랄 같게 됐습니다. 앙천지(仰天池)에서 백일연공 중입니다."

"다른 자들은?"

"뿔뿔이 흩어져 있습니다. 그들을 모두 치자면 한 달은 족히 걸릴 겁니다."

금룡대주는 고민에 빠졌다.

이번 일, 분명히 잘못되었다.

단차는 화산파 문도가 한자리에 모여 있을 것으로 생각했다. 그래서 안선도를 하룻밤 사이에 몰살시키라는 명령을 내렸다. 청진자는 그 한가운데 있을 뿐이다.

한데 화산파는 한군데 모여 있지 않다.

화산 전역에 걸쳐서 뿔뿔이 흩어져 있다.

연화봉까지 오르는 데도 삼 일이나 걸렸다.

대놓고 오른다면 하루에 오를 수 있지만 사람들 눈에 띄지 않아야 하기 때문에 죽을 고생을 했다.

한데 또 앙천지까지 가라고?

그는 지도를 펼쳤다.

우선 연화봉에서 적악궁(積岳宮)까지 내려가야 한다.

다른 방법은 없다. 왔던 길을 되돌아가 다른 산길을 탄다면 몰라도 가장 빠른 길을 택하려면 적악궁까지 내려가는 게 최선이다.

한데 여기엔 아주 큰 문제가 있다.

화산파를 관통해야 한다.

간신히 뒤통수를 칠 만한 위치를 점했는데, 이제는 그들의 중심부를 뚫고 지나가야 한다.

"뒤처리는 깨끗이 했지?"

"단단히 점혈해 뒀습니다."

"그래 봤자 한두 시진이다."

금룡대주는 냉정하게 말했다.

화산파 도인을 죽이러 왔지만 아무나 죽일 수는 없다.

취운궁이 옆에 있고, 그 안에는 도인들이 숙면에 빠져 있다. 그래도 치지 않는 것은 그들을 죽일 수 없기 때문이다.

꼭 안선도만 죽여야 한다.

이것이 단차를 비롯해 무림공적으로 몰린 사람들이 마지막 순간에 발버둥질을 할 수 있는 근거다.

안선도가 아닌 사람은 한 명도 상해서는 안 된다.

청진자를 비롯해 화산파 안선도의 위치를 파악하기 위해서는 어쩔 수 없이 도인을 제압해야 한다. 그러나 또 그를 상하게 해서는 안 된다는 모순도 해결해야 한다.

생각해 낸 것이 점혈이지만 이 방법은 날이 밝으면 곧 들통난다는 단점이 있다.

화산파 도인들의 솜씨는 고명하다.

금룡대의 점혈 수법도 뛰어나지만 화산 도인들의 해혈 수법도 만만치 않다.

점혈은 곧 풀릴 것이다. 그리고 지난밤에 무슨 일이 있었는지 낱낱이 고해질 게다.

"이 길은 질주도 가능합니다. 길이 잘 닦여져 있어요."

정탐을 나갔다 온 네 명이 지도를 손으로 짚으며 말했다.

연화봉에서 적악궁까지 이어지는 산로다.

"흠!"

"문제는 여깁니다. 적악궁에서 효자봉(孝子峰)을 거쳐 남봉(南峰) 앙천지(仰天池)까지 오르는 험로(險路)인데…… 가히 살인적인 고행길이 예상됩니다."

'청진자를 포기해야 되나?'

머릿속을 스쳐 간 생각이다.

이 길을 한 시진 만에 돌파한다는 건 누가 봐도 무리다.

그러나 다른 안선도를 모두 죽여도 청진자를 남겨놓으면 죽이지 않은 것과 같다.

그는 화산파 안선을 대표하는 사람이다.

다른 안선도는 버리더라도 그만은 취해야 한다.

'시간이……'

점혈된 도인이 발각되고, 점혈이 풀리고, 괴한이 청진자의 위치를 물었다고 토설하기까지 걸리는 시간은…… 가장 짧게 잡으면 한 시진밖에 걸리지 않는다.

한 시진 안에 앙천지에 도착해야 한다.

화산파는 직접 몸을 움직이지 않아도 청진자에게 연락을 취할 수 있는 방법이 얼마든지 있다.

아주 간단하게 신호탄 한 방만 쏘아 올리면 만사가 끝이다.

그 안에 청진자를 쳐야 하는데…… 가능할까?

지금 있는 곳에서 은신하고 있을 수도 없다. 은폐물도 없거니와 도인들이 개미조차 놓치지 않겠다는 듯 사방을 샅샅이 수색하며 올라오면 피할 곳이 없다.

화산파를 모르고 짠 계획이기에 이토록 어긋난 게다.

"남봉절정일지수(南峰絶頂一池水) 앙망청천이득명(仰望靑天而得名). 남봉 정상에 물 하나가 있어, 푸른 하늘을 바라보매 이름을 얻는다. 이게 앙천지다. 구경하고 싶지 않나?"

"크큭! 본 사람 말을 들으면 어린아이가 첨벙거리며 놀 정도도 안 된답디다."

수하가 농으로 말했다.

그의 마음을 가볍게 해주려는 의도다.

"물도 혼탁하다던데? 먹을 수도 없대."

"앙천지는 무슨…… 그냥 바위 파인 곳에 물이 고인 거구만."

"흐흐흐!"

금룡대주는 그들의 농담을 들으며 생각을 결정했다.

'좋아! 다른 자는 다 포기한다. 청진자만 잡는다!'

쉬익! 쉬이잇!

그들은 연화봉에서 적운궁까지의 산로를 일다경 만에 주파했다.

서악을 내려와 절벽 같은 험로를 타고 남봉으로 올라야 한다. 그 길을 한 시진 만에 주파해야 한다.

도인을 죽여 버렸으면 한결 수월할 게다.

화산파는 침입 사실은 알아도 침입 목적은 모를 것이다. 괴한이 청진자를 노리고 있다는 사실은 짐작조차 못할 것이다.

그랬다면 이토록 고생을 하지 않아도 된다.

백 번 생각해도 백 번 다 불가능하다고 판단되는 일에 도전하지 않았을 게다.

그래도 죽일 수 없다.

그는 안선도가 아니다. 순수하게 심도(心道)를 닦는 도인이다.

그를 죽이면 자신들의 목적은 달성할 수 있을지 몰라도 무림공적의 굴레를 벗어날 방도는 없어진다.

무림공적이란 굴레가 두려운 건 아니다. 하지만 자신들이 떳떳한 일을 했다고 항변할 수는 있어야 하지 않나. 설혹 항변조차 못하고 죽는 한이 있어도 자신들 마음속에는 떳떳했다는 마음이 깃들어 있어야 편히 눈을 감을 수 있지 않겠나.

점혈된 도인이 늦게 발견되기만 바란다.

가급적…… 반 각만이라도…… 아니, 일다경만이라도 늦게 발견되었으면 좋겠다.

삐이익! 삐익! 삐이익!

호각 소리가 요란하게 울렸다.

산정에서 산정으로 전해진다. 산정에서 골짜기로 퍼진다. 호각 소리를 들은 사람이 다시 아래로 전달한다.

삽시간에 화산 전체가 들썩일 정도로 요란해졌다.

"발각됐군."

"그래도 예상보다 반 각이나 늦었습니다."

"후후! 우리 행보는 예상보다 훨씬 못 미쳤고."

"하하! 꼭 그렇게 비관적으로 말씀하셔야겠습니까?"

수하들은 젊어서 그런지 여전히 활기차다.

말은 그렇게 했지만 마음은 태평스러울 수 없었다.

화산 전체에 새 한 마리 빠져나갈 수 없는 천라지망(天羅之網)이 펼쳐지고 있다.

이곳은 도인들의 안방이다.

어디에 무엇이 있는지, 바위가 몇 개이며 풀이 얼마나 자랐는지 그들보다 많이 아는 사람이 없다.

그런 곳에서 포위를 당한다면 잡히는 건 시간문제다.

호각 소리는 앙천지에도 전달되었다.

청진자도 들었을 것이다. 자신을 노리고 누군가 침입했다는 사실도 전해 들었으리라.

그가 몸을 피한다면 찾을 방도가 없다.

빨리 따라잡고, 빨리 피해야 한다.

한데 행보가 예상보다 훨씬 느렸다.

사력을 다하고 있지만 겨우 효자봉에 올라섰을 뿐이다. 아니, 겨우가 아니다. 세상 사람들이 이 소리를 들으면 어떻게 그럴 수 있냐며 입을 쩍 벌릴 것이다.

적악궁에서 효자봉에 이르는 길은 깎아지른 듯한 절벽!

그 길을 한 시진 만에 올라섰다는 것은 기적이나 다름없다.

"이제 완만하군요."

"큭큭! 반 각이면 가겠는데?"

모두들 호기를 부렸다.

두 손과 두 발을 전부 이용해야 할 만큼 완전한 급경사가 연이어진다. 길이 뚝 끊긴 낭떠러지도 여러 군데 보인다. 돌 부스러기 하나에 목숨을 걸어야 할 곳이다.

'한 시진은 족히 걸리겠어.'

금룡대는 죽을힘을 다해 암산을 기어올랐다.

숨이 턱에까지 닿았지만 멈출 시간이 없다. 잠시 호흡을 가다듬는다는 게 영원한 죽음으로 이어질 수도 있다.

'조금만!'

그들은 이를 악물고 힘을 냈다.

북지단에 입문할 마음을 먹을 때까지는 나름대로 무공깨나 쓸 줄 안다고 자부했다.

북지단에 입문하여 금룡대에 배치받았을 때는 자존심이 상했다. 하나 절검대나 뇌편대 무인들의 무공을 보고는 곧 수긍했다. 분명히 그들은 자신들보다 한 수 위였다.

새로운 금룡대주를 모시고 불철주야 무공 수련에 매진했다.

다른 소속의 무인들을 따라잡겠다고 그야말로 밤잠도 안 자고 수련에 몰두하던 시절이었다.

몇 년이 흐르고, 겨우겨우 금룡대는 '하수들의 집단' 이라는 오명을 씻었다.

자부심으로 들떠 있었다.

어깨에 힘이 들어갔다. 아침에 일어나면 의식을 치르듯 성스러운 마음으로 금빛 요대를 찼다.

한데 단차가 입문하면서 금룡대는 다시 쓰레기로 전락했다.

하기는…… 북지단의 모든 무인들이 형편없이 무너지던 시절이니 금룡대만 당했다고는 할 수 없다.

모두들 단차 앞에 허리를 숙였다.

진심에서 우러나오는 복종이 아니라 아니꼽지만 어쩔 수 없어서 허리를 숙였다.

그리고 두 번째 금룡대가 창궐했다.

단차가 금룡대를 만진 건 고작 한 달.

한 달 동안 그들은 전혀 생각지도 않았던 비기들을 배웠다. 거의 대부분이 공명정대하지 않다. 은밀히 숨어서 사람을 죽이는…… 사람을 죽이기 위해서는 수단 방법을 가리지 말라는 지독하게도 사마(邪魔)적인 비기를 수련했다.

금룡대는 그 한 달 동안에 완전히 다른 사람으로 탈태환골(奪胎換骨)했다.

타악! 타아악! 타악!

한 명씩, 한 명씩 앙천지에 올라섰다.

소문에 듣던 대로 볼품없는 물웅덩이에 불과했다.

남봉 정상에 만들어진 물웅덩이라는 의미를 부여하지 않는다면 발길을 멈출 리도 없는 작은 웅덩이였다.

그들은 앙천지를 보지 않았다.

'매복은?'

암습 사실을 알고 있다. 이미 준비를 갖췄을 터, 매복이 틀림없이 있을 것이다.

'청진자는?'

청진자를 죽이기 위해서 그 고생을 하며 여기까지 올랐다. 매복이 있든 없든 그는 죽여야 한다. 백일연공을 한다고 했나? 어디서 하는지 찾아라!

그들의 눈빛은 사방을 휩쓸었다. 그때!

쒜엑!

금룡대주가 쾌속하게 신형을 쏘아냈다.

금룡대원들도 이유를 묻지 않았다. 의혹도 떠올리지 않았다. 그들은 대주를 따라 신형을 날렸다.

적이 있다! 숨소리가 들린다!

그런데 그들은 몇 걸음 움직이지 않아서 대주를 놓치고 말았다.

쒜엑! 쒜에엑!

불청객이다.

도복을 입은 도인들이 칼바람 소리를 흘리며 여기저기서 메뚜기처럼 뛰어올랐다.

착! 차착! 착……!

다섯 방향에서 솟구친 다섯 명의 검사가 이십여 명의 금룡대를 에워쌌다.

그들은 여느 도인들이 그렇듯이 머리를 위로 틀어 묶었다. 하얀 도복을 입고, 버선까지 하얀색으로 신었다. 겉옷의 댕기는 검은색이고, 도관은 쓰지 않았다.

도인들이 편하게 생활할 때의 모습이다.

나이는 모두 쉰을 넘긴 듯하다.

흰머리가 새치 수준을 넘어 아주 희끗하다. 수염도 흰 수염이 절반은 넘는다.

화산파 도인들이며 배분이 상당히 높은 자들이다.

스릉!

그들은 검을 뽑았다.

다섯 명이 각기 검을 뽑았다. 하지만 마치 한 사람이 뽑는 듯 행동이 똑같다. 검을 잡는 순간부터 검날이 완전히 빠져나와 기수식을 취하기까지 기가 막힐 정도로 똑같다.

사방에 거울을 걸어놓고 검을 뽑으면 이런 모습이 될까?

검도 폭이 좁고 날이 매미날개처럼 얇다.

가만히 들고 서 있는데 바람이 불 때마다 낭창낭창거린다.

"뭐야? 겨우 다섯이야?"

금룡대원들은 앞으로 쏘아 나가려다 말고 멈칫 섰다.

금룡대주는 이미 사라지고 없다.

호흡 소리는 앙천지 아래에서 들려왔다. 석굴을 파놓고 수련하는 모양인데…….

"화산오검(華山五劍)이다. 우리…… 잘못 걸린 거야."

누군가 다섯 도인을 알아보고 말했다.

"화산…… 오검! 빌어먹을!"

다섯 명이라고 쉽게 생각했는데…… 화산파에서 제일 손속이 잔인한 자들과 부딪쳤다.

그들은 금룡대주가 청진자를 찾아서 뛰어들어 갔는데도 전혀 흔들림이 없다.

연공 중에 급습을 받으면 대라신선이라 해도 목숨을 부지못한다.

하면…… 이미 운공을 풀었다. 아마도 호각 소리가 울릴 때, 청진자의 암살 계획이 드러났을 때 운공을 해제한 듯하다.

그렇다면 이번에는 금룡대주가 문제다.

청진자는 화산파 제삼장로다.

장문인의 사제(師弟)이며, 화산파의 열일곱 가지 검법을 모두 수련해 냈다는 검의 귀재다.

그를 암살한다는 것은 장문인을 암살하는 것만큼이나 힘들다.

금룡대주의 무공이 일파의 장문인 수준이라고 하지만 청진자의 검법도 세상을 울린다.

그들은 정통 무공으로 아주 사나운 결전을 벌이게 생겼다.

그래서 이들 화산오검이 담당한 게다.

상대가 금룡대주임을 알지만 청진자가 지지 않을 것이라는 확신을 가지고 있다.

그쪽은 상관하지 마라. 너희는 우리만 상대하라.

화산오검은 냉랭하다. 표정만 보면 도인이 아니라 지옥에서 뛰쳐나온 저승사자였다.

3

스슷!

언제까지고 꼼짝하지 않을 것 같던 다섯 도인이 움직임을 보였다.

그들은 먼저 양 무릎을 살짝 굽혔다. 검은 가슴에서 정상방(正上方)으로 살짝 곧추세웠다.

사아악!

오른발이 옆으로 슬쩍 옮겨졌다. 그리고 왼발…… 다시 오른발이 옮겨지고 또 왼발…….

그들은 움직인다는 표현이 민망할 정도로 느리게 원을 그렸다.

"싸우자는 거지?"

"다섯 명뿐이라면 빨리 끝내는 게 낫지 않나?"

"화산오검이라지만 이미 늙어서 이빨 빠진 호랑이에 불과한 터! 해보지 뭐!"

금룡대는 자신감을 가졌다.

그들은 근래 들어 급성장했다.

단차에게 살인비기를 전수받은 후에는 더욱 거칠 것이 없었다.

무인이기를 포기했다. 살인수(殺人手)로 살아갈 생각이다. 시대가 자신들에게 광명보다 어둠을 안긴다면 한 번쯤 희롱당해 줄 용의가 있다.

"해보지!"

한 명이 고함을 쩌렁 지르며 달려들었다.

쒜에에엑!

신법이 비호같다. 검광이 현묘하다.

그가 전개한 검법은 낙성검법(落星劍法)이다. 비성암도(飛星暗渡)라는 초식이다.

검법만 쓴 게 아니다. 도인들은 보지 못하겠지만 왼손에는 비침이 한 무더기나 들려 있다.

살수는 무공을 논하지 않는다. 오로지 상대를 죽이는 데만 초점을 맞춘다.

슈가각!

화산 도인이 검을 마주쳐 왔다.

순간, 금룡대원은 왼손에 들고 있던 비침을 힘껏 뿌렸다. 동시에 비성암도는 진기를 더해 혜성사락(彗星斜落)으로 변해서 두 다리를 쓸어갔다.

"됐어!"

뒤에서 지켜보던 금룡대원이 말했다.

그 순간, 도인들이 묘한 변화를 일으켰다.

느리게 원을 그리던 도인들의 움직임이 딱 반 호흡 빨라졌다.

반 호흡 정도로는 빠르다고 할 수도 없다. 조금 급하게 움직였다는 표현이 맞다.

아니, 이건 예삿일이 아니다. 한 사람이 급하게 움직였다면 이해하겠지만 다섯 명이 동시에 반 호흡 빠르게 움직였다는 것은 사전에 약조된 행동이라고밖에 볼 수 없다.

휘이익! 후두두둑!

금룡대원이 뿌린 비침은 빈 허공을 휩쓸었다. 그가 쳐낸 혜성사락도 텅 빈 허공을 쓸었다.

'위험!'

본능적으로 위기가 감지되었다.

비침을 뿌리면서 왼손 겨드랑이 밑이 비게 되었다. 상대가 쳐오고 있는데 옆구리를 환히 내주고 있다.

어떻게…… 어떻게…… 방금 전까지 사람이 있었는데, 어떻게 그 짧은 순간에 아무도 없는 것일까? 왜 텅 빈 허공을 치고 말았을까? 검은 그렇다 치자. 비침은 방원 일 장을 뒤덮는데 그것마저 무용지물이 되고 말았다.

어떤 일이 일어난 거지?

헛손질을 한 무인은 뒤로 물러서면서 실패 요인을 생각했다.

생각한 것도 아니다. 그냥 떠오른 거다.

슈각!

왼쪽 옆구리에서 극통이 치밀었다.

'일 검! 단 일 검!'

도인은 검을 두 번 쓰지 않았다. 딱 한 번만 그었다.

코끝에 매화향이 풍긴다. 검이 몸을 베면서 향수를 뿌린 듯 아름다운 향을 남겼다.

'향만천지(香滿天地)!'

화산파 도인이라면 누구나 수련한다는 칠절매화검법(七絶梅花劍法) 중 제삼초식이다.

그러고 보니 검을 보지 못했다.

아니다. 아니다. 순서가 잘못되었다. 코에 진한 매화향이 먼저 전해졌다. 이게 무슨 향인가 하고 잠깐 정신을 돌린 사이에 보지도 못한 검이 옆구리를 쓸고 지나갔다.

'제길!'

금룡대원은 힘없이 무너졌다.

공격은 이미 시작되었다.

자신들이 먼저 선공을 떨쳐 냈다. 검이 바람을 가르는 소리로 보아 낙성검법이 펼쳐지고 있다.

그는 뒤돌아 있어서 공격하는 모습을 보지 못했다.

그보다는 앞에 있는 자를 경계해야 한다.

이들 다섯 명, 화산오검은 정말 뛰어난 고수다.

검을 들고 움직이는 모습을 보면 전신이 텅 빈 듯하다. 싸움이 쉽게 끝날 것 같다. 한데 막상 공격을 가하려고 하면 공격할 곳이 없다. 전신이 모두 검으로 보호되고 있다.

이들은 허허실실(虛虛實實)의 정수를 보여주고 있다.

'다섯 명이 일심동체. 쌍둥이도 아니고……'

그가 경계심을 잔뜩 끌어올리고 있을 때,

슈가각!

눈앞에서 흰 빛이 번뜩였다.

그는 즉시 대응했다. 이미 싸움이 시작되었으니 곧 공격을 가해올 것이라고 생각하던 터였다. 도인이 공격을 해오지 않으면 자신이 쳐나갈 생각이었다.

그는 연환검법(連環劍法)의 제일식(第一式)을 전개했다.

검을 들어 작은 원을 빙글 그린 다음 후퇴격궁(後腿擊弓)을 펼쳤다.

두 다리를 굳건히 하고, 허리를 뒤로 굽혀 만궁(彎弓)을 취했다. 그리고 오른 다리를 축으로 빙글 돌자 왼발과 검이 일직선으로 놓이며 넓은 원을 그려냈다.

이것이 연환검법의 시작이다.

후퇴격궁은 착화분겁(着火焚劫)으로 이어지고……

"훗!"

진한 매화향이 후각을 매료시켰다.

상큼하다. 향기롭다. 달다.

"컥!"

그는 단말마를 쏟아냈다.

착화분접은 펼치지도 못했다. 후퇴격궁도 절반밖에 돌지 못했다. 연환검법이 채 가동도 되기 전에 척추가 뚝 끊겨 상체와 하체가 분리되고 있다는 느낌을 받았다.

'제길!'

죽음은 여러 군데서 일어났다.

도인들이 동시에 검을 썼고, 공격을 하던 자건 수비에 치중한 자건 모두 싱겁게 쓰러졌다.

'뭐야, 이건!'

금룡대원들은 깜짝 놀랐다.

하늘 높은 줄 모르고 치솟던 자존심이 여지없이 뭉개지는 순간이었다.

그들은 연화봉을 밟았다. 화산 도인들에게 발각되지 않고 화산파 최중심부에 도달했다. 거기에다가 앙천지까지 누구라도 깜짝 놀랄 속도로 질주해 왔다.

그들은 뭔가 해냈다는 익기로 가득 차 있었다.

청진자를 죽이는 것쯤은 손바닥 뒤집기나 마찬가지라고 생각하게 되었다.

그러던 차, 이런 자들을 만났다.

"오령검진(五靈劍陣)! 오령검진이다!"

누군가 이들의 움직임을 알아봤다.

"오령검진? 제길! 산 넘어 산이군."

금룡대원은 급격하게 자신감을 잃었다.

화산오검이 등장했을 때, 그들의 의기는 꺾였다.

금룡대주조차 옆에 없다. 절대강자가 지시를 했다면 이토록 우왕좌왕하지는 않았으리라.

거기에 오령검진?

오령검진은 말 그대로 검진을 펼치는 다섯 명의 영혼이 서로 통한다는 뜻이다.

그들이 일심동체가 되어 공격하는 게 이해된다.

동시에 사방에서 똑같은 검초를, 똑같은 시간에 펼쳐 내는 게 당연하다.

이들은 쌍둥이의 영기를 넘어선다. 최소한 이십 년 이상 손을 맞춰온 합공의 달인들이다.

개개인의 무공만 해도 세상을 울리는데 합공까지…….

'승산이 없다!'

그들은 수적 우세도 잊어버렸다. 오로지 어떻게 이 상황을 타개할 것인지에만 관심을 쏟았다.

슈가가가각!

다섯 도인이 빙글 돌면서 흰빛 광채를 또 쏟아냈다.

"컥!"

"크윽!"

사방에서 다섯 명이 꼬꾸라졌다.

그들은 검이 날아오는 것을 보았다. 아니, 다른 사람들도 모두 보았다. 하지만 대처하지 못했다. 나름대로 대항은 해보았지만 결국 당하고 말았다.

속도 면에서 현격한 차이가 벌어진다.

이쪽이 굼벵이처럼 꿈틀꿈틀 기어간다면 도인들은 하늘을 나는 독수리다.

굼벵이와 독수리…… 어떻게 상대하란 말인가.

굼벵이가 천하절초를 지녔다 한들 독수리의 속도로 공격해 오는데 어찌 막으란 말인가.

금룡대원은 단 두 합 만에 절반이 무너졌다.

그때, 금룡대원 중 한 명이 중얼거렸다.

"너희 열 명, 죽었다. 내일은 살아라."

허무하게 죽어간 자들을 애도하며 한 말이다.

도인들이 여전히 검을 겨누고 있기 때문에 깊은 애도를 표시한다거나 상처를 살펴본다거나 하는 행동은 하지 못한다. 대신 간단한 말 한마디는 해줄 수 있다.

단차가 자신들에게 살수비기를 가르치며 늘 한 말이 있다.

너희들, 죽었다. 내일은 살아라.

"후후! 너희 열 닝, 죽었다. 내일은 살아라."

"너희 열 명, 죽었다. 내일은 살아라."

한 명, 두 명…… 입에서 입으로 같은 말이 새어나왔다.

그들은 그제야 깨달았다. 자신들이 이곳에 온 이유는 살인을 하기 위해서라는 것.

항상 머릿속에 간직하고 있던 말이지만 화산오검이 나타나자 잠시 망각했다.

그 대가는 절반의 죽음이다.

스륵! 스륵! 착착착!

그들은 누가 먼저라고 할 것도 없이 오령검진 중심부로 모였다.

서로 등에 등을 댔다. 다섯 도인이 어디서 공격을 해오던 맞받아 칠 준비를 했다.

다섯 명을 죽인다? 죽여라. 죽어주마. 하지만 검을 맞지 않는 자가 다섯은 있다. 그들은 옆 사람이 검에 맞는 것을 보며, 도인을 친다. 한 명이 상대의 병기를 빼앗고, 다른 자가 공격한다.

그들은 속도의 차이를 그런 식으로 메웠다.

스웃! 슛! 스웃! 슛!

오른발, 왼발, 오른발, 왼발…… 도인들이 특유의 회전을 하기 시작했다.

공격이 임박했다는 신호다.

저런 신법을 전개하기 시작하면 몇 걸음 떼어놓기도 전에 흰빛 광채가 날아들었다.

"제길! 다섯 놈 죽이는 데 열다섯이 뒈져야 한다는 거야? 뭐 이런 불공평한 싸움이 다 있어!"

비관인가, 자조인가?

작지 않은 음성은 금룡대원들만 들은 게 아니다. 오령검진을 펼친 도인들의 귀에도 들렸다.

그들은 일점 동요도 없다. 돌로 만든 인간들인 듯 일말의 감정조차 띠지 않는다.

슈가각!

그들이 세 번째 공격을 펼쳤다.

그들은 죽을 생각이 없다. 검을 전개한 후, 옆에 있는 자가 공격을 가하도록 가만히 있을 바보도 아니다. 그리고 이 정도의 속도 차이라면 옆에 있는 자가 무슨 짓을 하더라도 신경 쓸게 없다.

그때, 금룡대원들이 지금까지와는 전혀 다른 행동을 했다.

그들은 엉덩방아를 찧듯이 일제히 털썩 주저앉았다. 열 명다 검은 위로 올려 상단을 막았다. 왼손은 허리춤을 더듬었고, 어느 틈엔가 작은 대롱들을 들고 있었다.

촤악! 촤아악!

대롱이 열리며 검은 액체가 사방으로 뿌려졌다.

열 명이 일제히 대롱에 든 액체를 뿌리자, 분수가 불쑥 솟구쳐 물을 뿌려대는 형국이 되었다.

"헉!"

"큭!"

도인들이 처음으로 소리를 냈다. 그 소리는 경악성이었다.

치이이익!

불길이 얼음을 녹이는 듯한 소리가 울렸다.

독액이…… 화산오검의 살을 파들어가고 있다. 시각랑이 쓰는 거라며 단차가 내준 부시독(腐屍毒)이 절대강자 다섯 명의 살과 뼈를 태운다.

그들은 조금 방심했다. 아니, 방심을 유도했다.

금룡대원들이 자신들은 무인이 아니라 살수임을 자각하는 순간, 그들은 억지로라도 잔인한 심성을 끌어냈다.

수단 방법을 가리지 않고 죽인다!

서로가 등에 등을 맞댄 것은 최후의 발악이 아니었다. 발악처럼 보이게 하면서 다른 수를 쓴 것이다. 사전에 충분히 손발을 맞춘 기습전략 중 하나를 펼친 것이다.

독액은 아무리 강력해도 맞히지 못하면 무용지물이다.

그것을 알기에 도인들이 공격해 올 때까지 기다렸다.

사실 다섯 명이 죽을 각오도 했다. 그렇게라도 해서 저들을 죽일 수 있다면 이 싸움은 이긴 것이다.

"휴우!"

금룡대원들이 긴 숨을 쉬며 일어섰다.

화산오검이 형편없이 무너졌다. 그들의 얼굴은 녹아버렸고, 심장과 폐도 겉으로 드러났다.

금룡대원 열 명도 쓰러져 있다.

산 정상이라서인지 바람이 매우 거칠게 분다. 쓸쓸하면서 사납게 몰아친다.

*　　　*　　　*

철컹!

금룡대주는 철퇴를 늘어뜨렸다.

철퇴는 종류가 굉장히 다양하다. 검의 모양이 수십 가지에 이르듯 철퇴도 어디서부터 어디까지가 철퇴라고 말할 수 없을 만큼 다양한 종류가 있다.

초기의 철퇴는 철봉에 철구를 붙인 형태였다.

강한 완력을 제대로 표현해 낼 수 있는 반면에 때리는 것에 불과하다는 단점도 있다.

그다음으로 발전된 형태가 철봉에 쇠사슬을 달고, 사슬 끝에 철구를 붙인 형태다. 취향에 따라서는 철구 대신에 짧은 봉을 붙이기도 한다.

휘두르는 무기로 가속도가 붙어서 훨씬 강력한 타격을 준다.

금룡대주는 쇠사슬에 철구를 달았다.

철구에 도깨비 뿔 같은 가시도 박지 않았다. 둥글둥글한 원형 형태의 철구만 붙였다.

"금룡대주, 사마의 길을 걸으시겠소?"

청진자가 검을 뽑아 좌우로 휘둘러 보며 말했다.

그는 숨지 않았다. 앙천지 밑 석굴에서 태연히 기다리고 있었다.

자신있다는 뜻이리라.

"싸움이 끝난 것 같군."

"그런 것 같구려."

"화산오검이 조금 방심한 듯하오."

"방심이 아니지요. 이 냄새…… 부시독 냄새 같은데…… 도인들의 청정 구역에 이런 마물을 마구 뿌려대서야."

"안선에 몸담은 게 죄지."

"안선이 뭔지나 아시오?"

"하하하!"

금룡대주는 앙천광소를 터뜨렸다.

"청진자. 이 몸…… 무총의 금룡대주요."

"안선에 대해서 안다면 이런 무례를 저지르지 않을 것 같아서 한 말이었소."

"이해하오, 그 마음."

"우리들의 말 섞음은 공허한 울림에 불과할 것 같구려."

청진자가 검을 들어 올렸다.

"화산의 독문검법은 이십사수매화검법(二十四手梅花劍法)이나 이 몸은 육합검법(六合劍法)이 더 마음에 들더군요. 육합으로 북지단주가 삼고초려(三顧草廬) 끝에 모신 금룡대주의 무영멸절퇴(無影滅絶槌)에 맞서보겠소."

금룡대주는 대답 대신 철퇴를 들어 보였다.

쒜엑!

청진자가 몸을 날렸다. 두 팔을 좌우로 활짝 펼치고 가슴을 앞으로 내밀며 독수리처럼 날아들었다.

금룡대주는 움직이지 않았다.

무영멸절퇴에는 소림사의 금강부동신법(金剛不動身法)의 묘리가 스며 있다.

정중동(靜中動)의 이치가 소림사만의 것은 아니다.

금룡대주도 정중동에 눈을 떴다.

수많은 접전을 치르고, 다양한 무공을 섭렵한 끝에 귀일(歸一)한 것이 정중동이다.

쒜에엑!

청진자의 두 팔이 좌우로 갈렸다.

검을 든 팔은 뒤로 쳐져 있는데, 검을 들지 않은 팔은 슬며시 앞으로 나오고 있다.

화산파의 육합검법의 육합(六合)의 이치에 무리를 두고 있다.

청진자는 반합(反合), 그중에서도 인오(寅午)의 결(訣)을 따라가고 있다.

내려치면 올려치고, 찌르면 같이 찌른다. 이쪽 공격에 정반대의 공격 형태를 취한다.

속도는 같다. 아니, 일 푼이 빠르다.

일종의 받아치기와 같다. 하나 초식의 정교함을 읽고 친다는 점에서 완전히 다르다. 반합은 수십 년간 고련한 고수만이 전개할 수 있는 상승 절기이다.

인오의 결이란 북동에서 남서로 흐른다는 뜻이다. 혹은 남서에서 북동으로 올라올 수도 있다.

금룡대주의 철퇴가 후려친다는 특성이 있기 때문에 인오의 결을 선택한 것 같다.

스륵!

청진자의 검이 남서에서 북동으로 올라섰다.

피하거나 막거나…… 움직임이 필요한 시점이다. 그 어떤 자도 이런 상황에서는 움직일 수밖에 없다. 가만히 손 놓고 앉아서 죽을 결심이라면 모를까 어떤 식으로든 움직이게 되어 있다.

금룡대주는 움직이지 않았다.

네 검은 내 살을 벨 수 없다고 비웃는 듯했다. 검이 흘러올 때까지 철심강담(鐵心剛膽)으로 버텼다.

철퇴가 움직인 것은 청진자의 검이 그의 몸에 닿기 직전이다.

스읏! 따악!

철퇴의 쇠사슬이 검을 가로막았다. 아니, 왕뱀이 먹이를 둘둘 말아 감듯이 검을 휘어 감았다.

그야말로 눈으로 보고도 믿기지 않는 빠름이다.

스읏!

청진자는 이런 수법을 알고 있다는 듯 검을 빼냈다. 힘들게 움직이지도 않았다. 손목만 살짝 비튼 다음 쑥 잡아 뽑자 무 뽑히듯 쑥 뽑혀 나왔다.

그때다. 철렁, 하고 밑으로 떨어지던 철퇴가 느닷없이 뛰어올랐다.

밑으로 떨어지는 철구를 누군가가 손으로 받아서 냅다 던진 것 같은 움직임이다.

전력을 다해서 철퇴를 내려쳤는데, 그렇게 날아왔는데…… 중도에서 방향이 뚝 바뀌었다. 처음부터 전력을 다해서 올려친 것처럼 속도는 전혀 변함없이 방향만 바뀌었다.

이런 움직임을 떨쳐 낼 수 있는 자는 오직 한 명…… 그 한 명뿐인데…….

'반룡(反龍)…….'

퍼억!

철구가 사정없이 얼굴을 후려쳤다.

코가 부서졌다. 얼굴이 움푹 함몰되었다. 머리뼈가 산산조각 났고, 뇌가 묵사발이 되었다.

그 순간, 청진자는 한 사람을 떠올렸다.

북지단주가 삼고초려 끝에 초빙했다는 사람!

흔히들 거기까지만 알고 있다. 그토록 정성을 들여서 모셔 온 사람이 누구인지 파악할 생각을 하지 않았다.

그가 무총에 몸담았기 때문이다.

무총 사람을 뒷조사하다가 혹여 된서리를 맞을까 염려되어 서다.

중력을 거슬린 움직임…… 이런 움직임을 쓸 수 있는 사람은 오직 반룡비뢰(反龍秘槌)뿐인 것을…… 철퇴에서 왜 반룡비뢰를 생각하지 못한 것인지…….

후회도 치밀었다.

상대가 빈룡비뢰인 줄 알았으면 처음부터 전력을 다했어야 옳았다. 괜히 맛을 본다고 찔끔거리다가 당했지 않나.

쿵!

철퇴에 후려 맞은 충격은 그를 암동 한구석에 내동댕이쳤다.

그전에 그의 영혼은 육신을 벗어나고 있었다.

"사망은?"
금룡대주는 알고 있었다는 듯 물었다.
"열 명입니다."
"절반이구나."
"……."
"어찌 당했는지 말하지 않을 생각이냐?"
"……."
금룡대는 말하지 않았다.
패자(敗者) 유구무언(有口無言).
그들은 이제 그 진실을 몸으로 깨우쳤다. 죽은 자는 말이 없
다. 없을 수밖에 없다.
금룡대주가 고개를 끄덕였다.
"됐다. 이제야 비로소 전사가 되었구나."
"……?"
"알겠느냐? 시각랑은 이런 일을 수도 없이 겪었다. 너희는
이제 시작일 뿐. 내가 너희를 맡을 때, 너흴 천하에서 가장 강
한 자들로 키우겠다고 약속했다. 이제 절반쯤 왔다."
삶과 죽음, 금룡대에는 그것이 필요했다.
"그럼 대주께서는…… 화산오검이……."
"청진자 곁에 화산오검이 있다는 것은 무림 상식이다."
"그런데도 저희를……."

금룡대의 얼굴에 분노가 떠올랐다.

한마디 말이라도 해주고 신형을 날렸으면 최초 다섯 명이 그리 쉽게 쓰러지지는 않았다.

청진자 곁에 화산오검이 있는 건 무림 상식이라고?

그런 말을 해줄 기회는 많았다. 길을 오는 동안 수백 번도 더 해줄 수 있었다.

그런 중요한 말을 금룡대의 절반이 쓰러진 지금에서야 놀리 듯 말하는 것인가.

"몰살당하면 그것뿐인 운명이다."

"대주!"

금룡대주는 자신이 받은 흑첩을 내밀었다.

거기에는 분명한 글자로 적혀 있었다.

―화산파(華山派) 제삼장로(第三長老) 청진자(清塵子) 사(死). 살자(殺者) 금룡대주(金龍隊主).

―화산오검(華山五劍) 사(死). 살자(殺者) 금룡대(金龍隊). 면대직전비밀(面對直前秘密), 생사감득(生死感得) 최후수련(最後修練).

"이것이 단차가 너희에게 주는 마지막 선물이다. 삶과 죽음의 경계를 피부로 느끼지 않는 한, 너희는 진정한 살인이 어떤 것인지 모른다. 사람을 죽였다고 살인이 아니다. 그건 살인자나 하는 짓. 너흰 살인자가 아니라 살수다. 무서움을 알고 최

선을 다할 줄 알아야 한다. 몰랐다? 이런 핑계는 통하지 않는
다. 누가 가르쳐 주지도 않는다. 너희가 알아서 최선을 다하는
것, 이것이 살수가 온몸으로 깨우쳐야 할 삶의 비결이다.”

“……!”

금룡대는 할 말을 잃었다.

수련의 대가가 너무 혹독하다. 금룡대의 절반이 속절없이
무너졌다. 왜 죽는지나 알았으면 억울하지나 않다. 힘껏 싸우
다 죽었어도 덜 억울하다.

가만히 서 있다가 죽었다.

최악 중의 최악이다. 하나 아직도 끝난 건 아니다. 화산파와
의 싸움은 이제 막 시작되었다. 이제는 그들의 복수를 피할 차
례다.

“가자!”

금룡대주가 먼저 신형을 띄웠다.

第百九章
공환(空幻)

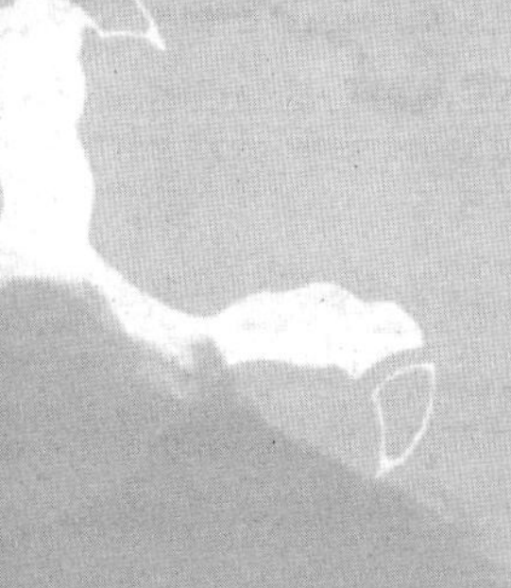

부림주는 속이 더부룩해서 손으로 가슴을 쓸어냈다.

아침 먹은 것이 소화되지 않는다. 점심도, 저녁도…… 요즘은 먹는 것마다 얹힌다.

본격적으로 움직이면 삼시간에 끝낼 줄 알았는데, 보름 넘게 삼삼부소식이다.

이건 누구를 탓할 수 없다.

만총림에서 모든 계획을 주관하고 실행시켰다. 내단주와 외단주, 호법원주까지 지나칠 만큼 순순히 따라주고 있다. 한데도 놈들의 뿌리를 뽑지 못하고 있다.

만총림 잘못이다.

"새로운 소식은?"

“없습니다.”

“말이 안 되잖아.”

“말이 안 됩니다만…… 감쪽같이 사라졌습니다.”

“살림 쪽은?”

“그쪽도 마찬가지입니다.”

“그러니까…… 한날한시에 전혀 다른 곳에 있던 자들이 싹 자취를 감췄다?”

“그렇습니다.”

부림주는 대답을 또박또박 하는 수하를 보면서 저 주둥이를 탁 쳐버렸으면 좋겠다는 생각을 했다.

그러고 보니 문득 옛날 일이 생각난다.

자신도 수하와 같은 우(愚)를 범했다.

비목대주가 만총림주로 있을 때다. 북지단에 단차라는 자가 나타나서 상당히 심란할 무렵이다.

비목대주는 단차를 찾아내지 못했다.

시각랑을 샅샅이 뒤지고, 섬서를 구석구석까지 살폈어도 단차에 대한 단서는 없었다.

지혜 싸움에서도 졌다.

그는 단차가 만총림 비고까지 수시로 들락거리는 모습을 지켜보아야만 했다.

만총림 유생들이 공들여 정리해 놓은 정보들이다. 하나하나에 땀과 피가 배어 있다. 단차는 땀 한 방울 흘리지 않고 그 많은 정보를 날름날름 삼켜 버렸다.

비목대주는 단차를 보면서 이를 부드득 갈았다.

그때 자신이 한 일이 바로 수하와 같은 행동이다. 무엇을 시키면 시키는 일만 했고, 무엇을 물으면 상관의 심기는 아랑곳하지 않고 곧이곧대로 대답했다.

이것저것 살핀다고 살폈는데…… 상관 입장에서 보면 아무 생각도 안 하는 놈 같다.

얼마나 한심했을까?

부림주는 분기가 담기지 않은 평온한 음성으로 말했다.

"시각랑에 대해서 다시 조사해라."

"그쪽은 아무리 뒤져도……."

"우린 단차에 대해서만 조사했지 시각랑에 대해서는 조사한 게 없다. 그러니 다시 조사해. 특히 시각랑들의 행동 방침 같은 것을 조사해 봐. 군에서 정해놓은 것은 필요없고."

수하도 눈치없는 자가 아니다. 그래도 북무림에서는 천재라는 소리를 듣는다.

"시각랑들만이 알고 있는 게 있겠죠."

"그래."

"그렇군요. 이번에 갑자기 사라진 것도 어쩌면…… 시각랑이 언제 어떻게 움직이는지, 어떻게 하라고 가르치는지 자세히 알아보겠습니다. 책자가 있으면 책자를 찾아올 것이고, 말로 떠도는 것이라면 주둥이를 잘라오겠습니다."

행동 강령!

어느 부대에나 규범이 있다.

부대 내에서 지켜야 할 규범이 있고, 전시에 지켜야 할 행동 강령이 있다.

이런 것은 아무 데도 쓸모없다.

일반적인 군인들이라면 그것으로 충분하지만 시각랑처럼 목숨을 열 개씩 가지고 다니는 자들에게는 거들떠볼 대상도 아니다.

그들에게는 그들만의 행동 강령이 있다.

선배들이 직접 몸으로 체험한 피가 되고 살이 되는 경험들이다. 전우가 죽는 것을 보면서 비통하게 한 줄, 한 줄 써 내려간 죽음의 행동 방침이다.

수색견이 풀렸다. 물로 도주해라.

사방이 포위되어 빠져나갈 길이 없다. 땅굴을 파고 숨어라.

적은 쫓아오는데 부상자가 있다. 버리고 가라.

아무에게도 발각되어서는 안 되는데 하필이면 여자에게 들켰다. 거침없이 죽여라.

이런 실전적인 행동 강령은 시각랑이 생긴 이래부터 지금까지 차곡차곡 누적되어 왔을 게다.

그것을 찾아야 한다. 그러면 지금 시각랑이 사라진 이유도 찾을 수 있을 것이다. 거기에 운이 조금만 더 도와준다면 어디에 숨어 있는지도 알 수 있으리라.

부림주는 빙긋 웃으며 말했다.

"그래. 찾아와."

그날, 그는 비목대주가 보내온 서신 두 통을 받았다.

"다른 말씀은 없으시더냐?"

"없었습니다. 이것만 전해 드리면 아실 거라고……."

사신을 가져온 자는 단순한 심부름꾼에 불과했다.

비목대주에 대해서 물어도 대답해 줄 말이 전혀 없는 사람
이다.

'역시 림주.'

그는 비목대주로 영전했지만 그에게는 지금도 림주일 뿐이
다.

서신 중에서 일(一)이라고 적힌 서신을 펼쳤다.

분명히 먼저 개봉하라는 뜻에서 일이라는 글자를 써놨을 게
다.

'림주님 같으면 이럴 때…….'

잔뜩 기대에 부풀어 서신을 개봉하던 그의 안색이 짙은 잿
빛으로 물들었다.

—니진시개츠포(你眞是個草包), 련저마점아사도부회판(連
這麼點兒事都不會辦)!

너는 정말 바보구나. 이만한 일도 해결하지 못하다니!

다른 글자는 없었다. 치욕스런 한 줄의 글귀만이 사정없이
자존심을 긁어댔다.

'이……!'

그는 어금니를 꽉 깨물었다.

저도 당했으면서…… 단차가 어떤 놈인지 알면서…… 도움 좀 청했다고 사람을 이토록 짓밟을 수 있단 말인가!

'그래! 내가 먼저 도와달라고 서신을 보냈으니…… 짓뭉개라! 짓뭉개도 좋다! 하하하!'

탁!

그는 화가 치밀어서 들고 있던 서신으로 탁자를 거칠게 쳤다.

그래도 화가 풀리지 않았다.

림주에게 온갖 모욕을 당했지만 직접적으로 바보라는 소리를 들어보기는 처음이다.

사람을 얼마나 무시하면 이런 말을 할까.

눈을 찔끔 감았다.

'평안…… 평안…… 평안……'

마음을 고요히 가라앉혀야 한다.

수승화강(水昇火降)!

차디찬 냉기는 머리로 올리고, 들끓은 화기는 가슴 아래로 가라앉힌다.

그는 애써서 평안을 되찾았다.

간신히 분기를 가라앉히기는 했지만 아직도 일(一) 자가 적힌 서신은 돌아보기 싫다.

그는 불편한 마음으로 이(二) 자 서신을 집어들었다.

여기에는 또 어떤 악담이 적혀 있을까?

'어떤 말을 들어도…… 아무렇지도 않아.'

그는 가슴을 차갑게 하고 두 번째 서신을 열었다.

─백안(百眼) 주시(注視).

이 자 서신에는 딱 네 글자가 튀어나왔다.

순간, 부림주는 뒤통수를 얻어맞은 것 같은 충격을 받았다.

'백안(百眼)'이란 중원을 주시하는 모든 눈을 말한다.

만총림의 눈도 있고, 비목대의 눈도 있으며, 개방의 눈, 하오문의 눈, 오대세가와 구대문파의 눈도 포함되어 있다.

그 수는 능히 백을 넘어선다.

여기에서 '백(百)'이란 딱 백 가지라는 뜻이 아니고 '무한(無限)'의 개념을 담고 있다.

중원의 모든 눈이다.

비목대주는 단차에게서 눈길을 거둬 백안을 쳐다보라고 말한다.

지금 있는 위치에서 한 발 물러나 냉정한 마음으로 어떤 자들이 어떤 정보를 수집하는지 살펴보란다.

장담하건대, 비목대주도 만총림주로 있을 때는 그런 생각을 못했다.

그가 이런 충고를 해줄 수 있었던 것은 비목대주라는 직위에서, 더 높은 곳에서 더 넓은 곳을 지켜봤기 때문일 게다.

'백안을 주시하라……. 하면 무림이 암중으로 태동하고 있다는 말인가. 우리가 모르는 다른 움직임이 있다는 뜻인가? 내가…… 북무림을 환히 꿰뚫고 있는 내가 모르는 것을 비목대주가…… 총단에 있는 비목대주가 안단 말인가?

사실 새로운 생각도 아니다.

총단은 지단과 정보를 공유하지 않는다.

지단에 있는 정보는 모두 빼내가면서 총단만 파악한 사항은 전달해 주지 않는다.

물론 총단은 모든 걸 공유한다고 하지만 그 말을 믿지 않은 지는 오래되었다.

지금 그런 일이 여실히 벌어졌다.

만총림이 파악하지 못한 것을 비목대가 알고 있다.

다른 곳에서 벌어진 일이 아니다. 서지단이나 남지단에서 벌어진 일이라면 어느 정도는 이해할 수 있다. 바로 북지단에서 벌어진 일인데, 북지단의 주인인 자신만 모른다.

'이렇게 되면 비목대주…… 서로 으르렁거리는 사이란 게지. 알아서 네 밥그릇 챙겨라, 이거지?'

아마도 두 번째 서신이 그가 도움을 주는 마지막 서신일 게다.

아니라도 상관없다. 바보라는 소리까지 들었는데 또 도움을 청한다면 정말 배알도 없는 인간이다.

"백안! 각 방파의 촉수(觸手)들에 대한 보고를 가져와!"

그는 신경질적으로 버럭 고함을 질렀다.

'비살문……'

이상 없다.

'하오문.'

변동 사항 없다.

그는 금룡대가 강가에서 죽인 문파들을 제일 먼저 주목했다.

그들은 만총림과 함께 정보 취득을 중요시한다.

중원이 어떻게 돌아가는지 신경을 바짝 곤두세우고 있다는 뜻이다.

'개방……?'

촉수가 이상한 방향으로 뻗쳤다.

북쪽 칠살문이 살겁을 벌이는 곳으로 일단의 무리가 달려갔다. 또 살림이 살겁을 벌이는 서쪽에서도 분타 활동이 맹렬해졌다. 겉으로는 드러내지 않고 속으로만 움직이는데…… 그 활동이 보통 예사스럽지 않다.

무엇보다 중요한 것은 '시점(時點)'이다.

우연찮게도 그들이 활동이 활발해진 후에 칠살문과 살림이 살행을 뚝 멈췄다.

그들이 살행을 멈춘 것과 개방의 움직임과 모종의 연관이 있는 것일까? 개방이 그들을 제압했나? 어림없는 소리. 그랬다면 지금쯤 동네방네 소문날 곳은 모두 났으리라.

개방이 왜 갑자기 움직이기 시작했지?

그는 의문을 풀기 위해 개방에 대한 보고만 집중적으로 읽고 분석했다.

결과는 허망하게도 무(無)다.

현재 만총림이 모아놓은 정보에는 아무런 단서도 들어 있지 않다.

비목대는 알고 있을 터인데, 그러니 백안을 주시하라는 충고를 했을 텐데…… 두 번 다시 비목대주에게 서신을 쓰는 일 따위는 하지 않겠다.

"지금 개방 예천 분타주는 어디 있나?"

"낮잠 자고 있을 시간인데요."

예상했던 대로 한심한 대답이 들려왔다.

아니다. 이건 한심한 것이 아니다.

무총 무인들은 구파일방 무인들을 동네 강아지 취급도 하지 않는다. 그들이 오면 배분을 고려하여 정중히 대우하지만 속으로는 발톱 빠진 호랑이라며 비웃는다.

이런 실정에서 그들을 주시할 리가 없다.

개방 예천 분타주는 북지단과 직접적인 교분을 쌓아야 하기 때문에 장로 급인 칠결이 맡고 있다.

자신도 잘 아는 자로, 낮에는 잠만 자고 밤에는 호색질하기로 유명하다.

방심하기 딱 좋은 자다.

만약 그의 행동이 만총림의 경계를 누그러뜨리기 위한 연극이었다면 아주 훌륭하게 성공한 게다.

정말 성공한 것 같다.

생각해 보니 그는 너무 가볍게 처신했다. 딱 무시하기 좋을 정도로 경망스러웠다.

"은밀히, 아주 은밀히 예천 분타주를 살펴봐라. 아주 은밀히."

보고는 한 시진도 되지 않아서 올라왔다.

그는 여전히 낮잠을 자고 있다.

예천 분타주, 그만 낮잠을 자고 있다. 예천 분타의 모든 거지들은 동냥 중이며, 그들이 동냥하는 곳에는 항상 북지단 무인이 볼일을 보고 있었다.

'이것들이!'

부림주는 한순간 기가 막혀 말을 잃었다.

개방이 북지단을 감시하고 있었나? 그런 걸 새까맣게 모르고 있었던 건가?

바보 소리를 들어도 싸다.

턱밑에 검을 들이대고 있는 놈들이 있는데 엉뚱하게도 먼 곳만 처다보고 있었으니 어떤 소리를 들어도 할 말이 없다.

이제 전략을 대폭 수정한다.

"개방을 제이적(第二敵)으로 간주한다."

"감시 체계를 전환시키겠습니다."

"그것보다…… 예천 분타주에게 전갈을 보내라. 개방 장로의 신분으로 이번 단차 척살을 맡아달라고 정식으로 요청해라. 아! 전갈을 가져갈 때 총통기도 가져가."

“제이적…… 에게 말입니까?”

“단차를 모르냐?”

“아!”

“후후! 참 곤란할 게다. 아주 곤란할 거야. 하하하!”

그는 통쾌하게 웃었다.

2

계야부는 삼수하(三水下)에 위치한 삼수(三水)에 머물렀다.

삼수는 강가에 위치한 도읍이지만 사람들의 왕래가 많은 편은 아니다. 삼수하를 오르내리는 사람들이 들러서 술 한잔과 함께 요기를 달래는 것이 고작이다.

지금은 발 디딜 틈도 없을 정도로 많은 사람들이 북적거린다.

그들 대부분은 무인이다.

무림공적을 제거하기 위해 단차를 따라온 사람들이다.

북무림에서 총통기를 내걸었고, 각 문파에서 차출된 사람들이 속속 집합하고 있다.

물론 집합처가 삼수는 아니다.

그들은 삼수에서 사십 리 밖에 있는 분주(扮州)에서 모이고 있다.

삼수로 직접 온 무인들은 총통기를 받을 만한 문파 출신이 아니거나 이제 갓 무명을 떨치기 시작한 강호초출이 대부분이다.

그들은 계야부가 여장을 푼 객잔에 투숙하지도 못했다.

계야부가 길을 걸으면 마주 오다가도 방향을 틀어 옆으로 빠져나갔다.

그들은 부딪치는 것을 철저히 피했다.

그럼에도 끈질기게 뒤쫓아오는 것은 혹시나 있을지도 모를 기회를 잡기 위해서다.

단차만 잡으면 일약 중원 영웅으로 부상하다.

세상 사람들이 무시하지 못할 위인이 될 것이고, 무청에서는 감투도 내릴 것이다.

하면 더 이상 이름도 없는 무명소졸이 아니다.

일약 무림사에 빼놓을 수 없는 중요 인물이 된다. 평생 이뤄야 할 신분 상승을 단번에 이루게 된다.

그들은 기적을 바랐다.

"오늘이……."

"시월 열엿새예요."

"보름이 지났군요."

"네."

계야부는 나물 반찬과 함께 밥을 맛있게 먹었다.

비화원주는 몇 술 뜨다 말았다.

밖에는 이리 떼들이 호시탐탐 기회만 노리고 있다. 사십 리 밖에서는 총통기를 받은 무인들이 속속 모여든다.

점창파에서 누가 오고, 소림사에서 누가 오고…… 눈만 감
았다 뜨면 가슴 철렁하는 소리가 들려온다.
한가하게 앉아서 밥이나 먹고 있을 때가 아니다.
"칠살문 소식을 들었습니까?"
"아뇨?"
"살림 소식은……."
"그쪽에서도 아무 소리 없어요."
"홋!"
계야부는 소리 나게 웃었다.
"상당히 재미있나 봐요?"
비화원주는 심통 난 듯 말했다.
"재미있는 일이 아닙니다. 상당히 심각한 일이죠. 심각해도
아주 심각합니다."
"그런 말을 웃으면서 해요? 남이 보면 장난인 줄 알겠어
요."
계야부는 저금을 놓고 일어섰다.
"조금 걷다 오겠습니다."

"저놈도 이제 끝이야. 분주에 사람이 거의 다 모였대."
"무총에서는 누가 나오는데?"
"아직 정해지지 않았는데, 북지단주께서 직접 나오신다는
소문도 있어."
"그럼 정말 끝이네?"

단차, 단차, 단차…… 무인들은 모두 단차 이야기뿐이었다.

'소식이 끊겼어!'

이건 매우 중요했다.

칠살문은 지금도 살행을 벌이고 있어야 한다. 살림 역시 마찬가지다. 하루가 멀다 하고 소문이 나돌아야 한다. 죽음에 대한 소문이 풍성하도록 계획되었다.

죽음이 연이어진다.

정말 뿌리를 뽑을 기세로 몰아붙여야 한다. 단 한시도 쉬어서는 안 된다.

민초이든 무인이든 지금쯤 어떤 생각이 들어야 한다.

이러다가는 섬서성에 있는 안선도가 뿌리 뽑히고 말겠구나 하는 느낌에 몸서리를 쳐야 한다.

일반 사람들이 그렇게 느낄 정도라면 안선은 어떨까?

일은 이미 벌어졌다. 대응을 하지 않으면 섬서성뿐만이 아니라 전 무림의 안선도가 죽어갈 것이다.

사즉생(死卽生)의 각오로 덤벼들지 않을 수 없다.

그렇다고 쉽게 망동하지는 못한다. 지금 무총이 총통기를 내걸고도 협공을 취하지 못하는 것처럼, 안선도 단차만을 노린 집중적인 공격이 필요하다.

무공은 최소한 교사 이상은 되어야 할 것이고, 배분은 장로나 장문인 정도는 되는 고수 중의 고수가 힘을 합칠 것이다.

안선의 중추 세력이 일시에 모습을 드러내게 된다.

그가 원하는 것은 이것이다.

사실 만총림이 거둬들인 정보는 별것이 없다.

안선도를 많이 찾아놓은 것은 사실이지만 그 정도는 여타의 문파에서도 찾을 수 있는 정도다.

정작 중요한 부분은 모두 빠졌다.

우선 대공에 대한 정보가 하나도 없다.

육교사와 십교사가 죽고 후임자가 내정되었는데 만총림의 보고에는 그 부분에 대한 사항도 기술되어 있지 않다.

대문파에 스며 있는 고정 간자, 고정 안선도도 오래전에 파악해 놓은 것일 뿐, 새로운 안선도에 대한 기술은 거의 없다.

겉으로 보기에는 안선과 무총이 팽팽하게 겨루고 있다. 누구나 그렇게 생각하고 믿어 의심치 않는다. 한데 실상을 들여다보면 방만한 경우가 많이 보인다.

나태? 웬만한 일에는 만성이 되어버린 타성?

좌우지간 무총 무인들에게 좋지 않은 타성이 단단히 배어 있는 것은 사실이다.

북무림은 조용하다.

살행은 멈췄다. 칠살문과 살림이 사라졌고, 인망이 후덕한 자들도 두 발을 쭉 뻗고 자는 듯하다.

그가 생각했던 게 막 실행에 옮겨졌다가 뚝 그친 셈이다.

시월 보름도 지났다.

금룡대에게 청진자 척살을 명한 날짜다.

금룡대는 틀림없이 명을 이행했을 것이다. 청진자와 화산오검은 죽었을 것이다.

어제, 북무림이 발칵 뒤집힐 만한 대사건이 벌어졌다.

한데도 무림은 조용하다.

화산파에서 누군가 죽었다는 소리는 들리지 않는다. 살수들의 살행이 중단된 것처럼, 금룡대에 대한 소식도 일절 없다.

그가 그들에 대해서 들을 수 있는 건 소문뿐이다. 또 그것으로 충분하다.

소문이 나지 않는 살행은 의미가 없다.

안선이 소스라치게 놀라서 벌떡 일어설 정도의 강력한 소문이 나돌아야 한다. 뒷구멍에서 은밀하게 처리할 수 있는 수준의 살인이라면 저지르지 않는 것만 못하다.

그래서 모든 귀를 소문에 의존했다.

'중단…… 누가 흐름을 끊어놨군.'

안선이 이 일을 했다면 대단히 빨리 손을 쓴 것이다.

또 자신을 직접 겨냥하지 않고 소문 확산을 차단하는 데 주력했다는 점을 주목해야 한다.

그가 생각했던 방식과는 전혀 다른 방식으로 대응해 왔다.

역시 머리로는 안 되는 것인가.

문득 사약란이 떠올랐다.

그녀라면 자신처럼 실수하지 않고 확실하게 끌어냈을 텐데.

그녀가 옆에 있었으면 좋겠다. 이런저런 계획도 짜주고……무엇보다 따뜻한 눈길이 보고 싶다.

무인들이 두런두런 이야기를 나누다가 그를 보자 화들짝 놀라 물러섰다.

공격도 하지 않고 시비도 걸지 않는데 지레 놀라 물러선다.

그는 발길을 돌려 숙소로 향했다.

사람들에게서 들을 수 있는 건 다 들었다.

칠살문이라던가, 살림 살수라던가 화산파 청진자의 죽음에 대해서 한마디라도 언급이 있었으면 싶었는데…… 아무도 그들에 대해서는 말하지 않는다.

이들은 정예화된 무인이 아니다.

소속된 방파도 거의 대부분 약소 문파다.

이들의 입을 조직적으로 막기는 힘들다.

결국 소문이 원천적으로 봉쇄되었다고 볼 수밖에 없다.

청진자의 죽음은 화산을 넘지 못했다. 화산파 문도들은 알고 있을지 모른다. 아니, 알고 있다. 다만 입단속이 철저해서 소문이 나지 않은 것뿐이다.

화산에서 한 발짝이라도 떨어진 곳에 있는 사람들은 아무것도 모를 게다.

칠살문과 살림도 마찬가지다.

그들은 여전히 살행을 벌이고 있겠지만, 흔적이 지워지고 있다.

살인은 어둠 속에 묻힌다. 그들의 행적이 말끔히 지워진다.

막대한 인원과 자금이 필요한 일이다. 거대한 세력이 조직적으로 움직이지 않으면 안 되는 일이다.

안선이 이 정도였나?

그랬을 수 있다. 지금까지는 안선을 그저 땅속에 숨어 있는 두더지 정도로 여겼는데…… 그랬다면 무총의 검날 아래 아직까지 살아남지도 못했을 게다.

무총과 싸울 수 있을 만큼 거대한 세력이니 지금까지 건재한 게다.

자신이 펼친 조그만 계획이 성공했다면…… 그 정도에 무너질 안선이었다면 진작 무너졌다. 무총에는 머리로는 자신을 능가하는 지자들이 수두룩하니까.

'일이 이 지경이 되었으니 모든 계획을 처음부터 다시 재점검해야겠지. 무엇보다 저들의 안위가 위험해졌어.'

소문을 끊은 다음에 벌어질 일이 불안하다.

이제 칠살문이나 살림이나 화산에 틀어박힌 금룡대까지 고립무원(孤立無援)이 되었다.

그들을 도와줄 사람이 없다.

소문이 차단되었으니 어디서 무엇을 하고 있는지도 모른다.

철저하고 완벽한 차단이다.

이다음…… 자신 같으면 하나씩 요절낸다.

칠살문은 강하다. 일곱 명이 모여 있을 때는 큰 힘을 낼 수 있다. 하지만 한 명씩 뿔뿔이 흩어져 있다면 그들을 요리하는 것은 식은 죽 먹기다.

그런 면에서는 살림이 조금 낫다.

그들은 흩어지지 않는다. 흩어졌다가도 곧바로 모인다.

하나 그들 역시 목표가 되면 힘들기는 마찬가지다.

저벅! 저벅!

객잔으로 걸어가는 발길이 무겁다.

만총림의 정보망이라도 이용했으면…… 오목의 이름을 빌려서 하오문을 이용해 볼까? 개방을 이용하는 방법은 없을까? 어떻게든 눈과 귀를 열어야 하는데…….

"아무 방법도 없어요."

비화원주는 다소 냉정하게 말했다.

예상은 했다.

무총을 적으로 두었고, 한편으로는 안선을 치고 있다. 양쪽 모두 적이다.

이런 상황에서 도움을 줄 만한 곳은 없다.

"도움이 못 되어 죄송해요."

"아닙니다."

계야부는 손을 저었다.

혹시나 하는 기대감이 있었던 것은 사실이지만 아무 대책도 없을 거라는 현실감이 더 컸다.

"무림에 독불장군(獨不將軍)은 있을 수 없어요. 흔히 잘못 생각하는 것 중의 하나가 무림은 무공만 강하면 될 것 같은데…… 그래서는 아무것도 얻지 못해요. 혼자 유유자적하며 살면 모를까, 뭘 할 수는 없어요."

공감한다. 혼자서는 작은 충돌만 일으킬 뿐이다. 상대가 약하더라도 조직적으로 대응해 오면 정말 피곤해진다.

계야부는 고민했다.

'무슨 수를 써야 하는데……'

총통기가 개방 예천 분타주에게 전달되었다.

예천 분타주는 극구 사양한 모양이지만 떠안기다시피 맡겨졌다는 후문이다.

만총림의 선택은 다소 파격적이다.

북무림에는 종남파와 공동파, 그리고 화산파가 있다. 그들이 근거를 두고 있는 땅이다.

반면에 개방은 한참 밑에 있는 호광성에 위치한다.

지역적으로는 소림사와 무당파, 그리고 개방이 한 묶음이라고 할 수 있다.

본산(本山)의 입지를 생각한다면 총통기는 북무림 삼대문파에 전달되었어야 한다.

북무림도 아닌 개방, 그것도 장로 신분으로 총통기를 부여받는 데 하자는 없다고 하지만 직위가 분타주에 불과하니 이 또한 말썽의 여지는 충분하다.

만총림은 이런 사정을 모르고 총통기를 부여하지는 않았을 테고…… 개방에 단차를 타도할 만한 뭔가 있는 건가?

사람들의 의견이 분분해졌다.

계야부는 이 모든 소리를 들었다.

무인들은 여전히 계야부 앞에서는 입도 벙긋하지 않는다. 그가 가까이 다가가면 하던 말도 중단해 버린다. 하지만 계야부의 두 귀는 그들이 하는 말을 모두 듣고 있다.

'개방이 총통기를?'

사실 이것은 그도 의외였다.

자신이 생각하기로는 종남파 정도에서 총통기를 갖게 되지 않을까 생각했다.

모든 생각이 어긋나고 있다.

부림주를 잘 안다고 생각했는데…… 그 역시 북무림의 천재였던 것인가? 자신의 생각으로는 짐작할 수 없는 부분에서 움직이고 있는 거물인가?

개방에게 총통기를 준 이유를 모르겠다.

하나 그는 이번 일에서 탈출구를 모색할 수 있었다.

이목이 철저하게 차단되었다. 자신과 세 군데로 흩어진 조직들이 서로 간의 소식을 모른다.

자신이 답답하듯 그들도 답답할 것이다.

그렇다면…… 북무림 한가운데에 화약을 터뜨린다.

자신이 총통기와 정면으로 부딪치는 것이다.

아주 크게…… 숨기려고 해도 도무지 숨길 수 없도록 정말 크게 부딪친다.

군웅들을 무시하는 건 아니다.

자신 한 몸 정도는 충분히 빼낼 자신이 있지만, 그들이라고 손 놓고 있지는 않을 터이다.

그들은 자신에 대해서 알고 있다.

섣불리 건드려서는 안 된다는 사실을 안다. 잡으려면 맹수를 포획하듯이 단단히 준비해서 잡아채야 한다. 그런 사실은 누구보다도 만총림 부림주가 잘 파악하고 있다.

길(吉)보다는 흉(凶)이 많은 싸움이다.

그래도 싸운다. 싸움 결과는 아무도 모르지만 지금은 달리 다른 선택을 할 여지가 없다.

흩어져 있는 사람들과 어떻게든 연락을 취해야 한다.

소문은 크게 날 것이다. 무총이 아니라, 안선이 아니라 전 중원이 합심해서 입을 틀어막으려고 해도 날개를 달고 퍼져나가는 소문을 잡지 못할 것이다.

칠살문이나 살림 살수들에게 했듯이 쥐도 새도 모르게 입을 막을 수는 없다.

자신과 군웅들의 격전은 그들 귀에도 전해지리라.

역으로 간다. 자신이 그들 소식을 듣는 게 아니라 그들에게 자신의 소식을 전해준다.

자신의 소식을 전해 들으면 모종의 판단을 내릴 것이다. 행동으로도 옮길 것이다. 그것이 어떤 생각이고, 어떤 행동이 될지는 모르지만 자신의 생각과 일치하지 않을까 짐작된다.

안선이 놀라서 뛰쳐나오게끔 북무림을 발칵 뒤집어놓아라.

소문을 은폐시킬 수 없게끔 아주 큰 사건을 만들어라. 잔혹한 살수를 써도 좋다. 세상만 뒤흔들어라. 꽉꽉 틀어막아도 소문이 줄줄 새어 나가게끔 만들어라.

안선도를 전부 죽일 생각은 없다.

북무림을 희생하여 안선의 뿌리를 뽑으면 된다.

십교사를 비롯한 안선의 중추 세력과 대공이란 자만 제거하면…… 무림에 볼일은 없다.

계야부는 결심을 굳혔다.

'이번에 또 한 번 악역을 맡아야 되겠군.'

3

"설산파로 돌아가세요."

"그게 가능하다고 생각해요? 벌써 단차와 한통속이라고 소문이 파다하게 퍼졌는데."

소문은 그것만 난 게 아니다.

비화원주는 설산파의 독문비기를 아낌없이 내줬다. 두 사람은 밤마다 알몸으로 뒤엉켜서 흡월정법(吸月正法)을 수련한다. 비화원주의 뱃속에 아이가 들어섰다. 벌써 사 개월을 넘어섰단다.

두 사람은 치정 관계로 엮였다.

침상을 같이 쓰는 사이에서 벌어질 수 있는 온갖 소문이 꼬리에 꼬리를 물고 나열되었다.

차마 세상에 떠도는 소문을 모두 다 입에 담을 수가 없다.

"그래도 가야 합니다."

"못 가요."

"아시다시피……."

"무슨 말인지는 알겠는데, 갈 수가 없네요."

"원주!"

“걱정하시는 건 아는데, 절 너무 얕보는 거 아녜요? 저도 제 몸 하나는 건사할 수 있어요.”

“총통기 아래서 빠져나간 사람은 없습니다.”

“있어요. 투살진기. 며칠 전에 만나놓고도 모른 척하면 못 쓰죠. 그녀는 지금도 무림공적이라고 낙인찍혀 있지만 보란 듯이 활개치고 다니잖아요.”

“우린 그렇게 안 될 겁니다.”

“될 거예요.”

“휴우!”

계야부는 한숨으로 말다툼을 끝냈다.

어쩌면 여자는 한결같이 고집이 센지…….

“검을 주시오.”

“거기서 골라보슈.”

“좋은 검일 필요는 없소. 가장 싼 걸로 열 자루만 주시오.”

“열 자루요? 싼 것으로요?”

“사람을 죽일 수만 있으면 되오.”

대장장이는 입을 떡 벌렸다.

검을 사는 사람은 많다. 하지만 노골적으로 사람을 죽일 수 있는 검을 달라는 사람은 거의 없다.

“검이란…….”

검이란 쓰는 사람에 따라서 독도 되고 약도 된다. 검이 좋은 주인을 만나야 하는 까닭이다. 좋은 검은 스스로 주인을 알아본다고 하는데, 검이란 놈이 원래 요물이라서 주인의 활기(活氣)를 알아보기 때문이다.

대장장이는 검을 팔면서 늘어놓던 너스레를 한마디도 하지 못했다. 입만 벙긋거릴 뿐이다.

철컹! 철컹!

사내가 철검 열 자루를 골라서 밧줄로 묶었다.

"얼마요?"

"한 자루에……."

한 냥? 두 냥?

그가 머릿속으로 셈을 하고 있을 때, 사내는 은자 한 냥을 툭 던지고 나가 버렸다.

횡재도 이런 횡재가 없다. 한데,

'아, 안 돼! 안 돼!

그는 은자를 집을 생각도 못한 채 멀어져 가는 사내만 바라봤다.

검을 팔아서는 안 될 것 같다. 저 검은 너무 많은 사람을 죽일 것 같다. 피가 잔뜩 묻어 색이 변하고, 이까지 빠진 흉한 몰골로 초원 어딘가에 버려질 것 같다.

이유는 모르겠다. 왠지 그런 느낌이 든다. 아주 진하게, 현실처럼 느껴진다.

"아아…… 안 돼!"

그는 기어이 마음속 말을 입 밖으로 꺼내고 말았다.

이제 그의 의살은 범인이 느낄 정도로 예민해졌다.

검을 사면서 어떻게 쓸 것인지만 생각했다. 그런데도 대장장이는 사색이 되고 말았다.

‘총통기와 부딪칠 거야.’

이 생각은 곧 혈전(血戰)을 의미한다.

검으로 사람을 베는 것이 상상된다. 피가 튀고 뼈가 잘라진다. 생각하고 싶지 않아도 혈전이 무엇인지를 알기 때문에 과거 속에서 혈전에 관한 것을 끄집어낸다.

대장장이가 느낀 것은 그 혈전이다.

앞으로 다가올 혈전이 아니라 과거의 혈전을 보았다. 온몸으로 느꼈고, 전율했다.

그가 생각하는 모든 광경이 느낌이 되어 주변 사람에게 전달된다.

예외가 없는 건 아니다.

비화원주를 비롯해서 많은 사람들이 계야부와 같이 있으면서 의살을 느끼지 못한다.

계야부가 의식적으로 자제하기 때문이다.

만약 대장장이가 본 그림을 그들도 봤다면, 매일 매순간 느낀다면 도저히 정신적으로 감당할 수 없었을 것이다.

계야부는 철검 열 자루를 백마에 꽂았다.

왼쪽에 다섯 자루, 오른쪽에 다섯 자루…… . 격전 중에도 떨어지지 않도록 단단히 고정시켰다.

검을 다 꽂자 말 등을 툭툭 쳤다.

“넌 죽을 것이다. 장수를 잡으려면 말부터 쏘라고 했으
니…… 내 발을 묶기 위해서 너부터 찌를 게다. 후후! 내 몸 하
나는 감당할 수 있지만 너까지 보호해 주기는 벅차니…… 나
중에는 인사할 짬도 없을 테니 지금 말하마. 잘 가거라.”

백마가 순박한 눈망울을 좌우로 굴렸다.

마치 나는 괜찮으니 어서 등에 올라타라고 말하는 듯했다.

그는 말에 올라탔다. 그리고 힘차게 고삐를 당겼다.

“끼럇!”

‘기어이…….’

비화원주는 따라나서지 못했다.

그녀는 탁자에 앉아 차를 마시는 모습으로 단차를 떠나보냈
다.

휙! 휘익!

등 뒤에서 세찬 바람 소리가 들렸다.

단차가 떠난 것을 확인하자마자 뛰어든 군웅들이다.

단차는 떠났는데 자신의 모습이 보이지 않자 혹여 안에 있
나 싶어서 뛰어든 것이다.

단차는 무서워서 가까이 다가서지도 못하고, 자신에게는 겁
도 없이 달려들고…… 그래도 ‘북지단 비화원주’ 하면 초고수
로 인정해 주는 터인데.

너무 큰 것을 보면 웬만큼 큰 것은 눈에 보이지 않는 법인
가?

단차를 보자 그녀는 무척 작아 보였나 보다. 그러니 예전 같으면 마주 서서 검을 들 생각도 못하던 위인들이 우르르 달려들어 병기를 겨누겠지.

"계집이 여기 있다!"

"뭐야! 태연하게 차를 마시고 있잖아! 어서 일어서지 못해!"

차앙! 창!

군웅들이 병기를 뽑았다.

우둔한 자들이다. 낯선 곳에 침입할 때는 미리 병기를 뽑아야 한다는 기본 상식도 모르는 자들이다.

"이년이 그래도!"

"조심해. 설산파의 진전비기를 고스란히 배웠다는 년이야."

"그럼 뭐 해! 새파랗게 젊은 놈과 배가 맞아가지고…… 가만……? 이상하지?"

"그러게……?"

그녀의 등 뒤에서 잔뜩 긴장한 채 좀처럼 공격을 가해오지 못하던 자들이 그제야 이상함을 감지했다.

그녀가 상대해 주지 않는다.

이년, 저년 하고 욕지거리를 해도 대꾸 한마디 하지 않는다.

그녀는 한 손으로 찻잔을 들고 있다. 입술 가장자리가 찻잔 끝에 걸렸다.

그녀는 그 모습 그대로 굳었다.

군웅들이 옆으로 살금살금 이동해서 그녀를 봤다.

"점혈?"

“점혈 맞아.”

“누가 점혈을……?”

군웅들은 이게 웬 떡이냐 싶어서 우르르 달려와 그녀의 어깨를 움켜잡으려고 했다. 그때!

“잠깐!”

같이 달려온 군웅들 중 한 명이 탁자 위에 쓰인 글씨를 보고 깜짝 놀라 소리쳤다.

탁자 위에는 휴대용 붓으로 급히 갈겨쓴 듯한 글씨가 적혀 있었다.

─북지단(北支團) 절검대주(絶劍隊主) 사자(寫字). 포착공적(捕捉公敵). 불가(不暇) 향좌주(向左走). 발견자(發見者) 북지단(北支團) 압송(押送) 요망(要望).

북지단 절검대주가 쓴다. 공적을 잡았으나 시간이 없어서 놓고 간다. 발견자는 북지단으로 압송하라.

짧지만 전신 맥이 쫙 풀리게 만드는 글이었다.

하기는 누군가가 제압을 했으니 혈도가 찍혔을 게 아닌가. 그녀가 마른하늘에 벼락을 맞는 식으로 아무도 건드린 사람이 없는데 점혈되었을 리는 없지 않은가.

움직이지 못한다고 괜히 좋아했다.

“이게 뭐야! 젠장!”

“누군 시간이 없어서 놓고 가고, 누군 시간이 남아돌아서 북지단으로 압송하고?”

“난 빠진다. 괜히 골치만 아파.”

“그래도 압송해야 되는 것 아냐?”

“네가 하던가. 난 안 해.”

휘익! 휘이익!

몇몇 사람이 바람 소리를 내며 멀어져 갔다.

“허! 참……..”

“가자. 이건 아무 도움도 안 돼. 절검대주가 잡아놓은 걸 데려가 봤자 공치사도 못 들어. 그러느니 단차 뒤를 쫓아가 보는 게 나아. 싸움이 붙으면 눈요기라도 할 수 있잖아.”

“다른 자가 데려가겠지?”

“여기 온 사람이 한두 명인가.”

두런두런 이야기 나누는 소리가 들리더니 가벼운 바람 소리가 울렸다. 그리고 다시 그녀만 남았다.

“북지단으로 압송될 겁니다. 북지단에서는 원주의 마음을 알고 있으니 심한 고초는 겪지 않을 겁니다. 점혈은 한 시진 후에 풀리도록 해놓겠습니다. 혹여 기회가 생기면……..”

기회는 생긴다.

비화원주가 녹록한 자리는 아니다. 사문 배경이 좋아서 들어간 것도 아니다.

그녀에게는 북지단에서 열 손가락 안에 꼽힐 만한 무공이 있다.

병기만 해도 그렇다. 검도창편…… 반드시 날카로운 병기만이 살상 무기가 아니다. 허리춤에 꽂혀 있는 피리 한 자루면 방원 삼십 장을 초토화시킬 수 있다.

그녀는 협(俠)을 말하면 여걸이지만 살(殺)을 말하면 여마다.

그녀는 검의 양면처럼 자신의 뜻에 따라 세상을 도울 수도 있고, 파멸시킬 수도 있다.

병기도 뽑지 않은 채 낯선 곳에 뛰어드는 풋내기들이 설산파의 여걸을 감당할 수 있을까?

한 시진 후에 점혈이 풀리면 그녀는 무조건 자유의 몸이 된다.

누군가 그녀를 북지단으로 압송한다 치면, 군웅들 스스로 그녀를 삼수에서 빼내는 것과 같다.

휘익! 휘이익!

바람 소리가 또 들렸다.

"있다! 여기닷! 설산마녀(雪山魔女)다!"

방금 전에 들었던 말들이 조금 바뀌어서 다시 들려왔다.

그들은 욕지거리를 할 것이고, 병기를 겨눌 것이고, 점혈을 눈치챌 것이다. 그리고…… 똑같은 일이 계속 반복되리라.

비화원주는 속으로 피식 웃었다.

'설산마녀…… 드디어 별호에 '마' 자가 붙었네.'

반 각쯤 지났을까?

욕지거리와 함께 들리던 바람 소리가 들리지 않았다.

"북지단으로 압송해 달라는 부탁이다. 절검대주께서 오죽 다급하셨으면…… 압송한다!"

"단차가 알고 쫓아오지 않을까?"

"그놈이 떠나는 걸 확인했잖아! 설혹, 쫓아온다고 해도 이년은 압송해야 돼!"

"앞장서. 내가 들고 가지."

억센 사내의 팔이 그녀의 허리를 냉큼 가로챘다.

무공이 약하다고 의협심마저 약한 것은 아니다.

세상이 간사하다지만 열 명의 간신들 중에는 한두 명쯤 진정한 사람도 섞여 있다.

그의 판단이 옳았다.

"가장 빨리 북지단으로 가려면 배를 타야지?"

'안 돼!'

비화원주는 속으로 소리쳤다.

단차는 그녀를 떼어놓기 위해 점혈이라는 수법을 썼다. 그렇다고 자신이 이대로 물러선다면 북지단을 등지면서 그를 따라 나온 의미가 없어진다.

점혈이 풀리는 대로 그를 따라갈 생각이다.

그는 백마를 타고 질주하고 있으니 어느 쪽으로 움직이는지는 쉽게 알 수 있다. 그저 양쪽 귀만 살짝 곤두세우면 그에 대한 말이 들릴 게다.

아니, 그럴 필요도 없다.

단차는 총통기와 맞서려고 한다.

그들이 모이는 곳으로 찾아가고 있다. 도주해도 모자랄 판에 직접 뛰쳐 들어간다.

분주로 가야 한다.

다행히 이곳 지리는 그보다 자신이 더 잘 알고 있다. 그는 북무림이 초행이지만 자신은 눈 감고도 줄줄 말할 수 있다. 빠른 말을 구해서 달리면 한 시진이라는 시간차는 금방 좁힌다.

'그러려면 배를 타면 안 돼!'

"선착장으로?"

"그래. 최대한 빨리. 배만 타면 단차가 알고 쫓아와도 피할 수 있어. 강 한복판에 떠 있는데 제 놈인들 어쩔 수 있겠어?"

"일리있는 말씀!"

휘익! 휘이익!

귓가로 바람 소리가 들렸다.

이자들, 정말 선착장으로 달려가고 있다.

'안 되는데…… 혼자 싸우게 하면…… 안 되는데……'

다른 것은 모르겠다.

점혈당해 있을 때, 그가 철검을 백마에 묶을 때…… 그때 묘한 환상을 봤다.

피비린내 나는 전장의 모습이다.

여기저기 군인들이 죽어 있다.

팔다리가 잘려 신음하고 있다. 창을 복부에 꽂고 있다. 화살에 이마를 관통당했다. 온갖 방법으로 죽은 시신들이 썩는 냄새를 폭폭 풍기며 여기저기 널브러져 있다.

전장이라고는 한 번도 가본 적이 없는데, 왜 그런 환상을 보았는지 모르겠다.

전장의 모습은 다시 보고 싶지 않다.

희한한 것은 그토록 처참한 전장의 모습과 백마에 검을 꽂고 있는 단차의 모습이 겹쳐 보였다는 것이다.

단차가 전장에 서 있는 것 같았다.

그의 모습은 약간 달랐다. 온몸이 피투성이였다. 여기저기 할퀴고 찔린 상처로 가득했다. 검은 반 토막 났다. 침마저 바싹 말라 버린 입술은 보기 흉하게 일그러졌다.

그는 혈인이었다. 갓 전쟁을 끝낸 사람이었다.

멀쩡한 단차를 보면서 죽음의 사선을 막 넘어온 단차가 그려졌다는 건…… 왠지 불길하다.

그녀는 그것이 의살이라는 것을 알지 못했다. 남들이 공포에 질리는 이유를 직접 경험한 것인데, 이제껏 한 번도 없었던 일이라서 의살이라고는 생각도 못했다.

계야부의 실수 때문이다.

점혈을 하자 혼자라는 생각이 들었다. 그리고 그런 생각이 아주 잠깐 동안 그녀를 잊게 만들었다.

비화원주가 의식에서 멀어진 순간, 의살이 풀려 나왔다.

그가 생각하고 있던 전장의 모습이 비화원주의 머릿속에 그려졌다.

비화원주는 이런 현상을 단순한 불길함으로 해석했다. 그래서 그녀의 마음은 더욱 쫓겼다.

'가야 되는데…… 반 각만 더 있으면 점혈이 풀리니까…….'

'가야 되는데…… 반 각만 더 있으면 점혈이 풀리니까…….'

第百十章

대방(對方)

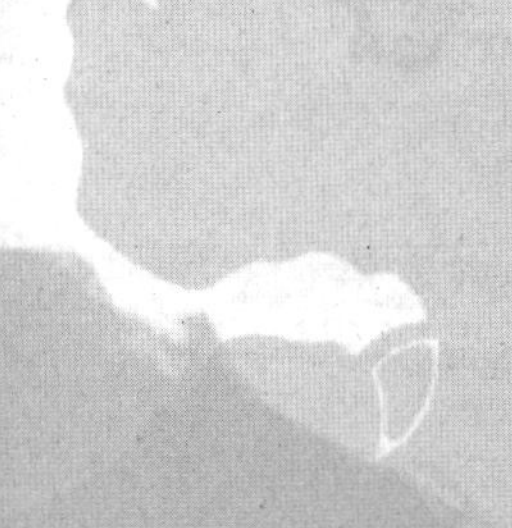

　노화자(老化子)는 다리를 꼬고 누워서 바람에 펄럭이는 깃발을 보았다.

　"고것 참……."

　누워서 보기도 하고, 엎드려서 보기도 하고…… 이리 보고 저리 보고…… 이리 뒤척, 저리 뒤척…… 시간 가는 줄도 모르고 새로 생긴 장난감에 흠뻑 빠졌다.

　"뭐가 그리 좋습니까?"

　"시끄러워, 새꺄!"

　"암만 봐도 깃발 아닙니까."

　"너 뒈진다!"

　노화자는 이번에는 두 손으로 턱을 괸 채 배를 깔고 누웠다.

두 발을 위로 올려 동동거리면서 콧노래라도 부를 듯 즐거운 표정으로 깃발을 봤다.

펄럭!

바람이 불자 크게 한 번 휘날렸다.

하얀 비단에 붉은색으로 무(武) 자가 수놓아진 단순한 깃발이다. 깃발 네 구석에 금룡(金龍)이 새겨져 있다는 점이 다를 뿐 어디서나 흔히 볼 수 있는 무가의 깃발이다.

"거참, 희한하단 말이야."

"뭐가 말입니까?"

"넌 대가리도 없냐? 저게 안 보여? 저 요물 말이야."

"저게 요물입니까?"

"요물이지. 대단한 요물이야. 저거만 가지면 북무림의 제왕이 되는 거야. 모든 사람을 내 마음대로 이리 왔다 저리 갔다 쥐새끼 놀리듯이 움직일 수 있단 말이야. 흐흐!"

"좋습니까?"

"앗, 따가워!"

"예?"

"너 이 새끼, 말속에 가시 심을래?"

"에이, 난 또 뭐라고……."

노화자를 상대하던 걸인은 웃옷을 챙겨 입고 일어섰다.

"실컷 보고 계십시오. 전 동네나 한 바퀴 돌고 올랍니다."

노화자는 걸인이 나가는 것을 본 척도 하지 않았다. 그의 눈길은 깃발에 붙박여 떨어질 줄 몰랐다.

“요물이야……”

요물…… 요물이다.

개방 장로 중에는 두 명의 문행개가 있다.

한곳에 정착하지 못하고 이리저리 떠도는 천우개(天宇丐)가 있고, 말년에 예천 분타주로 밀려난 석두개(石頭丐)가 있다.

나머지는 모두 주먹다짐으로 밥을 얻어먹는 무행개(武行丐)들이다.

그 두 문행개 중의 일인, 석두개의 눈에는 하얀 비단의 깃발이 짙은 혈색(血色)으로 비쳤다.

깃발에서 핏물이 뚝뚝 흘러내린다.

저 깃발이 나부낄 때마다 얼마나 많은 사람들이 죽어갔겠나.

세상에 나타나서는 안 되는 깃발이 자신에게 주어졌다.

그는 총통기가 왔을 때 서슴없이 받았다.

명예욕 때문에 받은 게 아니다.

그의 나이 일흔이 넘었다.

세상 쓴맛 단맛 다 보며 살아왔다.

이제 와서 새삼스럽게 명예 운운할 게 어디 있겠나.

총통기를 쥐고 천하 군웅을 호령한다는 건 멋진 일이다. 하지만 그 이면에는 많은 사람의 죽음을 담담하게 지켜봐야 한다는 냉정함이 깔려 있다.

그는 사람을 많이 죽이고 싶지 않아서 총통기를 받았다.

'죽기는 많이 죽을 건데…… 의살을 쓰는 놈이라…… 그놈이 정말 의살을 사용한다면…… 빌어먹을! 이거 대책이 없잖아. 어디서 그런 놈이 나타나 가지고는.'

그는 눈만 끔뻑거리며 깃발을 쳐다봤다.

머릿속에서 어떤 구상이 확실하게 잡힐 때까지는 절대 일어서지 않을 생각이다.

'망동하면 돼지기밖에 더해?'

군웅들은 답답했다.

"개방에서 밀려난 자라며?"

"글쎄…… 아무래도 개방의 노른자위는 전공장로(傳功長老)와 집법장로(執法長老)니까."

"어떻게 똑똑하다는 사람들은 다 밀려나냐? 확실히 무림은 이게 세야 돼."

말하던 자가 주먹을 들어 보였다.

석두개의 이력은 화려하다.

나이 여섯 살에 걸인의 손에 거둬져 개방에 입문했고, 일곱 살에는 일결제자가 되었다. 열아홉이 되었을 때는 개방 최연소 분타주가 되었으며 스물한 살에는 사결 매듭을 두르고 부호당(扶護堂)의 호법이 되었다.

그 후에도 승승장구했다.

부호당(扶護堂), 결연당(結緣堂), 집법당(執法堂), 장로당(長老堂)의 당주를 고루 역임하다가 마흔둘에 육결(六結) 법개(法

丐)가 되었다.

상당히 화려한 이력이다.

하나 그의 관운(官運)은 법개가 끝이었다.

그는 홀연 모든 직위를 내려놓고 혈혈단신으로 전국을 유랑했다.

그 생활이 예천 분타주를 맡을 때까지 무려 이십여 년이나 지속되었다.

예천 분타주도 맡고 싶어서 맡은 게 아니다.

방주가 분타주를 맡던가 매듭을 내놓던가, 양자택일을 하라고 몰아붙인 다음에야 마지못해 받아들였다.

일반적으로 보면 법개까지 한 사람에게, 그것도 일흔이 넘은 노개(老丐)에게 분타주를 맡긴다는 발상은 도저히 할 수 없다.

모욕도 그만한 모욕이 어디 있겠나.

정말로 개방을 모르고 하는 말이다.

개방은 강남(江南)과 강북(江北)에 분방(分幫)을 둔다.

오만여 문도를 효율적으로 통제하기 위해서 한 단계 더 나눴다.

현재 무총이 가지고 있는 동서남북 사 개 지단과 같은 형태의 조직 구성이다.

한데 이 분방의 세력이 커지면서 문제점이 발생했다.

분방이 강력한 통솔력으로 개방도를 이끌자, 총단의 입김은 자연히 약화될 수밖에 없었다.

총단이 유명무실해지고 강남, 강북의 분방주가 실질적인 개
방 방주가 되어 무림 전면에 나선 것이다.

이 시기의 개방을 보면 북개방(北丐幇)과 남개방(南丐幇)으
로 나뉘어 서로 교분도 나누지 않고, 무공도 독자적으로 형성
해 나가니 완전히 둘로 나뉜 것처럼 보인다.

아니다. 그 시절에도 총단은 존재했다.

북개방주와 남개방주는 여전히 분방주일 뿐 용두방주(龍頭
幇主)가 될 수 없었다.

다행히 차기 용두방주가 단호한 결단력으로 남북개방을 통
합 흡수하기는 했는데, 그 과정에서 반발하여 총단과 맞선 개
방도가 무려 삼만여 명이었다.

개방은 이 사건을 계기로 남북 분방을 두지 않는다.

이러한 개방의 역사를 알고 있는 사람이라면 석두개에게 주
어진 예천 분타주라는 직책이 만만치 않다는 것을 짐작할 것
이다.

용두방주는 장로인 그를 좌천이나 다름없는 분타주에 위임
하면서 세 가지 권한을 주었다.

첫 번째가 분타에 상주하는 방도수의 제한을 철폐한 것이
다.

보통 분타는 이백에서 천여 명의 방도가 거주한다. 하지만
예천 분타는 그보다 훨씬 많은 이천여 명이 상주한다.

방도수로만 따지면 전국 제일이다.

이만한 인원이면 대단한 일을 할 수 있다.

무적불패(無敵不敗)의 신화를 자랑하는 타구진(打狗陣), 이 타구진을 전개할 때 필요한 인원이 구백 명. 이천 명이면 타구진을 두 개나 운용할 수 있다.

두 번째 권한은 방주 대행권이다.

석두개는 개방 방주의 입장에서 북지단주와 협상 및 타협을 할 수 있다.

총단에 보고할 필요는 없다.

자신의 판단에 따라서 북지단에 협조할 수도 있고 물러설 수도 있다. 물론 모든 책임은 용두방주가 진다.

이만한 권한이면 방주의 대행권자지 않은가.

세 번째 권한은 더욱 놀랍다.

석두개는 유사시에 북무림 개방도에 대한 동원령을 가졌다.

모든 분타를 한꺼번에 움직일 수 있는 권한이 주어진 것이다. 이는 과거 북개방 분방주의 권한에 비해 강화되었으면 강화되었지 모자라지는 않다.

용두방주의 완벽한 신뢰가 없다면 결코 앉을 수 없는 자리다.

이래도 예천 분타주가 좌천된 자리라고 할 것인가.

군웅들은 개방의 속사정을 알 수가 없고, 하니 겉모습만 보고 말할 수밖에 없다.

종남, 화산, 공동파의 본산이 섬서에 있다. 하니 총통기는 그들에게 주어야 한다. 장로의 신분이라지만 한낱 분타주로 밀려난 자에게 줄 수 없다.

맞는 말이다.

개방 속사정을 알면?

개방이 당장 동원할 수 있는 방도가 이천 명이고, 이삼 일에 일, 이만 명을 더 끌어모을 수 있다면? 이것이 예천 분타주의 실질적인 힘이라면?

그러면 당연히 분타주에게 주어야 한다.

삼대문파에서 장문인이 직접 나선다면?

그때는 또 그들 삼대문파에게 양보해야 한다. 장문인이 일개 분타주의 지휘를 받을 수 있겠는가.

이런 복잡한 사정 속에서 총통기는 분타주에게 전해졌다.

"어떻게 생긴 노인네인지 얼굴이나 보여주지."

"얼굴을 보면 뭐 해? 알아보지도 못할걸."

"왜? 분타주도 단차처럼 복면을 쓰고 다니나?"

"아! 이 사람아, 개방 아니야, 개방! 개방도가 언제 씻는 것 봤어? 칠십 평생을 씻지 않고 살아왔다고 생각해 봐. 어떤 얼굴인지 알아보겠어?"

"하기는…… 하하하!"

"히히히!"

그들은 곧 다가올 혈전은 꿈에도 모른 채 웃고 떠들었다.

그들이 틀렸다. 개방도도 씻는다.

노화자는 따뜻하게 데운 목욕물로 정성껏 몸을 닦았다.

몸을 닦는 건 일상화되어 있다.

시를 즐기고, 노래와 춤을 즐긴 후에 수고했다며 행채를 건네는 사람들은 재주꾼들이 어느 정도는 깨끗하기를 바란다. 무행개처럼 더러워서 근처에도 못 갈 정도라면 누가 오랜 시간 동안 노래를 듣고 춤을 보겠는가.

연화락(蓮花樂)으로 동냥질을 하는 문행개가 몸까지 더러우면 밥 굶어 죽기 딱 알맞다.

문행개와 무행개의 이런 습관은 또 다른 오해를 불러온 적도 있다.

이른바 오의문(汚衣門), 정의문(淨衣門) 사건이다.

오의문은 더러운 옷을 입고 다니면서 구걸로 생계를 유지하고, 정의문은 깨끗한 옷을 입고 주로 노래나 춤 같은 기예(技藝)를 팔아서 생계를 유지한다는 속설이다.

그런 것 없다.

근묵자흑(近墨者黑)이라고 했다.

무행개는 무행개끼리, 문행개는 문행개끼리…… 재주와 사는 방법이 비슷한 사람들끼리 잘 어울리다 보니 그런 말이 나온 것이다. 마치 개방 하나 속에 두 문파가 있는 듯이 말하는데, 사실은 모두 한 문파이다.

씻고 안 씻고는 개인의 취향이다.

무행개가 되는 것과 문행개가 되는 것에도 특별하게 구분이 있는 건 아니다.

노래와 춤에 재주가 있으면 그걸로 빌어먹으면 되고, 공갈 협박이 더 잘 먹히는 자는 그걸로 살면 된다. 배대강(背大强)이 달리 배대강인가? 강도질이 배대강 아닌가.

개방 속에 이런 놈도 있고 저런 놈도 있는 게다.

'삼수를 떠나 분주로 온다?

단차에 대한 소식을 들었다.

뜻밖에도 무림공적이 된 그는 멀리 도주하는 게 아니라 역으로 자신들을 향해 달려오고 있다.

백마 옆에 철검 열 자루가 꽂혀 있다?

'단차, 뭐 하자는 수작이냐……'

촤악! 촤아악!

물은 이미 미지근해졌다. 그래도 연신 끼얹었다.

원래 그는 미지근한 물을 좋아하지 않는다. 팔팔 끓을 정도로 뜨거운 물에 몸을 푹 담그는 맛을 제일 좋아한다.

그래서 그가 목욕을 한다고 하면 개방도들은 부산한 개미떼처럼 분주해진다. 물이 식기 전에 뜨거운 물을 공급하느라고 큰 솥 열 개가 한꺼번에 걸리는 건 다반사다.

"물 들어갑니다."

"응? 응."

노화자는 담담히 말했다.

촤아악!

"앗! 뜨거! 야! 이 개새끼들아!"

그는 벌떡 일어나며 고함을 쳤다.

깊은 생각을 하느라 무슨 말을 하는지 알아듣지 못했다. 뜨거운 물을 끼얹는다는 사실도 몰랐다. 그가 비록 뜨거운 물을 좋아하지만 이런 식으로 불의의…….

 '불의의 습격!'

노화자는 소리를 빽! 지르려다 말고 우뚝 멈췄다.

 '습격! 습격이닷! 칠살문과 살림의 소식이 끊기니까 단신으로 쳐오는 거야! 가식이 아니다! 놈은 결전을 벌이려고 오는 거야! 지금 무림은 종남, 공동, 화산…… 이 세 문파가 각기 다른 곳에 눈길을 주고 있다. 놈은 그 눈길을 가운데로 모으려는 거야, 자신에게.'

단신으로 수천 명에 이르는 무인들에게 검을 겨눈다.

누가 무림공적이고, 누가 추격자인지 모를 판국이다.

 '이건 진짜다. 그들의 눈길을 자신에게 모아야만…… 그들이 산다. 애초에 생각했던 살행을 계속 이어갈 수 있어! 이 미친놈!'

"준비…… 준비햇! 어서 준비햇!"

뜨거운 물을 붓던 개방도들은 무슨 영문인지 몰라 눈만 멀뚱멀뚱 떴다.

노화자는 전력을 다해서 단차에 대한 정보를 수집했다.

단차가 어떤 인물인지는 알고 있었다. 그가 어느 정도 강하며, 어떤 싸움을 했는지도 안다.

지금 필요한 것은 그가 어떤 싸움을 하느냐이다.

살림과 싸워서 여섯 명을 죽였다? 이것은 모르는 사람이 없다. 비화원주의 구음신공을 받아낸 것이며, 외단주와 일장 격돌을 벌인 것까지 이미 다 알고 있다.

이런 식으로의 싸움이 아니라 보다 구체적인 싸움 내용이 필요하다.

살림 고수 여섯 명을 죽였으면 어떻게 죽였는가. 제일 먼저 누가 어떤 식으로 공격을 했고, 대응은 어떻게 했는가.

당시의 싸움을 눈으로 본 듯이 그려낼 수 있어야 한다.

"제길! 제길!"

노화자는 연신 '제길!' 소리를 연발하며 단차에 대한 정보들을 뒤적거렸다.

이런 일은 조금 멀리 있을 거라고 생각했다.

무림공적이 되었지만 지금 당장은 건드리는 사람이 없다. 분주에 총통기가 걸렸고, 무인들이 모여든다고 하지만 모두 모이려면 상당한 시간이 걸릴 것이다.

더군다나 지금은 무림공적을 제거하기에는 시기가 좋지 않다.

화산은 내부에 큰 사단이 벌어졌다.

금룡대가 청진자를 쳤다. 화산오검도 비명횡사했다.

화산은 쉬쉬 하고 있지만 개방도는 이미 화산에서 벌어진 일을 낚아채 보고해 왔다.

더군다나 흉수인 금룡대를 아직 잡지 못했다. 물론 기필코 잡으려고 눈에 불을 켜고 있다.

그들은 당장은 움직이지 못한다.

공동파는 칠살문을 잡기 위해 고원주(固原州)로 향했다. 종남파는 태주(泰州)에서 살림을 막을 생각이다.

무총의 실질적인 세력도 모두 그쪽으로 쏠려 있다.

북무림 강자들은 전부 엉뚱한 곳에 가 있는데, 굳이 죽을힘을 다해 쫓아갈 이유가 있다.

그래서 한가하게 깃발이나 보며 여유를 즐겼다.

단차도 이성이 있는 놈이라면 자신이 처한 상황을 알 것이다. 무림이 돌아가는 정황도 읽었을 게다. 하면 당장은 공격이 없을 것이라는 것도 짐작할 것이고…… 유유히 도망간다.

본격적인 싸움은 공동과 종남의 방어진이 뚫린 후에 시작된다.

그는 그들의 방어막이 뚫릴 것으로 내다봤다.

공동과 종남, 그리고 무총을 무시하는 말은 아니다. 그들에게 비장의 술(術)이 존재한다는 건 인정한다. 하나 그들이 잡으려는 자들은 전문적으로 잠입 및 추적, 회피만 수련한 자들이다.

어떻게든 방어막을 뚫고 내려와 단차와 합류하리라.

그때, 본격적으로 싸움의 막이 오른다.

이것이 그의 판단이었는데…….

'빌어먹을 자식! 누굴 골탕 먹이려고 지금 달려오는 거야!'

그는 눈에 불을 켜고 싸움의 흔적을 찾았다.

단차의 싸움 형태를 알면 큰 힘 들이지 않고 잡을 수 있다. 하나 단지 그가 강하다는 것만 알고 맞서면 피가 강이 되어 흐를 건 불문가지다.

“놈! 놈! 놈이 어떻게 싸우는지 본 놈이 한 놈도 없어! 한 새
끼도 없단 말이야!”

“여기 비화원주가 비무한 것이 있는…….”

“그건 봤어, 새꺄!”

쒜엑! 쿵!

종이 한 뭉치를 들고 다가서던 개방도가 버럭 내지른 발길
질에 나가떨어졌다.

“살림! 살림과 싸운 것, 없어!”

“비화원주! 비화원주가 단차를 치료했습니다.”

“그것도 알…….”

쒜엑!

또다시 발길이 날아들었다. 하나 이번에 말한 자는 예측했
다는 듯 살짝 몸을 틀어 피하며 재빨리 말했다.

“비화원주를 잡아냈습니다!”

노화자의 얼굴에 기쁨이 일렁였다.

“그래? 어디 있어?”

“절검대주가 잡아냈는데, 지금 배로 삼수를 따라서…….”

개방도는 점혈된 비화원주를 발견한 일부터 현재 북지단으
로 압송하고 있는 사실을 살을 붙여서 풍부하게 보고했다.

“비화원주만 데려오면 그녀가 싸움 현장을 생생하게…….”

“뭐야! 새꺄!”

쉐엑! 퍼엉!

이번 발길질은 분노가 담겨 있어서 조금 강했다.

턱을 걷어채인 개방도는 뒤로 나가떨어진 후에도 좀처럼 충격을 이겨낼 수 없는지 비틀거렸다.

"새끼들이 쓸모가 없어! 새끼들아, 생각을 해봐라! 외단주가 공동으로 갔는데 그 꼬랑지인 절검대주가 따라가지 않고 이곳에 있단 말이야? 에라이, 똥물에 튀겨 죽일 놈들아!"

그는 분을 삭일 수 없는지 연신 씨근덕거렸다.

사실이 그렇다. 그의 머릿속에는 정말 좋은 기회를 놓쳤다는 후회가 물밀듯이 밀려오고 있었다.

현재…… 그에 대한 것이 아무것도 없는 지금…… 비화원주는 그에 대해서 알려줄 수 있는 유일한 사람이다.

그런 사람이 점혈까지 되어서 수중에 넘겨졌다.

단차가 무인들의 시선 속에서 그녀만 살짝 빼내려고 수작을 부린 것이다.

조금만 보고가 빨랐다면…… 조금만 일찍 알았다면…….

단차와의 싸움에서 얼마나 많은 사람이 죽을지 알지 못한다. 하지만 그들 중 절반 이상은 죽지 않아도 될 사람들이었다. 이 순간, 비화원주만 수중에 쥐고 있다면.

"어떻게…… 어떻게…… 어떻게 싸움 흔적이 하나도 없는 거야! 왜 하나도 없는 거냐고! 어서 찾지 못해, 이 새끼들아!"

그는 노성을 버럭 질렀다.

이제 시체가 산이 되어 쌓이는 것은 피할 수 없다.

2

계야부는 잡털이라고는 한 올도 찾을 수 없는 순백색의 말을 타고 분주로 들어섰다.

사실 그의 분주행(扮州行)은 오래전부터 소문나 있는 상태였다.

눈에 확 띄는 백마를 타고, 백마 옆에 검을 열 자루나 꽂고, 마상에는 얼굴을 푹 뒤덮는 방갓을 쓴 괴인.

누가 이런 사람을 알아보지 못하겠는가.

따각! 따각! 따각……!

그는 천천히 말을 몰았다.

사람들 사이로 태연하게, 길을 가로막을 자가 누구냐는 듯이 대범하게 지나쳤다.

사람들은 좌우로 쫙 갈라졌다.

길가에 좌판을 늘어놓은 행상(行商)은 황급히 물건을 거둬들였고, 아이와 함께 걷던 아낙은 보지 못할 것을 본 듯 손으로 아이의 눈을 가렸다.

"아, 악마……."

"으으……."

그를 본 사람들은 너나 할 것 없이 부들부들 떨었다.

계야부는 적에 대한 분노를 숨기지 않았다. 마음속에서 일어난 전의(戰意)를 거름없이 쏟아냈다.

그는 전쟁 경험이 많다.

압도적인 숫자로 상대를 몰아붙인 경우도 있지만, 소수의 병사만 이끌고 악전고투(惡戰苦鬪)한 적도 헤아릴 수 없이 많다.

어떤 경우든 전쟁은 참혹하다.

전쟁터에서 영웅이 탄생한다고 말하는 놈은 주둥이를 찢어놔야 한다. 그런 놈이 전쟁터를 보면 싸움이 시작되기도 전에 바짓가랑이에 오줌을 질질 흘릴 것이다.

전쟁에 아름다움이란 없다.

적에 대한 연민 따위도 없다.

생판 얼굴도 본 적이 없는 놈이다. 완전히 낯선 놈이다. 죽이고 또 죽여도 그냥 소, 돼지를 도축한다는 느낌밖에 들지 않는다.

전쟁터에서 부들부들 떠는 놈은 자신이 죽을까 봐 겁나서이다.

상대를 동정? 개가 풀을 뜯을 소리다.

계야부는 자신이 전쟁에서 본 것을 있는 그대로 떠올렸다.

자신을 징치하고자 모여든 무림 군웅들과 접전을 벌이게 되면 전쟁터의 참혹한 광경이 고스란히 재현될 것이다. 수많이 사람이 죽어 나갈 것이다.

그가 혈전을 상상한다고 해서 이상할 건 없다.

하나 전쟁터를 보지 못한 사람은 온몸으로 전율한다. 단지 전쟁터의 느낌을 전해준 것만으로도 소름이 끼쳐서 그를 향해 악마라고 소리친다.

맞다. 전쟁터의 기운은 악기(惡氣)다.

악기를 품고 있는 자, 그가 바로 악마다.

"싸우기 적당한 장소를 알고 있나?"

동냥 바가지를 들고 서 있는 걸인에게 물었다.

"저, 저는·아무것도……."

"이곳 지리는 잘 알 것 아닌가?"

"저, 저는……."

걸인은 아무 소리도 못하고 부들부들 떨기만 했다.

계야부의 눈길이 그의 허리춤을 쓸었다.

특이한 매듭 두 가닥, 개방 이결제자(二結弟子)다.

개방의 일결(一結)이나 이결제자는 개목(丐目)이라고 불린다. 개방의 눈과 귀라는 뜻으로 사방을 돌아다니면서 온갖 말들을 주워듣는다. 어떤 특정한 일에 대해서는 탐문도 한다.

눈앞에 있는 이결제자도 어떤 목적을 가지고 자신 앞에 섰으리라.

단차를 뒤쫓아라! 놓쳐서는 안 돼! 단차가 어디서 무슨 짓을 하는지 살펴봐!

그가 들은 명령이 어떤 것이든 자신을 살펴봐야 한다는 임무를 띠었다.

"병법적인 측면에서 물은 게 아니다. 많은 사람과 어울릴 수 있는 넓은 공지면 된다. 그런 곳이 있느냐?"

계야부는 차분하게 물었다.

그러나 그의 물음은 더 이상 선(善)하지 않았다. 그가 전장을 머릿속에 그리고 있는 한, 음성을 편안하게 했다고 해서 두

려움이 가시지는 않는다.

"이, 이쪽으로 쭉 오, 오 리만 가시면……."

"알았다."

계야부는 걸인이 가리킨 방향으로 말을 몰았다.

그곳이 어디인지, 어떤 장소인지 일절 묻지 않았다. 가리키는 손가락을 따라서 따각, 따각, 나아갔다.

걸인이 가르쳐 준 곳에는 이미 많은 사람들이 모여 있었다.

장봉(帳篷:천막)을 치고 드러누워 있는 사람도 있고, 모닥불에 솥을 올려놓고 밥을 짓는 사람도 있었다.

따각! 따각! 스릉! 창! 차앙!

따각! 따각! 스르릉! 차차창! 차아아앙!

그들이 말발굽 소리가 들리는 곳으로 모여들었다.

세상에 존재하는 각종 병기가 드러났다. 검과 도가 가장 많았지만 오위십방도(五位十方刀) 같은 기형병기(奇形兵器)도 심심찮게 구경할 수 있었다.

"단차야?"

"맞아."

"저놈, 미친 것 아냐? 제정신으로 여길 기어들어 와?"

"기어들어 왔잖아."

"아예 죽으려고 작정했구만."

무인들은 우르르 달려들었지만 그 누구도 먼저 나서지는 못했다.

진한 혈향(血香)이 풍긴다. 암울한 도살자의 살기가 강렬하게 전해진다.

누구든 먼저 공격하는 자가 있을 것이다.

오위십방도 같은 병기는 원거리에서 공격하는 암기 성격을 띠었으니 지금이라도 날릴 수 있다.

누가 먼저 공격을 하든 손을 쓰기 시작하면 걷잡을 수 없는 혈전으로 이어진다.

그들은 모두 피 냄새를 맡았다.

어차피 양쪽 중 어느 한쪽이 말살되지 않는 한은 혈향 역시 지워지지 않을 것이라는 사실도 눈치챘다.

단차는 죽으려고 온 게 아니다. 모두 죽이려고 온 것이다. 무림공적으로 온 것이 아니다. 염라대왕의 사자로서 죽을 자들을 선별하기 위해 왔다.

따각! 따각!

백마가 움직일 때마다 수십 명이 우르르 몰려갔다.

백마는 십여 명이 족히 거주할 수 있을 것 같은 군막(軍幕) 앞에 섰다. 그곳에 총통기가 꽂혀 있었다.

단차가 방갓 사이로 칼날 같은 안광을 쏘아내며 말했다.

"목이 마르군. 개방의 술맛이 일품이라던데, 한 잔 주겠나?"

개방도가 쪼르르 달려와 말고삐를 잡았다.

"당연히 드려야지요. 내리시겠습니까?"

계야부는 말 등을 툭툭 쳤다.

"아!"

개방도는 알았다는 듯 다시 들어가더니 왕죽(王竹)으로 만든 술통을 들고 왔다.

"드시지요."

계야부는 술통을 받아 단숨에 꿀꺽꿀꺽 들이켰다.

향긋한 술 냄새가 화하게 피어난다.

그때, 군막이 들썩이며 눈빛이 흐리멍덩한 노화자가 걸어나왔다.

"쯧! 술에 독이 들었으면 어쩌려고."

"칠절초(七絶草)의 알싸한 맛, 구복와(毆覆蝸)의 매캐한 맛, 녹점사(綠點蛇)의 비릿한 향…… 후후! 이건 도수가 높아서 독주가 아니라 독으로 만들어서 독주(毒酒)군."

노화자의 눈에 경악이 스쳐 갔다.

"독…… 도 아나?"

계야부는 독심독의를 떠올렸다.

누가 뭐래도 당대 제일의 독인이다.

괴노독도 생각난다. 괴노독의 망혼시독은 지금 생각해도 온몸에 소름이 돋는다.

그는 당대 제일의 독성들과 한 치도 양보가 없는 드잡이질을 벌였다. 그것도 뭐가 뭔지 구분도 제대로 하지 못하는 풋내기가 정말 겁없이 달려들었다.

그에 비하면 칠절초나 구복와 같은 것은 간식거리다.

그는 독을 잘 안다. 해박한 지식을 쌓았다. 독을 다룰 줄도 안다. 하지 않아서 그렇지 독을 만들어보라고 하면 조금도 망설임없이 만들겠다.

더군다나 그의 몸은 만독불침(萬毒不侵)이다.

독을 모른다고 먹지 못하는 게 아니다. 약간 입맛만 쓸 뿐, 얼마든지 먹을 수 있다.

"진짜 술 한 잔 마시고 싶어서 왔는데 말이오. 이 사람들을 모두 죽여야 한다고 생각하니 가슴이 아파서…… 진정 술 한 잔 줄 생각 없소?"

노화자는 단차의 두 눈을 봤다.

얼굴을 복면으로 가렸고, 방갓까지 뒤집어쓴 터라 용모를 알아보기는 불가능하다.

사실 눈빛도 볼 수 없다.

노화자가 밑에서 위를 올려다보고 있고, 단차가 말 위에 앉아서 내려다보고 있기에 눈동자만이라도 읽었다.

복면 사이로 맑은 눈동자가 일렁거린다. 약간 축축한 물기를 머금고 소리없이 오열한다.

'진심이다!'

"술을 내와라."

"분타주님!"

"가장 좋은 술로…… 아니다. 내 행랑 속에 호랑이 뼈로 만든 보건주(保健酒)가 있다. 그걸 가져오너라."

"고맙소이다."

단차가 포권지례를 취했다.

노화자는 암울한 눈으로 하늘을 올려다보며 말했다.

"우리가 공격하지 않는다면 어쩌겠나?"

이게 무슨 말?

주위를 에워싸고 있던 군웅들은 자신의 귀를 의심했다.

무림공적이 제 발로 기어들어 왔다. 토끼가 굶주린 호랑이 굴로 깡충깡충 뛰어들어 왔다. 그걸 공격하지 않겠다고? 도대체 분타주는 정신이 있는 겐가?

"어쩔 수 없습니다."

이건 또 무슨 말?

군웅들은 자신들이 딴 세상에 와 있는 게 아닌지 의심이 들었다.

이제 보니 양쪽 모두 미친놈들이지 않나.

"이것이…… 선(善)이라고 믿나?"

"모릅니다."

"아쉽군. 확신이라도 있었으면 좋을 텐데."

"안선을 제거한다는 확신은 있습니다."

"꼭 굳이 제거해야 할 필요가 있는 겐가?"

"그들이 절 무림으로 불렀죠. 그들이 불렀으니 나가는 것도 그들이 해줘야죠. 그거면 충분하지 않습니까?"

"자네를 너무 모르고 있었군. 이 세상을 살아오면서 단 한 번도 후회한 적이 없는데…… 강적을 앞에 두고 너무 방심했어. 최강적…… 내 생애 두 번 다시 만나볼 수 없는 강적을 앞에 두고…… 태만했어. 허허허!"

노화자는 고개를 뒤로 젖히며 웃었다.

개방도가 낡디낡은 호로병을 들고 왔다.

"이게……."

"맞다. 이리 다오."

그는 호로병을 열고 코를 갖다 댔다.

"흐음! 냄새가 아주 좋아. 아주 잘 익었어."

노화자는 더 이상 참지 못하겠다는 듯 호로병을 입에 대고 꿀꺽꿀꺽 마셨다.

술이 목구멍으로 넘어갈 때마다 목젖이 크게 출렁거렸다.

"카아! 좋다. 이 정도는 되어야 술이라고 할 수 있지. 들어 봐. 얼마나 남았는지 모르지만 다 들어."

노화자가 호로병을 건네주었다.

계야부는 말 위에서 호로병을 받았다. 그리고 노화자가 그랬던 것처럼 단숨에 들이켰다. 하나 그는 노화자처럼 담담하지 못했다. 몇 모금 마시자마자 호로병에서 입을 떼고 심한 기침을 토해냈다.

"쿨룩! 쿨룩! 이, 이거…… 쿨룩!"

"하하! 좀 독하지? 요즘 젊은것들 입맛에는 맞지 않을 거야."

"후우!"

계야부는 간신히 독기를 진정시켰다.

술은 매우 독했다. 목구멍을 넘어갈 때부터 불이 붙기 시작하더니 위장 속으로 흘러들 때는 아예 용암이 되어버렸다.

속이 활활 타들어갔다.

그래도 좋다. 전신으로 퍼지는 짜릿한 기분이 말도 못하게 심신을 나른한 상태로 이끈다.

"좋군요."

"당연하지. 내가 직접 담근 것인데. 하하!"

노화자가 죽장(竹杖)을 휘두르며 말했다.

징징징……! 뎅뎅뎅……! 삘리삘리……! 둥둥둥……!

세상에 존재하는 모든 악기가 한자리에 모인 것 같다.

귀청이 떨어져 나갈 듯 아프다. 아니, 시끄러워서 견딜 수 없다. 생각 같아서는 손으로 두 귀를 틀어막고 싶다.

히히힝!

백마가 깜짝 놀라 앞발을 들어 올렸다.

느닷없이 터져 나온 천지번복(天地飜覆)의 굉음은 단숨에 두 귀를 잘라 버리고픈 충동까지 일게 했다.

"타구진이다. 급조한 게 아니라 정식 타구진이야. 여기 있는 이놈들…… 최소한 열 번 이상은 이 죽장에 얻어터졌지. 어 쭙잖게 얻어터신 건 빼고 반쯤 죽은 걸 한 번으로 칠 때 말이야."

노화자가 죽장을 들어 보였다.

"오늘은 이놈들만 죽이고 가라."

"후후! 무적불패의 타구진이오. 선배의 말은 과한 것 같소."

계야부는 백마 옆에 끼워진 철검 한 자루를 뽑았다.

"좌우지간 약속이나 해."

“내 약속을 믿소?”

“사내자식이 웬 말이 이리 많아? 너 불알 없냐? 구구하게 여러 소리 늘어놓지 말고 그냥 한마디만 해.”

“약속하겠소, 내가 이긴다면.”

“한마디만 하랬더니 자식이 꼭…….”

노화자가 싱긋 웃었다.

“발동해라! 천하의 의살을 상대하는 것이니 최선을 다해라. 상대를 북지단주나 무총주, 안선주쯤으로 생각하고 전력을 다해라. 죽어도 여한이 없도록!”

“와아아! 와아아아!”

구백 명이 일시에 함성을 터뜨렸다.

징징! 꽹꽹! 뎅뎅……!

온갖 악기도 한꺼번에 연주되었다.

고막이 터질 것 같다. 정말 이 소음만은 어떻게든 막아보고 싶다. 싸우는 것은 그다음, 우선은 청력을 차단하고 싶다.

“돌아가시오.”

“뭐야? 한참 재미있는데. 무적불패의 타구진이잖아. 당신은 개방도면서 자부심도 없나?”

“석두개님의 전갈이오. 오늘 타구진은 무너질 것이오. 무적불패의 신화가 깨진단 말이오. 하니…… 돌아가시오. 알겠소! 당신들만 아니면 우리 구백 형제, 이 자리에게 저런 괴물 같은 놈과 싸울 일도 없단 말이야!”

개방도는 울면서 소리쳤다.

구백 명의 개방도가 타구진을 펼치는 동안, 다른 개방도는 구경하는 군웅들을 밀어내느라 안간힘을 쏟았다.

"이게 무슨 쉰 소리야? 아니, 총통기를 가진 사람이 싸워보지도 않고 질 생각을 해? 에라이!"

"정말 참 말 되게 안 들어처먹네. 돌아가라잖아, 새끼야! 너 귓구멍 막혔어? 내가 무슨 말 하는지 몰라? 별것도 아닌 새끼들이 주둥이만 살아 가지고는! 어서 썩 못 꺼져!"

"뭐야!"

"이 새끼들이! 저 새끼 잡기 전에 이 새끼들부터 잡아야 하는 것 아냐?"

개방도가 폭도로 변했다.

정중하게 권했으나 듣지 않으니 무뢰배로 행동할 수밖에 없다. 또 이건 개방도가 가장 잘하는 일 중의 하나다. 좋게 동냥을 해서 안 주면 주먹질이라도 한다.

공갈, 협박이 몸에 배인 사람들이다.

어떤 자에게 어떤 식으로 접근해야 동냥을 쉽게, 많이 얻어 낼지 눈치가 환하다.

이를 반대로 말하면 협박에도 능통하다는 뜻이 된다.

겁을 집어먹은 자와 위협하면 반대로 튕겨 나올 자를 구분할 줄 안다. 모두에게 똑같은 방식으로 대하는 것이 아니라 각자가 한 사람씩 맡아서 설득 작업을 벌인다.

구백 명을 제외한 천백 명의 개방도는 이렇게 싸움과는 정반대 방향에서 엉뚱한 일에 골머리를 썩었다.

3

단차에 대한 정보를 수집했다.

그는 참 놀라운 자다. 누가 뭐래도 단연 이 시대 제일의 기린아(麒麟兒)다.

어느 누가 단차처럼 무림에 출도하자마자 무총의 주요 인물이 될 수 있는가. 어느 누가 북지단주 같은 거물의 비호를 받을 수 있으며, 내외단주 같은 사람과 어깨를 나란히 하랴.

그는 숨겨진 사연이 있다.

땅속에 숨겨져 있던 보물이 불쑥 나타난 게 아니다.

그는 이미 세상에 나와 있었다. 별호도 있을 수 있다. 어쨌든 모종의 사연이 있어서 남들이 보지 못하도록 거죽을 덮어 놓았다. 그리고 이제 거죽을 벗어던지고 다시 모습을 드러냈다.

단차의 등장은 그런 식으로 이해해야 한다.

한데 그렇게 이해를 해도 그를 찾아내는 게 여간 어렵지 않다.

일단 과거 무림을 살펴보면 의살을 사용하는 자가 없었다. 또한 북지단 내외단주와 어깨를 나란히 할 정도라면 모르는 사람이 없을 터인데, 그만한 사람 중에 실종되었던 사람이 없다.

단차는 불가사의(不可思議)하다.

그의 싸움 방식도 알아내지 못했다.

그는 싸움 결과만 남겨놓을 뿐, 과정은 말살시킨다.

어찌 된 영문인지 그가 어떻게 싸웠다고 말해주는 사람이 없다.

그의 앞에서 검을 들지 못했다. 싸울 용기가 나지 않았다. 그는 무서운 자다.

거의 대부분 이런 식이다.

어떤 초식을 사용하고, 신형은 어떻게 움직이고…… 이런 구체적인 내용이 없다.

개방의 모든 것을 뒤져 봤지만 나온 게 없다.

무총주 같은 거대한 무인이 어느 날 갑자기 하늘에서 뚝 떨어져 내렸다.

노화자는 이를 근거로 다시 한 번 싸움 과정을 살폈다.

그는 강하다. 아주 강하다. 그래서?

살아 있는 사람들…… 살림 살수들, 그들을 살펴보면 답이 나올 수 있다.

노화자는 서쪽에서 발생한 살인 사건들을 취합했다.

그쪽 부분에 대한 자료는 많다. 누가 어떻게 죽었다는 간략한 보고가 아니다. 며칠 몇 시에 어떤 식으로 살해당했다고 상세히 기술되어 있다.

흔히들 상인의 죽음은 무림과 무관하게 생각한다.

잘못된 생각이요, 판단이다.

상인은 무림과 불가분의 관계에 있다. 그들은 이윤를 취하기 위해 타인의 눈에서 눈물을 흘리게 한다. 어떤 때는 피눈물을 쏙 빼놓게도 한다.

자연히 원수가 없을 수 없다.

그래서 상인들은 거금을 주고 무인을 산다. 일명 호위무인(護衛武人), 호위무사(護衛武士)라고 불리는 자들인데, 개중에는 실제로 상당한 무공을 갖춘 자도 있다.

생각해 보라. 내 목숨이 걸린 일인데 아무나 옆에 두겠는가? 무공을 보고 만족한다 싶으면 옆에 두지 않겠나?

돈이 많으면 많을수록 무인 선택은 까다롭다.

즉, 살림 살수들이나 칠살문이나 중소 방파 정도의 밀집 경계망을 뚫고 들어가서 목표를 제거했다는 말이 된다.

거기에는 은밀한 움직임이 있을 수밖에 없다. 살인 방법도 독특해야 한다. 무엇보다도 살인자의 무공이 탁월해야 한다. 혹여 잠입이 발각되더라도 무사히 빠져나올 수 있어야 하니까.

노화자는 살림 살수들이 죽인 자들은 쳐다보지 않았다. 대신 누가 그들을 호위했는지 살폈다.

파운신검(破雲神劍), 광동삼호(廣東三虎), 신창귀수(神槍鬼手)……

생각했던 대로 상당한 자들이 죽은 자들을 호위했다.

한데 놀라운 사실이 발견되었다.

그들은 그 누구도 살림 살수들을 발견해 내지 못했다.

상인이 암살을 당한 후에야, 그것도 날이 밝은 후에야 이상을 발견해 냈다.

단 한 건, 단 한 건의 접촉도 없었다.

완벽한 잠입, 완벽한 살인이다.

노화자는 왜 살림 살수들이 봉문삼문 중의 하나가 되었는지 비로소 알 수 있었다.

그런 살수들의 공격을 단차는 막아냈다.

공식적인 싸움도 막아냈고, 은밀한 접근도 차단시켰다.

죽은 여섯 명의 살수들은 최선을 다했다. 살아남은 네 명도 꾸준히 공격을 가한 정황이 나온다.

그래도 단차를 건드리지 못했다.

자신은 그렇게 못한다. 만약 살림이 자신을 목표로 여겼다면 진작 죽었을 것 같다.

모르겠다. 한두 명 정도는 죽음의 동반자로 삼을 수 있을지. 하지만 죽는다는 사실에는 변함이 없다.

단차는 아직도 살아 있다. 뿐만 아니라 어떻게 했는지 살림 살수들을 휘하에 두고 부리기까지 한다.

단차의 무공이 그 정도라면…… 대책이 없다.

'이건 감당할 수 없어!'

그가 있는 것, 없는 것 샅샅이 뒤진 끝에 내린 결론이었다.

총통기를 받은 대가로 타구진 하나를 준다.

이 정도는 개방의 피해도 최소화시키는 것이고, 군웅들의 애꿎은 죽음도 방지할 수 있다.

무적불패의 타구진이 무너지는 점은 아쉽다.

그래서 타구진에 투입되는 개방도를 최정예로 다시 구성했다.

패할 생각은 없다. 최선을 다해서 무적불패의 신화를 이어갈 생각이다.

그래도 진다면 어쩔 수 없다.

이것이 개방의 수치로 돌아가지 않을까 하는 우려는 하지 않는다.

그것보다는 세상이 단차의 진면목을 확실히 알게 되는 계기가 될 것이라고 생각한다.

개방으로서는 단차를 잡으면 남는 장사요, 잡지 못해도 무너질 만한 자에게 무너졌으니 손해는 아니다.

"일진(一進)!"

뎅뎅뎅! 징징징……!

징과 북, 피리, 꽹과리…… 온갖 소리 나는 악기들이 우렁찬 굉음을 토해내는 가운데 일단의 무리가 앞으로 나섰다.

그들에게서는 공통점을 찾아볼 수가 없다.

취팔선보(醉八仙步)를 밟고 있는 자는 술에 취한 듯 비틀거린다.

두 명은 서로 자리를 바꿔가며 다가오는데, 그 몸놀림이 제비가 수면을 박차는 듯 부드럽다. 연쌍비(燕雙飛)다.

귀신의 움직임도 보인다.

슛! 스으읏! 스읏!

발을 내딛는 것 같지 않은데 몸은 일 장씩 쑥쑥 다가온다.

개방이 자랑하는 절정신법 중의 하나로 비천무영신법(飛天無影身法)이란 이름을 가졌다.

그들은 각기 다른 무공을 펼쳤다.

공통점이라면 어떤 무공을 펼치든 간에 다가오는 속도가 같다는 점이다.

그들은 인위적으로 속도를 조절하고 있다.

"아이고!"

누군가의 입에서 갑자기 곡성(哭聲)이 터졌다.

그것이 신호였을까? 다가오던 무리들 중 절반이 털썩 주저앉아 넋을 놓고 울어댔다.

"아이고! 아이고!"

"엉엉! 엉엉엉!"

나머지는 한 걸음을 더 다가왔다. 그리고 그들은 곡성과는 전혀 다른 광소(狂笑)를 터뜨렸다.

"크하하하하! 크하하!"

"하하하!"

웃음에 진기가 실렸다.

그리 염려할 만한 진기는 아니지만 여러 사람의 웃음소리가 모이니 귀청이 떨어져 나갈 것 같다.

"이진(二進)!"

너무 시끄러워서 잘 들리지 않는데, 얼핏 '이진' 이라는 소리를 들은 것 같다.

“키키키키!”

어디선가 미친놈들이 불쑥 나타나서 광무(狂舞)를 추었다.

구백 명이 악기를 다루고, 그중 백 명이 앞으로 나서서 곡을 하고, 앙천광소를 터뜨리고, 춤을 춘다.

난장(亂場)이 따로 없다.

‘이게 도대체⋯⋯.’

계야부는 고개를 갸웃거렸다.

타구진은 서로의 움직임을 정밀하게 계산해 놓았다. 미친놈처럼 날뛰고 발광을 하지만 서로 긴밀하게 호흡을 맞추고 있다.

하지만 아직까지는 아무런 위협도 느끼지 못하겠다.

싸울 준비는 하고 있는데, 공격해 오지 않는다.

“팔진(八進)!”

진이 발동하고 여덟 번째 고함이 터졌다.

“흑흑흑⋯⋯!”

“엉엉⋯⋯!”

그래 봤자 곡을 하는 사람이 늘고 미친 짓을 하는 사람이 조금 더 많아졌을 뿐이다.

모두 검권(劍圈) 밖에서 일어나고 있다.

일족일도(一足一刀), 한 걸음만 나아가면 적을 공격할 수 있고, 한 걸음만 물러서면 예봉을 피할 수 있다는 싸움의 거리 안에는 아무도 들어서지 않았다.

　진을 발동시키는 데 시간이 이리 오래 걸리는 것인가?

　그렇다면 타구진은 큰 문제를 안고 있는 셈이다. 어떤 사람이 포위된 입장에서 넋 놓고 공격해 오기만을 기다릴까. 당연히 먼저 쳐나가지 않겠나.

　타구진은 정식으로 펼쳐지기도 전에 급공을 받게 된다.

　이에 대한 대비책은 없어 보인다.

　울고 웃는 사람들은 자신들의 역할에 미쳐 있다. 아무도 급공에 대한 대비는 하지 않는다.

　"자연(自然)과 가장 가깝게 만든 게 진이에요. 무공이 천하를 울리는 사람도 바다 한가운데서 성난 해일을 만나면 죽을 수밖에 없어요. 물 한 방울 없이 사막에 버려져도 죽을 거예요. 어떤 무공도 소용없어요. 이것이 자연의 힘……. 자연의 힘을 가장 잘 표현한 것이 명진(名陣)이에요. 잊지 마세요. 인위적인 움직임이 너무 많이 가미된 진은 무시해도 좋아요. 그런 진은 별것 없어요. 하지만 태극(太極), 음양(陰陽), 삼합(三合), 사상(四象), 오행(五行)…… 자연을 연구, 분석한 이치를 담은 진은 절대 무시하지 마세요. 그런 진은 대하면 대할수록 거대한 자연과 맞서는 기분이 들 거예요."

　계야부는 사약란의 말을 상기했다.

　그녀는 진법의 대가다.

　그녀가 무림에서 가장 두려운 진은 개방의 타구진과 소림사

의 백팔나한진(百八羅漢陣)이라고 했다. 무당파의 천강검진
(天罡劍陣)이나 화산파의 양의검진(兩儀劍陣)도 무섭지만 두 방
파의 대진(大陣)과는 비교할 수 없다고 했다.

계야부는 그 말을 잊지 않았다.

타구진이 아무런 영향도 미치지 못하고 있지만 그래도 주의
깊게 주시했다.

"진의 영향을…… 전혀 안 받습니다."

"그렇군."

"분타주님! 남의 일이 아닙니다! 우리 형제들 일이라고요!"

"어차피…… 타구진 하나는 버릴 생각이지 않았나. 저들도
무사하지 못할 거란 건 알고 있었고."

"그렇긴 하지만…… 어찌할까요?"

노화자도 선뜻 말하지 못했다.

타구진은 이미 가동되었다.

제일성(第一聲), 각종 악기가 말을 한다.

둥둥 치는 북만 해도 큰북, 작은북에 이어 수고(手鼓)까지 세
종류가 동원된다.

전체적으로 동원된 악기는 꽹과리, 노고, 뇌도, 방울, 방향,
박, 부, 북, 자바라, 정주, 종, 좌고, 축, 징 등 눈에 보이는 것만
헤아려도 서른 가지가 훌쩍 넘는다.

제일성은 무작위로 쳐대는 소음이 아니다. 악보에 의해서
치밀하게 연주된 소음이다.

제일성을 들으면 마음이 불안해진다.

답답해서 가슴이 터질 것 같고, 두 귀를 찢어버리고 싶고, 즉각 뛰쳐나가 난장판을 벌이고 싶다는 충동에 휘감긴다.

깊고 얕은 상태는 다르지만 마음의 평정심이 깨지게 된다.

정종무공을 수련한 자는 청정심을 유지하기에 그나마 낫다. 마공이나 사공을 수련한 자는 폭급함에 불을 붙이는 격이 되어서 진기 집중까지 방해받는다.

제일성의 역할은 대단히 크다.

여기서 제이성(第二聲)이 이어진다.

곡성(哭聲), 소성(笑聲), 언성(言聲)…… 인간이 낼 수 있는 모든 소리가 왁자지껄 터진다.

이것 역시 잡음은 아니다.

개방은 인간의 소리가 심성에 미치는 작용을 연구했다. 수십 번, 수백 번에 걸쳐서 실험을 했고, 시행착오를 거듭했다. 그러나 결국 최적의 소리를 찾아냈다.

곡성은 마음의 어느 부분을 자극하는지, 소성은 어떤 상태를 만드는지, 비명같이 날카로운 고성(高聲)은 뇌의 어느 부분을 뒤흔드는지 면밀히 관찰했다.

그 결과 제이성이 탄생했다.

구백 명이 일시에 고함을 지르면 산천초목이 흔들린다.

무공을 수련하지 않은 사람이라도 구백 명 정도 모아놓으면 소리만으로도 호랑이를 쫓을 수 있다.

하물며 무공을 수련한 무인들이 시전했다.

악기를 배웠고, 소리를 다듬었다. 진기까지 끌어올렸고, 정중앙 점 하나에 집중시켰다.

고막이 터져 나가지 않으면 다행이다.

진기가 뒤흔들려 안색이 새파랗게 질려야 정상이다.

내공이 정심한 사람이라면 간신히 버틸 수는 있지만 뱃멀미를 할 때처럼 속이 편치 않을 것이다.

단차는 멀쩡하다.

이 부분은 어느 정도 예상했다.

그는 비화원주의 구음신공을 정면에서 받아냈다.

내공이 여간 정심하지 않고는 기혈이 뒤집혀 죽는 것을 피할 수 없다는 구음신공이 아닌가.

비화원주가 자신의 명예를 걸고 피리를 불었다.

한 치의 사정도 담지 않았다. 기혈이 역혈되어 목구멍으로 피가 토해질 때까지 악착같이 불었다.

그런데도 단차를 잡지 못했다.

소리로는 그를 잡지 못한다.

개방의 제일성과 제이성은 구백여 명의 진력이 합쳐진 것이다. 당연히 일말의 기대를 했다. 하나 생각한 대로 음공으로는 그를 흔들지 못했다.

남은 것은 접전뿐이다. 하면 이제부터는 정말로 피가 튀기 시작할 게다.

노화자가 긴 한숨을 쉬며 말했다.

"휴우! 어차피 시작한 것…… 제삼무(第三武)를 명해라."

계야부는 타구진의 귀 따가운 소리를 듣지 않았다.

일목!

그는 평화로운 산속 계곡에 서 있다.

산새가 지저귄다. 쨱쨱쨱!

그 소리가 무척 가늘고 예쁘다. 귀엽다. 가만히 눈을 감고 듣고 있자면 잠이 솔솔 온다.

계곡물도 졸졸졸 흐른다.

규칙적으로, 또는 불규칙적으로 떨어지고 부딪치며 인간의 입으로는 표현할 수 없는 소리를 낸다.

한 호흡, 두 호흡, 세 호흡…….

내식(內息)을 할 때 잔잔한 율동으로 사용하면 딱 좋다.

세상은 아름다운 소리로 꽉 찼다.

쟁쟁쟁쟁! 쨱! 째잭! 쨱!

쾅쾅쾅쾅! 졸졸졸졸……!

그의 귀에 들리는 소리는 모두 머릿속에 그려진 소리로 바꾸어서 들렸다.

개방은 그에게 세상에서 가장 아름다운 연주를 들려주고 있다.

눈으로는 한쪽 구석에서 일어나는 실랑이를 보았다.

"가란 말이야!"

"구경 좀 하자는데 왜 이래!"

"개방하고 붙어볼 거야!"

"야! 우리도 단차 저놈 잡으러 왔어! 총통기 때문에 왔단 말이야! 네놈들이 뭔데 가라 마라 하는 거야!"

실랑이는 사방에서 벌어졌다.

일부는 개방도의 사나운 협박에 떠밀려 발길을 돌렸다. 일부는 여전히 싸우고 있고, 그래도 무공에 자신있는 자들은 악착같이 자리를 지킨다.

노화자의 마음이 단번에 읽혀졌다.

저들이라도 살리고 싶은 것이다.

죽음을 각오하고 타구진을 펼친 것이다.

총통기를 받은 입장에서 싸워보지도 않고 물러선다면 그 죄는 개방이 덮어써야 한다. 하나 타구진 하나를 잃을 정도로 큰 손해를 봤다면 그때는 물러서도 뭐라고 할 사람이 없다.

물론 타구진으로 잡을 수 있으면 잡는다.

잡을 수 있는데도 일부러 패할 이유는 없다.

타구진 하나를 사용해 봐서 상황을 판단한다. 단차가 조금이라도 밀린다면 그때는 나머지 타구진까지 동원한다. 물러서라고 협박까지 한 군웅들마저 다시 불러들인다.

틈만 보이면 밀어붙인다.

만일을 염려하여 일을 벌이되, 자신의 본분은 잊지 않고 있다.

그 마음 알겠다.

그렇다고 싸움을 멈출 수는 없다. 자신이 건재하다는 것을 보여주어야 한다.

칠살문, 살림, 금룡대와 연락이 끊겼다.

비록 서로 간에 연락을 취할 수는 없지만, 예정대로 차분하게 일을 추진하라는 느낌은 전해줄 수 있다.

그것이 이 싸움이다.

사실 이 싸움은 피하고 싶은 싸움이다.

군웅들을 죽인다는 것은 자신의 뜻에 반하는 일이다.

그래서 북지단에서 무림공적을 선포하고 총통기를 내걸 때만 해도 부딪침없이 도주만 하려고 했다.

왜 싸우고 싶지 않은가? 이들은 안선도가 아니다.

일부는 안선도이겠지만 거의 대부분이 아니다. 그들을 옥석(玉石) 고르듯이 구분해 낼 수 없다.

이들과 싸운다는 것은 안선도가 아닌 일반 무인들까지 죽이는 결과를 가져온다.

싸워서는 안 될 상황이다.

한 사람이라도 안선도가 아닌 사람을 죽인다면 당금 북무림에서 벌이고 있는 무차별적인 살인이 명분을 잃게 된다.

안선도이기에 죽인다는 명분이 희석되고 만다.

안선도이기에 정인군자일망정, 성인으로 추앙될망정 거침없이 죽일 수 있었다.

안선도가 아닌 사람을 죽이게 되면 자신들의 행동에 대해서 변명할 말이 없게 된다.

그래서 이들이 먼저 공격해 올 때까지 기다렸다.

무림 군웅들이 모여 있는 곳을 정면으로 헤쳐 나왔다. 총통기가 내걸린 개방 분타주의 군막까지 거침없이 나아갔다. 그리고 결국 노화자로 하여금 타구진을 펼치도록 유도해 냈다.

죽지 않아도 될 사람들이 죽는다.

자신의 욕심 때문에…… 안선도를 멸해야 한다는 아집(我執) 때문에 이들이 죽는다.

'오늘은 이놈들만 죽이고 가라. 선배, 선배와 한 약속…… 지킬 것이오. 저들이 먼저 공격해 오지 않는 한.'

파아아아!

계야부의 전신에서 혈광(血光)이 뻗쳐 나왔다.

마치 악마가 소리 내어 웃는 것 같았다.

第百十一章

파진(破陣)

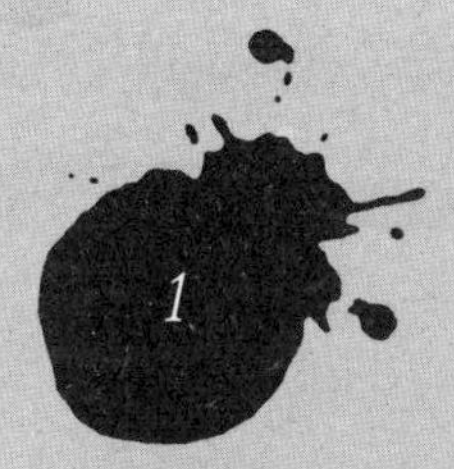

펄럭!

손에 들 수 있는 작은 깃발이 불쑥 솟았다.

순간, 계야부는 짙은 슬픔을 느꼈다. 가슴 밑바닥에서부터
터져 올라온 슬픔은 곧 그의 전신을 휘감았다.

"흑!"

그는 아주 짧고 격한 소리를 토해냈다.

이게 무슨 일일까? 평생 한 번도 울어보지 않았는데, 느닷없
이 볼 위로 한줄기 눈물이 주르륵 흘러내린다.

불쌍하다. 너무 불쌍하다.

쒜에엑! 쒜에에엑!

삼 장 앞까지 다가와 땅을 치며 곡을 하던 걸인들이 가을날

메뚜기처럼 파다닥 뛰어올랐다. 바로 그 뒤를 이어 미친놈처럼 깔깔 웃어대던 자들이 일제히 타구봉을 쳐냈다.

휘르르릉!

돌풍이 분다. 개방도 이십여 명이 만들어낸 움직임 때문이다.

타구진을 형성한 개방도는 구백여 명이지만 그들이 한꺼번에 공격해 올 수는 없다.

이십여 명이 짓쳐 오고 있지만 그들도 많다.

직접 그의 몸을 타격할 수 있는 사람은 고작 네다섯 명뿐이다.

이론적으로 그는 네다섯 명만 상대하면 된다. 구백 명에게 눈길을 줄 필요가 없다. 직접 위협을 가해오는 아주 극소수의 몇 명만 처리하면 된다.

한데 그게 아니다.

그는 개방도 이십여 명을 동시에 상대해야 한다.

그들 중에서 허점을 발견했다고 생각되는 네다섯 명이 공격해 오기 때문에 누구를 상대해야 할지 분간이 서질 않는다.

아닌가? 실은 사십여 명을 상대하고 있는 것인가?

돌풍을 일으킨 이십여 명 뒤에 또 다른 이십여 명이 타구봉을 들고 호시탐탐 기회를 노린다.

그들과 함께 상대해야 한다.

타구봉은 개를 위협하는 몽둥이다.

걸인이 동냥을 하려면 집 안으로 들어가야 하고, 문턱을 넘기 위해서는 집을 지키는 개를 먼저 상대해야 한다.

으르렁! 이빨을 곤두세운 맹견을 어찌할 것인가?

때려잡을 수는 없다. 그랬다가는 동냥은커녕 몰매 맞기 십상이다. 가까이 다가서지 못하도록 위협만 가해야 한다.

타구봉의 제일 용도는 살상이 아닌 위협이다.

그래서 개방은 가슴 높이까지 올라오는 장봉(長棒)을 쓴다.

흔히 타구봉이라고 하면 개를 때려잡는 몽둥이라는 생각이 떠올라서 아주 짧은 단봉을 떠올리지만 틀린 생각이다.

물론 개를 때려잡기도 한다.

주인 없는 개는 아주 좋은 포식 대상이다. 그런 놈을 때려잡으면 하루를 아주 만족스럽게 보낼 수 있다.

이때도 단매에 때려잡지는 않는다.

흔히 개를 때려잡는 일은 이제 갓 개방에 입문한 백의개에게 맡겨진다.

그들은 개방 초식에 미숙하다.

개방의 무공을 잘 알지 못하는 상태에서 개를 때려잡는다.

그렇디. 개를 잡는 데 무슨 무공이 필요한가. 여러 명이 빙 둘러서서 도주하지 못하게 포위하고, 긴 타구봉으로 사방에서 두들겨 대면 죽지 않고 배기겠는가.

보통 사람들이 들개를 때려잡듯이, 개방도 역시 그런 식으로 개를 잡는다.

이것이 타구진의 시작이다.

백의개는 아무 의식도 없이 개를 때려잡지만, 그런 행동들이 결국 대타구진의 움직임을 수련하는 결과로 이어진다.

그렇다. 타구진의 기본 요체는 원거리 가격이다.

박투(搏鬪)처럼 서로의 호흡을 직접 읽을 수 있는 싸움은 피한다. 그런 싸움을 할 필요가 없다.

연수합공(聯手合攻)…… 당연하다.

비겁하게 격돌을 피하면서 툭툭 건드리기만 한다? 당연하다. 스스로 힘이 빠져서 무너지면 아주 좋다. 그것보다 더 바람직한 게 어디 있나.

빈틈만 보이면 치고 들어온다. 반격을 가하려고 하면 놀리듯이 물러난다.

그 어떤 맹수도, 그 누구도 사방을 동시에 방어할 수는 없다.

한쪽으로 칼을 곤두세우면 반대쪽은 반드시 허점을 드러내게 되어 있다. 어느 한 사람을 지목하여 공격하면 그 반대쪽, 등 부분은 환히 노출된다.

공격당한 사람은 물러나고, 등을 본 사람은 공격한다.

개가 이빨을 곤두세우며 달려들면 타구봉으로 저지시킬 뿐이다. 맞서 싸우는 게 아니라 저지만 시킨다.

공격은 뒤와 옆에서 한다.

꼬리 위 엉덩이 부근을 타격할 때의 쾌감을 아는가? 환히 빈 옆구리를 찌르면 옆구리 뼈가 걸린다. 생선가시처럼 늘어서 있던 뼈마디가 부러진다.

어떤 놈이든 깨갱! 하고 비명을 지른다. 너무 아파서 펄쩍거린다.

그때의 팔팔한 감각을 아는가.

제삼무에는 각종 신법이 동원된다.

만리추풍신법(萬里追風身法), 비천무영신법(飛天無影身法), 선풍신법(旋風身法), 연화락(蓮花落), 취팔선보(醉八仙步), 연쌍비(燕雙飛)…… 각 개인이 가장 능숙하게 펼칠 수 있는 신법이 펼쳐진다.

신법과 타구봉을 바탕으로 한 천화봉법(天華棒法)이 주를 이룬다.

제삼무에 동원된 개방도는 구백 명 중에서도 가장 신법이 빠른 자들이다.

일목!

전인미답(全人未踏)을 걷는다. 사람 발길이 한 번도 닿은 적이 없는 산길은 나무뿌리가 튀어나오고 가지가 휘영청 늘어져서 걸음을 떼어놓기가 힘들다.

한 걸음 내딛는 데 두어 번은 손을 움직여야 한다.

가지를 걷어낸다. 뿌리를 훌쩍 뛰어넘는다.

모든 게 즐겁기만 하다.

쒜에엑!

나뭇가지 사이로 실바람이 불어온다.

피할 이유가 있을까? 실바람은 온몸으로 즐기면 된다.

파파파팟!

산 위에서 돌멩이가 굴러 떨어진다.

어느 산이나 낙석은 있다. 돌이 굴러온다고 겁먹을 필요는 없다. 그저 약간 주의만 하면 된다.

몸을 잠사 멈추기도 하고 빨리 움직이기도 하면서 떨어지는 돌덩어리들을 피해냈다.

계곡을 한 바퀴 휘돌았다.

여전히 나뭇가지는 많고, 바람은 살랑살랑 불어왔으며, 낙석은 으스스 떨어져 내렸다.

그는 편안하게 걸었다.

주변에서 일어나는 변화가 너무도 아름답고 상쾌했다.

"제삼무…… 제삼무마저……."

기가 막혀서 말이 나오지 않는다.

타구진이 생긴 이래 제일성, 제이성에 이어 제삼무까지 이토록 담대하게 받아낸 자는 없었다.

상대는 말에서 내려오지도 않았다.

마상에 앉아서 찌르고 후려치는 타구봉들을 유유히 쳐냈다.

그의 모습에서 여유가 보인다. 절대 서두는 법이 없고, 당황하는 기색도 없다.

"강호에 떠도는 말 중에 제일 그럴싸한 말이 무초(無招)가 유초(有招)를 이긴다는 말이지. 개뿔! 배우지 않은 놈과 배운 놈이 붙으면 누가 이기나?"

"분타주님, 거기서 말하는 무초란……."

"죽는다. 조용히 해."

막 반박하던 개방도가 입을 꾹 다물었다.

무초는 배우지 않았다는 뜻의 무초가 아니라 만류귀종(萬流歸宗)을 의미한다.

배우고 배우다가 더 이상 배울 것이 없는 사람의 경지를 말한다.

불가에도 이와 비슷한 말이 있다.

잔을 가득 채우거든 다시 비워라!

세상의 이치를 가득 담았으면 이제 모두 비워 버리라는 뜻이다.

그래도 아까울 것이 없다. 세상의 모든 이치를 다 알았는데 뭐가 아깝겠는가.

모든 것을 통달한 사람과 아직도 초식에 얽매여 있는 사람이 겨루면 누가 이길 것인지는 자명하다.

개뿔이 아니라 진실이다.

그런 사람이 눈앞에 있다.

단차는 개방의 절초들을 아주 간단한 손짓만으로 막아내고 있다.

초식이 이어지는 현상은 보이지 않는다. 좌로, 우로, 앞으로, 뒤로…… 그저 손만 뻗으면 타구봉이 딱딱 가로막힌다.

노화자도 눈이 있는데 보지 못했을까.

그가 '개뿔!' 이라고 말한 것은 눈으로 보고도 믿기지 않아서 하는 말일 뿐이다.

"물러서야 합니다."

개방도가 말했다.

분타주는 대답하지 않았다. 아랫입술만 잘근잘근 깨물며 전장을 쳐다봤다.

그의 노안에서 굵은 눈물이 떨어졌다.

이제는 확실해졌다. 더 이상의 싸움은 무의미하다. 타구진은 단차를 요리할 수 없다. 요리할 수 있었으면 지금쯤 아주 조그마한 흔들림이라도 일으켰어야 하는데 전혀 그러지를 못했다.

물론 이것이 타구진의 끝은 아니다.

다만 이제부터 전개될 타구진은 지금까지와는 양상이 전혀 다르다.

사즉생, 생즉사의 싸움이 전개된다. 죽지 않으면 죽어야 하는 지옥 같은 싸움이 벌어진다.

노화자는 그런 광경을 그리고 있었다.

많은 개방도가 죽을 것이다. 처참하게 죽어갈 것이다.

오죽하면 옆에서 타구진을 물려야 한다고 말했을까?

그는 괜히 그런 말을 한 게 아니다. 현재까지 보여준 단차의 무공으로 미루어 피를 철철 흘리면서 쓰러져 갈 개방도가 눈에 환히 보이기 때문에 한 말이다.

단차를 잡더라도 최소한 절반 이상은 죽는다. 하물며 단차를 잡을 수 있을 것 같지도 않다.

모든 게 눈에 환히 보인다.

그런 싸움을 피할 수는 있다. 다행히 아직까지 단차가 살생은 벌이지 않고 있다. 하니 지금 '물러서라!' 이 한마디 명만 내리면 아무도 죽는 사람이 없다.

노화자는 눈을 찔끔 감으며 말했다.

"제사결(第四決)…… 펼쳐라."

"분타주님!"

"펼쳐!"

개방도는 목에 걸린 나팔(喇叭)을 잡았다.

소뿔의 가운데를 파내고 끝부분에 취적(吹笛)을 붙인 것으로, 소리가 우렁차다.

"정말 제사결을……."

"……."

그가 마지막으로 물었지만 분타주는 대답조차 하지 않았다.

그는 나팔을 불었다.

뚜우우우…… 뚜우우…….

쒜에엑! 쒜엑!

한 번에 대여섯 개씩 몰아치던 타구봉이 십여 개로 배는 늘었다.

아니다. 타구봉만 늘어난 게 아니다. 공격 형태가 완전히 너 죽고 나 죽자는 식으로 바뀌었다.

'기어코…….'

계야부는 쓴웃음을 흘렸다.

살생을 생각했지만 내키지 않아서 한 수, 두 수 미루고 있었다.

옆에서 개방도들이 괜히 소리만 빽빽 지를 때도 죽일 수 있었고, 장난하듯 툭툭 타구봉을 쳐낼 때도 십여 명쯤은 죽일 수 있는 허점을 찾아냈다.

그런데도 놓아주었다.

다음에…… 다음에는…… 한 번만 더 참자…… 그러면서 한 수, 두 수를 넘겼다.

이제는 더 이상 미룰 수 없다.

"와아아!"

"와아!"

달려드는 개방도들이 흥분을 이기지 못해 함성을 질렀다.

악에 받친 죽음의 절규라고 해야 할까?

촤아악!

계야부는 철검을 휘둘렀다.

타구봉들이 우수수 잘려 나갔다. 좌로, 우로 두 번을 내리긋자 십여 개에 이르는 타구봉들이 반 토막이 되었다.

그래도 개방도는 달려들었다.

그들은 멈추고 싶어도 멈추지 못한다. 뒤에서 달려드는 자들에게 밀려 어쩔 수 없이 다가선다.

좁은 골목에 천군만마가 들이치는 것 같다.

계야부를 가운데 두고 사방에서 몸뚱이로 밀어온다.

촤아악!

검이 한 바퀴 선회했다.

"아악!"

"크윽!"

드디어 피가 터져 나왔다.

한 사람만을 노린 검이 아니다. 하나를 긋고 계속 짓쳐 가서 옆에 있는 자까지 그어버린다. 그렇게 일검을 전개해서 사오 명을 쓰러뜨린다.

"케엑!"

"크으윽!"

개방도는 추풍낙엽처럼 나가떨어졌다.

하나 계야부가 일검을 휘두르는 동안 그들은 일족일도의 거리마저 좁혀 버렸다.

푹! 푸푹! 푹! 푸우욱! 히히힝!

타구봉은 백마를 개 때려잡듯이 잡아버렸다. 아니, 때려죽인 게 아니다. 타구봉에 진기를 실어서 힘껏 내질렀다. 가죽을 뚫고, 내장을 소사 내고, 장기를 박살 냈다.

백마는 힘껏 앞발을 쳐들었지만 달려나가지도 못했다.

여기저기서 타구봉으로 찍어 누르자 사자 떼에게 둘러싸여 힘없이 무너지는 들소처럼 맥없이 쓰러졌다.

타앗!

계야부는 말 등을 박차고 솟구쳤다.

하나 그도 내릴 곳이 없기는 마찬가지다. 이미 발밑은 개방도들이 개미 떼처럼 꽉 들어차 있다.

일목!

아! 잘못했다! 개미굴을 밟고 말았구나!

수백, 수천 마리에 이르는 개미들이 우르르 몰려나온다.

이미 발 디딜 틈도 없이 에워쌌다. 벌써 발등과 발목을 물어 뜯는 놈까지 있다.

꽈악!

발을 들어 힘껏 짓밟았다.

개미들이 뭉개져 나간다. 머리통이 부서지고, 어깨뼈가 으깨지고, 안면이 박살 난다.

팍팍팍팍!

두 발을 좌우로 번갈아가며 내리찍었다.

개미들이 사정없이 죽어 나간다.

한데 이놈의 개미들은 묘한 특성이 있다. 죽음이 두렵지 않은지 악착같이 달려든다. 동료들의 시신이 산처럼 쌓여 있는데, 거기를 기어올라 와 발목을 깨물려고 한다.

짓밟고 또 짓밟는다.

시신이 너무 쌓였다 싶으면 옆으로 날아가서 다시 짓밟는다.

그는 땅에 내려서지 않았다. 계속 허공에 떠 있었다. 날개가 있는 새처럼…… 사실은 개미 떼를 발판으로 사용하여 재도약 하곤 했지만, 땅에 내려설 줄 모르고 허공에서만 사는 인간처럼 비칠 게다.

'아프다, 가슴이!'

"분타…… 주님!"
개방도가 울먹였다.
무엇 때문인지는 모르겠지만 죽는 사람이나 죽이는 사람이나 모두 슬퍼 보인다.
아주 슬픈 광경이다.
사실 죽음은 처참하다. 머리뼈가 부서지는 게 보기 좋을 리 없다. 뇌수가 터지고, 피가 쏟아지고, 내장이 꾸역꾸역 기어나오고, 비명과 울부짖음이 허공을 물들인다.
타구봉이 쌩쌩 허공을 가른다.
철검을 내려칠 때마다 피가 튄다. 천근추(千斤墜)가 시전될 때마다 외마디 비명이 터진다.
개방도의 시신이 산이 되어 쌓였다.
단차를 놓칠 수 없기에, 그를 계속 한가운데 몰아넣고 공격해야 하기 때문에…… 먼저 죽은 개방도 위에 몸을 뉠 수밖에 없다.
"제오광(第五光)…… 쓴다."
"분타주님!"
"제발 부탁하는데…… 한마디만 하게 해다오."
개방도는 더 말하지 못했다.
노화자의 음성이 처연했다.
음성에 진한 슬픔이 배어 나왔다. 뜨거운 눈물이 볼 위에서 마르지 않고 있다.

무슨 말을 하랴!

그는 뿔나팔을 다시 불었다.

뿌우우우! 뿌우우……!

나팔 소리가 울리자 이백여 명에 이르는 개방도가 빙 둘러 원을 그리더니 팔과 팔을 엮었다.

물론 계야부를 향해 공격을 퍼붓던 개방도는 여전히 맹공을 취하는 중이다. 앞에 동료가 죽으면 바로 그 자리를 메우며 장봉을 휘두른다. 자신이 일부러 자리를 채우려고 할 필요도 없다. 뒤에서 밀어대는 힘이 살아 있는 자를 죽은 자의 자리로 채워 넣는다.

"개방 불멸!"

팔짱을 낀 걸인들이 일제히 함성을 질렀다.

"와아아아아!"

그들은 힘껏 달려와 맨 뒤에 바싹 다가붙었다.

인의 장막이 형성되었다.

계야부가 허공에 떠 있지 않고 지상에 내려섰다면 팔을 휘두를 공간조차 얻지 못했으리라.

그때다!

뒤에서 포위진을 형성한 채 각종 악기를 두들겨 대던 개방도가 일제히 품에서 작은 대나무 하나씩을 꺼내 들었다.

색다른 노래도 불렀다.

“거(去), 거(去), 거(去), 쾌거(快去)!”

“거, 거, 거, 쾌거!”

한 명이 선창하면 나머지 육백여 명이 따라 부른다.

“거북망산(去北邙山), 단전심량(胆戰心惊)!”

“거북망산, 단전심량!”

가라, 가라, 기쁘게 가라. 북망산에 가니 놀라고 겁이 나서 벌벌 떨리는구나.

그들은 노래를 부르면서 죽통에 불을 붙였다. 그리고 불붙은 죽통을 들어서 인의 장막을 겨눴다. 순간,

쒜에엑! 쒜에에엑!

죽통에서 검은 비늘들이 폭죽 터지듯 솟구쳤다.

피할 곳은 없다.

하늘을 검게 덮어버린 비늘이 개미 한 마리 빠져나갈 공간을 주지 않고 떨어져 내린다.

“악!”

“크윽!”

검은 비늘을 전신으로 맞은 개방도는 짧은 비명을 토해냈다.

그들은 고슴도치가 되어 죽었다. 팔짱을 꽉 낀 채 죽었다. 단차가 빠져나갈 공간을 주지 않겠다는 듯 타구봉으로 울타리를 세운 채 서서 죽었다.

천붕(天崩)!

하늘이 무너진다. 미세한 금이 쩍쩍 가더니 작은 절편(切片)이 되어 우수수 쏟아진다.

이런 공격…… 익숙하다.

군인들이 가장 많이 겪는 공격 중의 하나가 화살 무더기다.

물론 지금은 그때하고는 사정이 많이 다르다.

절편의 밀도가 훨씬 빽빽하고, 몸을 피할 곳이 없으며, 하늘을 가릴 방패조차 없다.

군인들도 이런 경우에 빠질 때가 있다.

아무것도 없는 허허벌판에서 수천의 군사에게 집중적으로 화살 공격을 받는 경우…… 더럽지만 경험하게 된다.

그럴 때, 시각랑은 전우의 시신을 방패로 활용한다.

죽은 자를 활용하는 경우는 상상 이상으로 많다.

인육을 먹어 배고픔을 해결한다. 엉덩이 살을 태워 기름으로 쓴다. 허벅지 뼈를 갈면 좋은 도끼가 된다. 시신을 이불 덮듯이 덮고 자면 추위를 해결할 수 있다.

생명이 끊긴 육신은 도구일 뿐이다.

슈아악!

그는 유성처럼 내리꽂혔다.

철검을 휘둘러 사오 명 정도를 쓰러뜨린 후, 무너지는 그들을 양손으로 끌어당겼다.

파파파파팟!

하늘에서 떨어진 철편이 아직 영혼이 떠나지도 않은 육신들을 뒤덮었다.

2

삼백 명이 한자리에서 목숨을 잃었다.

절반은 계야부에게 죽었고, 절반은 죽통에서 발사된 세도(細刀)를 맞아 죽었다.

죽통 하나에는 의원들이 쓰는 작은 칼보다 족히 열 배는 작은 칼이 이백 개나 들어 있다. 육백 명이 죽통을 쏘았으니 장장 십이만 개나 되는 칼날이 방원 십여 장을 뒤덮었다.

고슴도치 아닌 시신이 없다.

더군다나 단차는 하늘을 훨훨 날고 있었다. 칼날을 제일 먼저 맞을 위치에 있었다.

제오광!

타구진은 동료의 목숨까지 내놓는 괴멸수(壞滅手)를 두었다.

여기서 살아남을 자는 없다.

"제육화(第六火)."

노화자의 눈에서 흐르던 눈물이 뚝 그쳤다.

죽음이 일어나기 전에는 망설임이 있을 수 있지만 사건이 벌어진 후에는 아무리 후회해도 늦는 법이다.

죽은 자는 돌아오지 않는다.

감상적인 마음은 젖혀두고 냉정하게 진을 꾸려간다.

옆에 있던 개방도가 손을 번쩍 들었다.

뿔나팔도 불지 않았고, 고함도 지르지 않았다. 그럴 여유가 없다. 제육화는 가장 신속하게 전개되어야 한다.

그가 손을 들자, 육백여 개방도 중 몇 명이 들고 있던 횃불을 재빨리 발밑에 던졌다.

화아아아아악!

땅에는 미리 기름칠이라도 해놓은 듯 거센 불길이 일어났다.

제오광의 무서운 점이 바로 이것이다. 죽통에서 발사된 칼날이 허공을 나르면서 인분(燐粉)을 뿌려놓는다.

인분은 화약보다도 열 배는 더 화력이 강하다. 불길이 닿는 즉시 용암처럼 뜨거운 불길을 토해낸다.

화르르르륵!

걸인의 발밑에서 시작된 불길이 시신에 박혀 있는 칼날을 쫓아서 쭉 따라갔다.

화이아악!

시체 더미는 기름 덩이나 다름없다.

칼날에 묻어 있는 인분은 스스로 불길을 잡아당겼다.

십이만 개의 칼날이 밀집된 십여 장은 화염지옥(火焰地獄)으로 돌변했다.

그 누구도 빠져나오지 못한다.

혹여 목숨이 붙어 있는 사람은 완전히 죽을 것이고, 죽은 사람은 화장(火葬)까지 치러진다.

"제칠참(第七斬)!"

노화자가 이글이글 타오르는 불길을 정면으로 받으면서 말했다.

개방도가 뿔나팔을 불었다.

뿌우우우! 뚜우우우우!

뿔나팔 소리는 요란하지 않다. 시끄럽게 들리지 않는다. 그러면서도 육백 명의 귀에 쏙쏙 틀어박힌다.

육백 명의 개방도가 백 명씩 방원진(方圓陣)을 구축했다.

쿵! 팍!

제일 앞에 구축된 진이 한 걸음 움직였다.

일제히 한 발을 내딛고, 죽장으로 힘껏 땅을 찔렀다.

불길의 피해 땅속으로 숨어든 자가 있을지 모른다. 지둔공(地遁功)을 수련한 자라면 얼마든지 그럴 수 있다.

마저 잡는다. 한 놈도 놓치지 않는다.

화아아아악!

인분이 터뜨린 화염은 삽시간에 삼백여 구의 시신을 잿더미로 만들었다.

계야부는 점점 밑으로 밀려났다.

제일 위에 있던 시신에 불이 붙자, 이미 죽어 있는 시신을 뒤집고 안으로 들어갔다.

뜨거움에 숨이 막힌다. 공기가 없어서 숨을 쉴 수가 없다.

그는 밑으로 밑으로…… 조금이라도 덜 뜨거운 곳을 찾아서 계속 밑으로 기어들어 갔다.

화염지옥 앞에서는 의살도 소용없다.

그는 점점 진흙구이가 되어갔다.

시신들이 직접적인 화기는 막아주었지만 살을 익혀 버리는 열기만은 막지 못했다.

살갗이 발갛게 익어갔다.

직접 불길에 노출되어 타버리기 전에 살이 익고 숨이 막혀서 죽을 판이다.

결딴한다!

위험에 노출되었을 때는 어떻게든 움직여야만 목숨을 부지할 수 있다. 가만히 있으면 십 중 십 죽는다. 가다가 죽는 한이 있어도 가만히 있는 것보다는 훨씬 낫다.

생각은 곧 행동으로 이어졌다.

손을 더듬어 개방도들이 쓰던 타구봉 한 개를 움켜잡았다.

한 손에는 철검, 다른 손에는 타구봉을 쥐고 두 발로 자신을 가려주고 있던 시신들을 힘껏 차올렸다.

퍼억!

불붙은 시신 두 구가 공처럼 튕겨졌다.

순간이다! 텅 빈 공간을 노리고 화염지옥의 불길이 무더기로 쏟아져 들어왔다.

원래 불길은 아래로 향하지 않는다. 위로 위로 솟구치는 성질을 가지고 있다. 지금은 다르다. 시신에 박혀 있는 세도들이 강력한 흡입력으로 불길을 빨아 당긴다.

이 순간, 그는 타구봉을 휘두르고 있었다.

선풍장(颴風掌)을 선풍장(颴風杖)으로 변화시켜 맹렬한 회오리바람을 일으켰다.

휘르르르릉!

빈 공간을 향해 폭포수처럼 쏟아져 내리던 불길이 회오리바람을 따라서 위로 올라갔다.

"타앗!"

그는 짧은 소성을 토해했다.

두 발은 다른 시신을 걷어찼고, 그 탄력을 이용해 번쩍! 하늘로 솟구쳤다.

두 발 아래로 화염지옥이 한눈에 드러났다.

쿵! 퍽!

육백여 명의 개방도가 질서정연하게 진형에 따라 움직이는 모습도 너무 잘 보였다.

일목!

낙엽이 떨어진다. 세찬 비바람이 몰아친 탓인지 너무 많은 낙엽이 쏟아진다. 빗자루를 들고 쓴다. 한 무더기씩 옆으로 쓸어내며 길을 만든디.

쒜에에엑!

그는 개방도를 향해 쏘아갔다.

"제팔역(第八易)!"

노화자가 진의 변형을 요구했다.

뚜우우우! 뚜우우우!

개방도는 기다렸다는 듯이 뿔나팔을 불었다.

단차의 살도는 거침없이 살을 베고 뼈를 갈라냈다.

개방의 무공은 속절없이 무너졌다. 신법, 장법, 권법, 각법…… 모든 무공들이 추풍낙엽처럼 쓸려 나갔다.

예천 분타의 개방도가 펼친 타구진은 여타의 타구진과는 위력적인 면에서 많은 차이를 보인다.

다른 분타는 타구진을 펼치는 구성원이 거의 대부분 일결이나 이결제자들이다. 하나 예천 분타의 타구진은 진의 중추에 삼결과 사결제자들이 뿌리박고 있다.

당(堂)의 당주(堂主)를 해야 할 사람들이 하급 제자들이나 하는 일을 도맡아 한다.

특히 이번 타구진은 타구진 두 개를 뒤섞어서 강한 자들만 추려냈으니 더욱 특별하다.

그런 타구진인데…… 형편없이 밀린다.

다수의 힘으로 소수를 짓밟아 버리는 전략은 아무런 효과도 거두지 못한다.

다른 사람에게는 몰라도 단차는 털끝 한 올 건드리지 못한다.

놈은 십이만 개의 칼날에서 빠져나왔다. 화염지옥도 벗어났다. 육백 명이나 되는 개방도들 틈바구니를 비집고 들어가서 성난 호랑이처럼 발톱을 휘둘러 댄다.

도저히 상대할 방법이 없다.

놈은 지치지도 않는가? 놈의 몸은 철갑으로 둘러싸였나? 금강불괴지신(金剛不壞之身)에다가 만독불침(萬毒不侵)에다가 화수불침(火水不侵)의 신선이라도 된단 말인가.

차라리 제일성과 제이성을 생략한 채 곧바로 제오광을 펼쳤으면 어땠을까 싶다.

발밑에 쌓인 시신이 없었다면 십이만 개의 칼날을 피할 수 없었을 텐데. 그랬다면 지금처럼 사지육신이 멀쩡할 수는 없었을 텐데. 빙 둘러 포위하고 제오광과 제육화를 거의 동시에 펼쳤다면…… 그래도 빠져나왔을까?

타구진을 펼치면서 유일한 후회라면 바로 그 점이다.

왜 곧바로 공격하는 것을 생각하지 못했을까?

그에게 시신을 넘겨주었으니 방패로 잘 활용하라는 말밖에 더 되는가.

노화자의 잘못이 아니다.

개방도라면 그 누구도 그런 생각을 못한다. 제일성부터 차근차근 단계를 밟게 되어 있다.

개방 역사 이래로 지금까지 상대해 온 거의 대부분의 무인들이 제일성과 제이성에 녹아났다.

정신이 흐트러진 상태에서 백여 명이 펼치는 제삼무를 맞이하면 십 중 십 무너졌다.

이번에도 그랬다. 제삼무에 가장 출중한 자들을 썼다.

구성원 백 명 중 사결제자가 일곱 명이나 된다. 다른 곳이었다면 분타주를 했을 삼결제자도 열한 명이나 포함시켰다.

그들은 지난바 무공으로 승부한다.

당주 일곱 명에 분타주 열한 명의 연수합공이라면 기력이 쇠한 상대를 몰아치기에는 충분하지 않은가.

그들이 무너졌다는 것은 개방 무공이 무너졌다는 뜻이 된다.

개방에서 삼결이나 사결 정도가 되면 각기 독자적인 무공의 틀을 마련했다고 봐도 된다. 개방의 모든 무공에 능통하지는 못하지만 자신이 선택한 한두 무공에 대해서는 나름대로 무견(武見)을 내세울 정도는 된다.

하니 충분한 자신감을 가질 만하다. 또 거의 대부분의 무인들이 여기에서 무너지니 자신이 없을 수 없다.

그들이 무너졌을 때 타구진의 절반은 무너졌다.

그리고 그들의 시신은 제오광과 제육화를 무력화시키는 데 사용되었다.

기가 막힐 노릇이다.

하면 이제 방법을 바꾼다.

개인의 무공을 버리고 타구진 본연의 모습으로 돌아간다. 개별적인 무공보다 질서정연하게 짜인 진의 율동에 모든 걸 내맡긴다.

제팔역이다!

쒜엑! 쒜에엑!

타구봉 오십여 개가 창처럼 내질러졌다. 그 사이사이에 끼어 있는 타구봉 오십여 개는 반쯤 무릎을 꿇고 지면을 휩쓸었다.

따닥! 따닥! 따따닥!

타구봉을 찌르는 간격이 좁아서 서로 부딪치는 소리가 울렸
다.

피할 곳은 없다.

이런 경우 백이면 백, 펄쩍 뛰어오르며 철검으로 찔러오는
타구봉을 잘라낸다.

지면을 휩쓸던 타구봉은 그런 경우를 예상하고 변화를 일으
켰다.

휘르르릉!

타구봉이 용수철처럼 빙글빙글 돌며 발목, 정강이, 무릎, 허
벅지를 순차적으로 가격하며 올라왔다.

한데 계야부는 그들 생각대로 움직이지 않았다.

그는 굳건하게 우뚝 서서 밑에서 치고 올라오는 타구봉을
두 다리로 막아냈다.

탁! 탁!

그의 다리를 친 몇 개의 타구봉이 변화를 일으키지 못했다.

쉬링! 스가가가!

철검은 곧게 찔러오는 타구봉을 베어냈다.

백여 개의 타구봉이 좁은 공간을 가격했지만, 그가 서 있는
곳만 멀쩡하게 비워두고 나머지 공간만 후려친 결과가 되었
다.

쉬리잉!

철검이 또 한 번 휘둘러졌다.

이번에는 서서 휘두르지 않았다. 앞으로 달려나오며 곧게 찔러대는 개방도를 향해 살도(殺刀)를 휘둘렀다.

살도! 그렇다. 살도다! 그는 철검을 마치 도처럼 휘둘렀다. 도법도 아니고 검식도 아니다. 손에 든 것이 철검일 뿐, 아무것이었어도 상관없다. 부지깽이라도 좋고, 호미라고 좋으며, 쟁기나 부엌에서 아낙들이 쓰는 식칼이라도 좋다.

찔러 죽이고, 베어 죽이는 것이 아니다. 때려죽인다.

싸악! 쒜에엑!

"아악!"

검풍이 이는 곳에 비명이 울렸다.

이럴 것 같아서 철검을 열 자루나 준비했는데…… 말이 죽지 않았다면 검을 바꿀 수 있었는데…… 개방도가 타구봉이 아니라 검을 썼다면 그들의 검으로 바꿔 쥘 수 있었는데…… 그랬다면…… 그랬다면…… 이토록 고통스럽게 죽이지 않아도 되는데…….

괴롭다. 사람을 죽이는 게 너무 괴롭다.

계야부는 두 눈을 부릅떴다.

'대(大)를 위해…… 이것도 변명이 된다면…….'

3

"제구…… 됐다. 그만하자."

노화자가 힘없이 중얼거렸다.

"분타주님! 아직도 두 개나 더 남았습니다. 여기서 멈추면 타구진은…… 타구진은……."

"타구진이 뭐 임마!"

개방도는 말을 잇지 못했다.

타구진이 지녔던 무적불패의 신화가 무너진다.

그래도 노화자는 나머지 두 개의 변화를 명령하지 못했다.

'혹시…… 해낼 수 있지 않을까?' 하는 기대가 없는 건 아니다. 나머지 두 개의 변화는 타구진의 모든 것이다. 그거라면 놈을 죽일 수 있지 않을까 하는 희망을 가질 수 있다.

제구멸(第九滅)! 제십공(第十空)!

제구멸은 제팔역으로도 어쩌지 못하는 강적을 염두에 두고 만들어졌다.

"제구멸…… 제구멸을 펼쳐야 합니다."

"그만하면 됐어."

"되지 않았습니다!"

개방도는 버럭 소리를 시르며 뿔나팔을 입에 댔다.

뚜우우우! 뚜우우우……!

그는 노화자의 명령도 받지 않고 뿔나팔을 불어제쳤다. 힘차게, 한을 듬뿍 담아서 불었다.

제구멸을 전개할 즈음에는 타구진 구성원 구백 명 중 사백 명이 이승을 떠난 후이다. 혹여 살아남은 사람이 있다면 진 밖으로 물러나서 방해가 되지 않도록 한다.

차차착! 파파파팟!

단차를 공격하던 개방도가 가장 쾌속한 신법으로 빠져나갔다.

그들의 숫자는 채 삼십 명이 되지 않았다. 칠십여 명이 단차의 철검에 도륙을 당했다.

나머지 오백 명은 즉시 이십 명씩 한 조를 이뤘다. 순식간에 모두 스물다섯 개의 조가 만들어졌다.

"진(進)!"

우렁찬 외침이 토해지자 오백에 이르는 개방도가 일시에 움직였다.

그들은 계야부를 중심으로 네모반듯한 대형을 갖췄다.

구궁진(九宮陣)이다. 오궁(五宮), 오귀(五鬼)의 자리는 단차에게 내어주고, 나머지 팔궁 위치에 선다. 이십오 개 조가 한 개 조만 남겨두고 삼 개 조씩 나뉘어 팔방을 점했다.

계야부가 보면 위로 셋, 아래로 셋이다. 옆으로는 좌우로 하나씩 늘어섰지만 좌우 역시 셋씩 가로 서 있는 듯한 느낌이 든다.

제일 끝에 남겨졌던 일 개 조 이십 명이 즉각 오궁의 자리로 투입되었다.

이 순간부터 제구멸의 공격이 시작될 게다.

싸아악!

이십 명은 약속이라도 한 듯이 선풍신법을 펼쳐서 다가왔다. 그리고 옥현쇄심장력(玉玄碎心掌力)도 떨쳐 냈다.

단차는 한 발 뒤로 물러나 강공을 피했다.

쒸익!

그들이 북쪽 한가운데 퇴식(退食)의 위치로 빠지고, 퇴식에서 일 개 조가 달려나와 쇄옥파운지(碎玉破雲指)를 떨쳤다.

그 순간이 마치 번개 같다.

마치 한 사람이 장력을 떨치자마자 쇄옥파운지를 전개한 느낌이 든다. 스무 명 한 개 조는 일심동체(一心同體)라도 된 듯 똑같은 움직임을 보였고, 모든 공격은 그에게 집중되었다.

쇄옥파운지를 펼친 자들이 서남방 팔궁(八宮) 관인(官印)의 자리로 물러났다. 그와 동시에 관인의 자리에서 튀어나온 자들이 개방 유일의 검법인 규지검법(叫枝劍法)을 전개했다.

파파파팟!

검풍이 천지를 가를 듯 몰아쳐 온다.

계야부는 한 걸음 더 물러났다.

옥현쇄심장력에 쇄옥파운지, 그리고 규지검법…… 이런 공격을 일인이 펼쳐 낼 수는 없다. 펼쳐 낸다 하더라도 진기 순환이 제대로 이어지지 않아서 제 위력을 선보일 수 없다.

한데 여러 명이 순차적으로 일 초씩을 전개하자 놀라운 절공이 탄생했다.

옥현쇄심장력의 웅장함에 쇄옥파운지의 날카로움이 가미되고 이제는 규지검법의 맹렬함이 전신을 옥죈다.

반격을 가하기도 쉽지 않다. 막 대처를 하기 위해 철검을 들었을 때는 이미 다른 자리로 빠져나가고 새로운 자들이 새로운 초식으로 공격을 가해오고 있다.

초식 대응 수위가 한 박자 늦게 된다.

시간이 흐를수록 공격은 날카로워지고 단차의 손발은 어지러워진다. 이들이 어디로 물러나고 어디서 튀어나올지 모르기 때문에, 또 어떤 초식이 전개될지 모르기 때문에 전전긍긍할 수밖에 없다.

개방의 모든 무공을 하나로 합쳤다.

구궁진에서 일어나는 변화가 바로 신법인 셈이다. 여기서 튀어나오고 저기로 물러나고…… 초식을 전개하는 스무 명은 손과 발의 역할을 한다.

얼핏 보면 제삼무와 운용 방법이 같아 보인다.

맞다. 제삼무에서 진일보한 것이 제구멸이다. 제삼무가 백 명으로 전개된 것이라면 제구멸은 오백 명으로 구성되며 구궁진의 묘미가 더해진다.

오백 명이 제삼무 다섯 개를 펼칠 수도 있고, 제구멸 한 개를 펼칠 수도 있다. 상대하는 적이 한 명이라고 가정했을 때 제삼무 다섯 개는 다섯 명을 상대하는 것이고, 제구멸은 오백 명이 오직 한 명만을 상대한다.

제삼무와 제구멸의 위력 차이다.

계야부는 구궁진을 둘러봤다.

'어느 하나를 상대할 수 없다. 이걸 깨기 위해서는 이들 전부를 상대할 수 있어야 돼.'

“됐습니다! 됐어요!”

개방도가 기뻐서 펄쩍 뛰었다.

“와아! 와아아!”

곳곳에서 함성도 터졌다.

개방도의 노력에도 불구하고 아직까지 돌아가지 않은 군웅들이 한마음으로 환호를 해준 것이다.

단차의 손발이 매우 어지럽다. 공격이 가해질 때마다 전신을 크게 휘청이면서 간신히 피한다.

실로 간발의 차!

아주 조금만 더 빨랐으면 잡을 수 있었는데 하는 아쉬움이 진하게 몰려온다.

승리는 목전에 있다.

장공(掌功)이 아홉, 검법(劍法)이 하나, 금나수(擒拿手)가 하나, 권법(拳法)이 넷, 봉법(棒法)이 둘, 지법(指法)이 셋, 수공(手功)이 하나…… 이것만 해도 스물한 개의 무공이 한꺼번에 터진다.

초식(招式)으로 따지면 오백 가지를 훌쩍 넘어선다.

더군다나 이런 무공을 쓰기 위해서 여덟 가지 신법이 운용되었다. 직접 공격에 가담하지 않는 개방도라도 쉬는 건 아니다. 꾸준히 음공(音功)을 펼쳐 혼을 빼놓는다.

이런 공격을 감당할 수 있다면 신이라 부를 것이다.

노화자가 피식 웃으며 말했다.

“제십공은 남겨두거라.”

“네?”

"제십공을 펼치지 않은 한, 무적불패의 신화는 계속 이어갈 수 있을 것이다. 패하기는 했지만 최절초, 동귀어진(同歸於盡)의 절초를 남겨두었으니까. 억지에 불과하겠지만…… 그래도 명색이 무적불패 타구진 아니더냐. 할 말이라도 있게 놔두어라."

"분타주님! 지금 저놈은……."

"한 번이라도 말귀를 알아들었으면 좋으련만. 쯧! 하긴…… 그렇게 약삭빠른 놈이었다면 내 곁에 있지도 못했을 터. 제십공, 남겨두어야 한다. 써봤자 저 괴물 같은 놈에게는 안 돼."

노화자는 피식 웃으며 타구진이 펼쳐지는 곳으로 걸어갔다.

일목!

구궁진의 변화를 그려본다.

구궁진 중 네 개 궁은 길(吉)하고, 다섯 개 궁은 흉(凶)하다.

일반적으로는 제일궁(第一宮) 천록(天祿)의 자리를 어디에 쓰느냐에 따라서 구궁도가 완전히 달라지지만 지금처럼 제오궁이 정해진 상황이라면…….

일, 삼, 육, 팔궁에서 전개되는 초식은 실초(實招)다. 살의를 담고 전개된다. 이, 사, 오, 칠, 구궁에서 전개되는 초식은 허초(虛招)다. 원하는 위치에 상대를 놓는 역할만 한다.

일목으로 구궁도를 떠올리고, 전개되는 초식을 살피자 타구진의 용법(用法)이 환히 꿰뚫어졌다.

이것이 모두 사약란 덕분이다.

그녀가 성심을 다해서 진법을 가르쳐 주지 않았다면 난해한 변화에 골머리깨나 썩였을 게다.

쒜에엑!

손(巽)의 위치에서 일조가 튀어나왔다.

사궁(四宮)! 허초다!

스무 명은 술에 취한 듯 중심을 잡지 못하고 비틀거린다. 손에는 호로병이 들려 있다.

취리건곤보와 취팔선권이다.

쒜에엑!

계야부는 그들을 바짝 따라붙었다.

허초를 공격하여 실초를 더욱 앞당긴다.

지금까지는 그가 반 박자 늦었지만 지금부터는 개방도가 반 박자 늦을 것이다.

추격을 받은 개방도는 일제히 제삼세(第三勢) 선녀헌화(仙女獻花)를 펼쳤다.

한쪽 무릎을 급히 꿇는다. 이로써 상대는 표적을 잃게 된다. 한 손은 가슴을 격타하듯 올려친다. 선녀가 헌화하는 모습이나 가슴뼈를 함몰시키는 위력이 담겨져 있다.

이것도 진의 일부다. 상대가 뒤따라 나올 때 선녀헌화를 펼치게끔 구성되었다.

파파팟!

계야부의 등 뒤로 추풍전(追風箭)이 쏘아졌다. 동시에 일궁인 하단 중앙과 삼궁인 좌측 중앙에서 두 개 조가 쏟아져 나왔다.

일궁에서 나온 자들은 만리추풍신법을 펼친다.

무서운 속도다. 뒤늦게 나섰는데, 벌써 등 뒤로 다가섰다. 추풍전 역시 그들이 발사했으리라. 삼궁에서 나온 자들은 홍무자염신공(洪武紫焰神功)을 펼친다. 두 손에 은은한 홍광이 감도는 게 피구름을 연상시킨다.

쉬링! 따다다당!

등 뒤로 돌아서며 일검을 휘둘렀다.

추풍전이 낙엽이 되어 떨어졌다.

철검은 쉬지 않고 득달같이 달려들었다. 어떤 신법인지 구분할 수 없지만 만리추풍신법보다 훨씬 빠른 속도로 달려들어 순식간에 대여섯 명의 수급을 쳐냈다.

퍼억! 파팟!

붉은 선혈이 푸른 하늘을 잠시나마 물들인다. 둥실 떠오른 머리가 구름을 마주 본다.

파파파파팟!

철검은 개방 무공들을 종이짝 찢듯이 찢어버렸다.

"그만! 그만하면 됐지 않나."

노화자가 핏물이 흥건한 대지를 밟으며 걸어왔다.

철퍽! 철퍽!

싸움이 시작되기 전에는 마른땅이었는데, 이제는 발이 쑥쑥 빠지는 진흙탕이 되고 말았다.

피가 만든 진흙탕이다.

"이들은 보내줘."

"타구진 하나를 주신다 하셨는데."

"줬잖아."

"전 생명을 말한 겁니다."

"살려둬도 마찬가지야. 이들 몇 명 살려줬다고 해서 달라질 게 뭐 있어?"

계야부는 철검을 내렸다.

그의 철검은 이가 뭉텅뭉텅 빠져서 베어질 것 같지도 않았다.

후려친다. 쇠뭉치로 쳐서 죽인다. 무지막지하게 힘으로 밀어붙여서 살을 갈라낸다.

그래서인지 죽은 개방도의 시신은 참혹한 지경을 넘어섰다.

"오늘 싸움은 내가 마지막을 장식해 주지. 이 정도면 괜찮을 거야."

"좋습니다."

노화자는 주위에 늘어선 개방도에게 물러가라는 손짓을 했다.

오백여 명에 이르던 개방도가 삼백 명으로 줄어들었다.

계야부는 한자리에서 무려 육백에 이르는 개방도를 죽였다.

삼결이나 사결을 무(武)를 안다고 할 수 있으니 죽어도 여한이 없으리라. 일결이나 이결은 뭔가? 그들 중에는 이제 막 무림에 나온 초출도 있을 텐데, 너무 허무하게 죽지 않았나.

지금이니 그렇게 말할 수 있다.

타구진을 형성했을 때의 그들은 무적이었다. 그렇기에 일결의 죽음은 풋내기의 죽음이 아니라 개방의 죽음이 된다.

탁!

노화자가 죽장을 땅에 깊이 꽂았다. 병기를 버린 것이다. 그리고 두 팔 소매를 걷어 올렸다.

단차도 노화자의 뜻을 읽고 검을 버렸다.

"개방에는 장로들만 아는 절정비학이 있지."

"강룡십팔장(降龍十八掌)!"

"좋은 경험이 되겠지."

노화자는 왼 다리를 미미하게 구부렸다. 왼팔도 안으로 구부렸다. 오른손은 둥글게 원을 그렸다.

좌퇴미굴(左腿微屈), 우비내만(右臂內彎), 우장획료개원권(右掌劃了個圓圈)…… 강룡십팔장의 제일초 항룡유회(亢龍有悔)가 펼쳐지려고 한다.

"타앗!"

고함과 함께 신형이 번뜩였다.

살랑!

아주 미약한 미풍이 얼굴 앞에서 일렁거렸다.

흔히 강룡십팔장 제일초를 말할 때, 호적일성(呼的一聲), 향외추거(向外推去), 수장소도면전일과송수(手掌掃到面前一棵松樹), 객라일향(喀喇一響), 송수응수단절(松樹應手斷折)이라고 한다.

호흡을 내쉬며 가볍게 뻗어낸 손에 송수(松樹), 소나무가 단절(斷切), 절반으로 뚝 끊어졌다는 소리다.

좌수가 둥글게 원을 그릴 때, 우수는 이미 일장을 격출할 태세가 갖춰진 후였다.

계야부는 좌수로 반원을 그렸다. 동시에 우수를 내뻗었다.

좌수획개반원(左手劃個半圓), 우수일장추출(右手一掌推出)!

펑!

두 개의 큰 힘이 정면으로 격돌했다.

"꺼억!"

노화자는 입으로 피화살을 뿜어내며 나가떨어졌다.

"네, 네놈이 어, 어떻게…… 가, 강룡…… 십팔…… 장……."

노화자의 음성은 더 이상 들리지 않았다.

그는 절명했다.

강룡십팔장을 모른다. 다만 말끔한 정신 상태가 노화자의 일거수일투족을 세밀히 관찰했다. 내면의 진기가 어떤 식으로 흐른다는 것도 파악했다.

그다음은 마음속에 그려진 움직임을 그대로 따라 해봤다.

노화자는 진기를 썼지만 그는 정신을 썼다.

노화자가 강했다면 자신이 죽었을 것이다. 불행히도 그가 약했기에 죽었다.

계야부는 약속을 지켰다.

'오늘은 여기서…….'

더 이상의 살생은 없다.

그는 터벅터벅 노화자가 기거하던 군막 안으로 들어갔다.

개방은 썰물 빠지듯 물러났다.

한 시진 전만 해도 개방도들로 가득 찼을 군막에 찬바람만 스산하게 분다.

"악마……."

"저, 저건·인간도 아니야."

군웅들도 다가설 엄두를 내지 못했다.

개방도가 굳이 물러서라고 할 필요도 없었다. 타구진 일대가 몰살하다시피 무너지자 본인들 스스로 쑥 물러섰다.

'이제 피바람이 불기 시작한 거야.'

그는 노화자가 누웠을 짚더미에 풀썩 쓰러졌다.

눈앞에 깃발 하나가 펄럭인다.

하얀 바탕에 붉은 글씨로 무(武) 자가 쓰인 총통기다.

노화자가 받았던 총통기가 어처구니없게도 자신의 눈앞에서 펄럭인다.

많은 사람을 죽였기 때문일까? 뒤늦게 두 손이 부들부들 떨리기 시작하더니 오한이 치밀었다. 열이 나는지 이마도 지끈거리고, 헛구역질까지 치밀었다.

"우욱! 우우욱!"

그는 아무도 없는 텅 빈 군막 안에서 임산부가 구역질하듯 헛구역질을 해댔다.

第百十二章
병명지(俜命地)

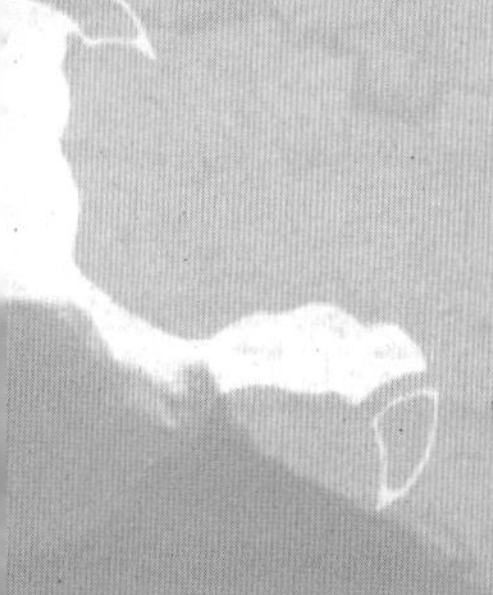

1

"가지고 있는 소지품을 모두 내놓는다."

그들은 군말없이 명에 따랐다.

소지품을 모두 내놓으란다고 부모님이 보내온 서신까지 내놓을 필요는 없다.

육포(肉脯), 과일 말린 것 같은 식사 대용품과 피풍의(皮風衣), 밧줄, 단도 같은 구명 용품들만 내놓으면 된다.

"열한 개로 나눠라."

소지품을 내놓을 때부터 예상했던 터이다.

그들은 많고 적음이 없도록 똑같이 분배했다.

"육포 다섯 조각…… 이것이 전부인가?"

"……."

대답들이 없었다.

지금 벌어지는 상황은 그들이 생각했던 상황과는 전혀 다르다. 아무리 잘못되어도 나흘이면 벗어날 줄 알았는데, 닷새가 흐르도록 남봉(南峰)을 떠나지 못하고 있다.

포위망은 급속하게 좁혀온다.

청진자의 죽음은 이미 알려졌다.

시커먼 폭죽이 화산을 물들였다. 반 각 간격으로 육십 발씩 네 시진 동안이나 쏘아졌다.

하루 종일 천여 발에 이르는 검은 폭죽이 화산 하늘을 물들였다.

청진자의 죽음을 애도하는 폭죽이리라.

그날, 폭죽이 울린 날은 조용했다.

화산에서 사람을 찾아볼 수 없었다. 도관(道館)은 문을 걸어 잠갔고, 도인들은 좌정에 들어갔다.

그렇다고 탈출로가 생긴 것도 아니다.

길목마다 개가 풀어져서 오가는 사람을 향해 짖어댔다.

굉장히 훈련을 잘 받은 개다.

목줄을 완전히 풀어놨는데도 풀어진 자리에서 떠나지 않는다. 기껏 어슬렁거려 봤자 일 장 정도 되는 거리를 오가는 것이 전부였고, 거의 대부분 배를 깔고 누워서 길목을 주시한다.

애도가 끝나면 바로 추격에 사용될 맹견들이다.

그 수가 능히 천여 마리에 이르니 정상적인 방도로 도주한다는 것은 생각도 말아야 한다.

저들의 애도는 며칠 동안 지속될 것인가?

애도가 끝나고 추격이 시작되면 한 시진도 버티지 못하고 덜미를 잡힐 것이다.

빠져나갈 방도는 없다.

그런 점을 너무 확신하기에 개만 풀어놓은 채 마음껏 슬퍼할 수 있는 게다.

화산파 도인들의 애도 기간이 며칠인지 모르지만 그전에 탈출구를 찾아야 한다.

"육포 한 조각으로 이틀을 버틴다. 며칠이 소요될지 모르겠는데 일단 십 일은 버틸 생각을 하고…… 견딜 수 있으면 그 이상도 견뎌라. 풀이 있으면 풀을 뜯어 먹어라. 육포는 최대한 아껴라. 흙을 입에 물고서라도 악착같이 견뎌내라."

금룡대주가 비장하게 말했다.

산 위에서 맞이하는 밤바람은 칼날처럼 날카롭다. 옷을 껴입고 있어도 마구 베고 들어와 살을 얼려 버린다.

"조심해서 내려가라."

금룡대주가 절벽을 내려다보며 말했다.

사람이 발을 디딜 수 있는 곳은 개들의 추격을 뿌리치지 못한다.

맹견의 추격, 그리고 고수들의 추격술을 피하는 방법은 오직 절벽으로 내려가는 길뿐이다.

완전히 내려갈 수도 없다.

절벽 밑이 관도로 이어진다면 얼마나 좋을까마는 불행히도 그곳 역시 화산의 일부분일 뿐이다.

절벽 중간에 자리를 잡고 눕는다.

자연이 만들어낸 벼랑은 아무리 깎아지른 절벽이라고 해도 너구리 한 마리 들어갈 만한 틈은 있다.

"좋아. 난 여기서."

금룡대원이 작은 틈바구니에 몸을 들이밀었다.

"좋은 곳을 찾았네."

"햐! 편해 보이는데?"

그를 지나쳐 가는 대원들이 부러움 섞인 말을 던졌다.

금룡대원은 피풍의를 뒤집어썼다.

이제 누에고치가 되는 일만 남았다.

'이거…… 얼어 죽거나 굶어 죽거나…… 아니면 부처님께 백팔 배 올리고……'

그는 호흡을 점차 죽여갔다.

먹을 게 없으니 소진할 것도 줄여야 한다.

기혈의 흐름을 늦추고, 생체 반응도 늦춘다.

잠시 후, 귀식공(龜息功)이 그를 피풍의로 둘둘 말린 누에고치로 만들었다.

킹! 킹킹! 킹킹!

절벽 위에서 개 짖는 소리가 요란하게 울렸다.

개는 그들의 냄새를 맡지 못한다.

절벽까지는 용케 따라왔다. 그것만 봐도 명견인 것은 인정한다. 냄새를 풍기지 않는다고 그리 애썼는데도 간단하게 따라붙은 것을 보면 놀랍기만 하다.

하나 거기까지다. 아무리 훈련이 잘된 맹견일지라도 절벽 틈바구니에 몸을 들이밀고 동면하듯 잠들어 있는 대원들의 냄새까지 맡지는 못한다.

바람이 그들의 냄새를 지워준다.

귀식공이 인간의 냄새를 절반쯤 감춰준다. 피풍의도 절반쯤은 가려준다. 나머지 절반은 강풍이 해결해 준다. 절벽 밑에서 말아 올리듯 불어닥친 강풍이 모든 냄새를 말끔히 쓸어버린다.

추위와 배고픔만 견딜 수 있으면 가장 좋은 은신처다.

"절벽 밑으로 내려간 것 같습니다."

"쯧!"

"바람이 매섭습니다. 내려가시죠."

"너흰 여기를 지키거라."

"네?"

"놈들이 여기까지 온 것은 확실하고…… 절벽을 기어 내려갔다면 저 밑에 흔적이 남아 있겠지. 개들을 풀어봐라. 밑에서 흔적을 찾아내는지 봐야겠다."

"아! 예."

컹! 컹컹컹……!

개들의 짖어대는 소리가 점차 멀어져 갔다.

‘제길!’

그들은 당황했다.

맹견이 절벽까지 따라붙을 것은 어느 정도 예상했다. 하지만 그곳을 한 무리가 지키고 다른 무리가 절벽 밑을 뒤진다는 데까지는 생각하지 못했다.

절벽 밑에서 흔적을 발견하지 못하면……

간단하다. 절벽 중간에서 사라진 것이다.

사람이 날개가 달린 것도 아니고 어떻게 절벽에서 사라질 수 있을까? 정말 날개라도 단 것일까?

일단 몇 명 정도가 절벽을 기어 내려올 것은 예상된다.

내려오면서 구석구석을 확인할 것이다.

물론 그들은 만반의 준비를 갖춘 후에 절벽을 탄다.

절벽 위와 아래에 많은 고수들이 배치되었을 게고, 만일을 위해서 활도 준비해 놓을 게다.

그리고 절벽을 뒤진다.

이 수순은 바보가 아니라면 생각할 수 있다.

그들은 서서히 귀식공을 풀었다.

귀식공은 근육을 완전히 이완시켜 놓는다. 푹 늘어지는 정도가 아니라 도저히 힘을 쓰지 못할 정도로 풀어놓는다. 근육이 소비하는 열량을 최소화하기 위해서다.

귀식공을 풀고, 전신 근육에 생기를 불어넣는다.

근육에 차근차근 힘이 들어간다.

그러나 아직 멀었다. 무인다운 몸놀림을 보이려면 최소한 일각 이상은 가만히 누워 있어야 한다.

자칫 무리하게 근육을 쓰다가는 근육괴멸(筋肉壞滅)이라는 치명적인 손상을 당할 수도 있다.

근육이 제 기능을 찾지 못하고 썩어 들어간다.

무리하지 말고, 다급해하지 말고, 최대한 차분하게 기다려야 한다.

'일각은 버텨야 하는데……'

컹! 컹컹! 컹컹컹!

개들이 다시 짖어대기 시작한 것은 반 각쯤 경과했을 때다.

절벽 아래에서 흔적을 발견했는지 맹렬하게 짖어댔다.

"흔적이 있습니다!"

산곡을 쩌렁 울리는 소리도 들렸다.

"내려갈 때까지 기다려라!"

절벽 위에서 응하는 소리가 울렸다.

컹컹컹! 컹컹!

맹견들은 물어뜯을 사람이 앞에 있는 것처럼 우렁차게 짖었다.

'흔적을?

그들은 고개를 갸웃거렸다.

절벽을 내려간 사람이 없다. 하니 흔적을 발견한다는 건 말도 안 된다.

'혹시!'

그들의 머릿속을 후려치는 생각이 있다.

혹여 대주가 내려간 건 아닐까? 오늘 이 사태를 짐작하고 자신을 희생한 건 아닐까?

그랬을 수도 있다. 대주라면 충분히 그러고도 남을 분이다. 그랬다. 틀림없이 그랬다. 혼자 내려가셨다. 그러니 개들이 흔적을 찾은 것이다. 대주! 대주!

금룡대원들은 어금니를 꽉 깨물었다.

감정의 회오리가 북받쳐서 이겨내기가 힘들었다.

컹컹! 컹컹컹……!

개 짖는 소리가 점차 멀어져 갔다.

"쒜엑!"

지극히 짧고 날카로운 휘파람 소리가 울렸다.

모두 절벽 위로 올라서라는 약조된 명령이다.

그러잖아도 이미 귀식공이 풀린 상태다. 휘파람 소리가 울리지 않아도 몸이 근질거려서 위로 올라가 볼 심산이었다. 정말로 대주가 저들을 유인해 갔다면 이대로 있을 수는 없지 않은가.

그들은 내려갈 때보다 배는 빠르게 올라섰다. 한데,

"어!"

"대주!"

그들은 절벽 위로 올라서자마자 뒷짐을 진 채 절벽 아래를 굽어보는 한 사람을 발견했다. 어금니를 꽉 깨물며 염려를 거듭하게 만든 대주였다.

"대주, 어떻게 된 겁니까?"

"대주, 얼마나 걱정했는데요!"

그들은 너나 할 것 없이 우르르 달려갔다.

금룡대주의 음성은 차디찼다.

"먼저 죽은 열 놈이 유인해 간 것뿐이다. 차디찬 시신이니 금방 속은 걸 알고 쫓아올 터……. 그동안 우린 계곡을 가로질러 중봉(中峰)까지 가야 한다."

"옥녀봉(玉女峰)을 올라서야 합니까?"

밝고 상쾌한 음성이다.

대주의 지시는 두말할 것도 없이 고단한 일이다. 하나 대주가 살아 있다는 것만으로도 기쁨이 넘친다.

그때 대주가 간담을 서늘케 하는 말을 했다.

"잘 들어라. 학산 문도들이 나누는 이야기를 들은 것이라 정확하지는 않다만…… 일휘단주께서 개방 타구진을 멸절시켰다. 예천 분타주 석두개도 절명했고."

"무림공적…… 총통기를 정면으로 치고 들어갔다면…… 우리들 자신이 무림공적이라는 걸 인정하신 겁니까?"

"그럴 만한 이유가 있으셨겠지. 난…… 단주님을 믿는다."

"믿는 거야 저희도……."

"그럼 됐다. 나머지는 여길 빠져나가서 알아보자. 우선은 중봉까지 가야 한다는 데 모든 심력을 집중시켜라.”

　“넷!”

　그들은 멀리서 들려오는 개 짖는 소리를 들으며 신형을 쏘아냈다.

2

　“개방을 아예 개떡을 만들어놨네.”

　“타구진…… 타구진 그거 만만히 볼 게 아닌데, 아주 작심하고 까댄 모양이야.”

　“호호호! 접수 끝!”

　그들은 하하, 호호, 낄낄, 깔깔, 마음 놓고 웃어댔다.

　무림공적 따위는 무섭지 않다.

　봉문삼문에 포함되는 순간부터 삶의 의욕이 사라진 터이다.

　이제 다시 불꽃을 태울 수 있는 상대가 나타났으니 이보다 더 좋은 건 없다.

　“그러고 보면 저걸 남겨놓은 걸 보면 림주가 선견지명이 있었단 말이야.”

　키 작은 노인이 말했다.

　“요즘 한참 가시가 튀어나왔던데 말조심하지 그래.”

　말라깽이 검사가 홍의여인을 힐끔 쳐다보며 말했다.

　“분주혈전(扮州血戰)이래, 분주혈전. 크크크! 확실히 자잘한 싸움 백 번 하느니 큰 싸움 한 번 하는 게 훨씬 나아. 겨우 하루 싸워놓고 이 시대 최고의 마인이 됐잖아.”

뚱뚱한 사내가 손으로 턱을 만지며 말했다.

무언가 골똘히 생각하는 모습이었다.

단차는 개방이 사용하던 군막을 차지했다. 북지단이 석두개에게 내린 총통기를 군막 앞에 꽂아놓고 바라본다.

이는 개방과 북지단을 동시에 능멸하는 행위였다.

개방이 움직이고 있다. 북지단도 가만히 있을 수 없게 되었다.

그럼에도 불구하고 그는 분주의 싸움 현장에서 한 걸음도 물러서지 않고 있다.

아예 죽기를 작정한 인간이 아니고서야 그런 행동을 할 리 있나.

“이제 어떻게 할 건지 결정해야지?”

키 작은 노인이 홍의여인을 쳐다봤다.

홍의여인은 무심히 발밑만 보고 있다. 무엇을 생각하는 듯, 아무 생각도 하지 않는 듯…… 종잡을 수 없는 모습이다.

하나 아무도 대답을 채근하지는 않았다.

그녀는 살림의 꾀주머니다.

살수가 말하는 꾀주머니는 일반인들이 말하는 현자(賢者)라거나 병법의 달인이라거나 석학(碩學)이라거나 머리가 비상한 천재 같은 것과는 조금 거리가 있다.

그녀에게는 타고난 감각이 있다.

살수라면 누구나 목표가 정해지면 가장 확실하게 죽일 수 있는 방법을 찾게 된다.

그녀는 그런 능력이 탁월하다.

어떻게 그럴 수 있냐고 물어보면 어린아이 같은 말만 한다.

상대를 정확하게 분석해 낸다. 장단점을 냉정하게 구분한다. 그다음은 장점을 피하고 단점으로 승부를 건다.

그런 말은 누구나 할 수 있다.

병법을 알지 못해도 그런 말은 할 수 있고, 글 한 줄 읽지 못하는 까막눈도 그런 말은 한다.

바로 이것이 그녀가 가진 장점이다.

모두가 생각하지만 할 수 없는 일을 그녀는 쉽게 찾아내고 과감하게 행동으로 옮긴다.

지금까지 그녀는 단 한 번의 실패도 하지 않았다. 단차라는 괴물을 만나기 전까지는.

단차를 읽을 수 없다.

그를 분석할 수 없고, 장단점을 찾아낼 수 없다. 당연히 일반적인 함정을 팔 수밖에 없고, 그 결과는 항상 실패다.

그녀는 난생처음 좌절감을 느꼈다.

그녀의 좌절감은 견딜 수 있는 것으로 보였다.

실패를 해도 툭툭 털고 다시 시도할 수 있다. 단차의 일을 거들어준다는 조건으로 언제든 공격할 수 있다는, 살수로서는 치욕적인 조건도 얻어냈다.

그런데…… 시간이 지날수록 깊은 좌절감이 전신을 불태운다.

기습 계획을 하루도 거른 날이 없다.

그를 죽일 수 있는 방법을 수백 개씩 떠올리곤 한다.

하나 결론은 항상 한 가지, 어떤 식으로 공격해도 가로막힌다는 사실이다.

그런 결과가 나타날 때마다 고개를 떨어뜨리고 만다.

좌절감이 우울증으로까지 발전했다.

이대로라면 공격을 가해보기도 전에 울화병이 치밀어 제 풀에 죽을 지경이다.

그를 읽을 수 없다는 게 가장 큰 난관이다.

자신의 가장 큰 장기가 상대방을 아주 빨리, 가장 정확하게 읽는다는 것인데 그런 장기가 통하지 않는다.

그를 읽을 수 없으니 장단점을 알 수 없고, 아무것도 모른 상태에서 공격 계획을 짜니 실패만 거듭된다.

그를 읽어야 한다. 읽어야 한다.

가장 잘하는 장기가 가로막혔을 때 느끼는 좌절감은 당해보지 않은 사람은 말하지 못하리라.

쓰레기가 된 것 같고, 갑자기 세상에서 가장 못난 멍청이가 된 것 같고…….

그녀가 발밑을 쳐다보며 말했다.

"다음은 누구야?"

"계속할 거야?"

"그놈이 소식을 전해왔잖아. 무림공적 같은 건 신경 쓰지도 말고 하던 일 계속하라고. 자신이 그런 것처럼 앞으로 가로막는 놈이 있으면 누구든…… 치라고!"

"흐흐흐! 내가 아까 말했지? 접수 끝! 이라고. 역시 그런 말이었다니까."

뚱뚱한 사내가 배를 쓰다듬으며 말했다.

"저기…… 저기 사는 놈이야."

키 작은 노인이 산 아래 마을을 가리켰다.

그곳에 아흔아홉 칸은 족히 될 법한 큰 저택이 위용을 뽐내고 있었다.

"신상 명세는?"

"여기 있다."

키 작은 노인이 둘둘 만 두루마리를 꺼내 획 던졌다.

홍의여인은 두루마리를 받아 들어 활짝 펼쳤다.

―성명(姓名) 진지홍(陳志紅) 년(年) 육십사 세(六十四歲). 신장(身長) 육 척(六尺). 무공(武功) 전무(全無). 무당파(武當派) 속가제자(俗家弟子)라는 속설(俗說)이 있음. 십육 세(十六歲)에 보부상(褓負商)으로 상계(商界)에 입문(入門)…….

죽여야 할 자, 안선도에 대한 내력이 쭉 펼쳐졌다.

'외곽(外廓)에 스물 정도, 안에 열 명 정도…… 순찰은 반 시진 간격일 테고…… 천장에 둘 정도, 침상 주위에 둘 정도…….'

글을 읽는 동안 진지홍의 내실(內室)이 환히 그려졌다.

진지홍 같은 자들이 어떤 식으로 호위무인들을 부리는지도 환히 보였다.

'이렇게 모두 보이는데!'

왜 그놈, 단차만 아무것도 읽히지 않는 것일까!

"오늘 밤 쳐."

"정말로 계속하는 거야? 종남하고 북지단 내단이 진을 폈다는 말도 들리던데."

"그럼 단차를 놓아줄 거야?"

"그럴 순 없지."

"그럼 해. 놈 곁에 있어야 일 푼의 희망이라도 있어."

그녀는 살림이 왜 이토록 무력한지 이유를 알지 못했다.

검산이나 붕지는 잔인한 면모를 보이며 사라졌다.

정말로 봉문삼문이 어떤 위인들의 집단인지 여실히 보여주었다.

살림도 그런 일을 했다. 단차라는 놈과 싸웠고, 동귀어진까지 시도했다.

그런데도 검산이나 붕지는 강해 보이고 살림은 티도 나지 않는다.

자신의 공격은 림주에 비하면 더 형편없다.

아무리 단차를 읽지 못했다고 해도 너무 무력하게 무너진다. 공격은 늘 단발성으로 끝난다. 일초에서 이초로 이어지지 못하고 단초 공격에만 머문다.

단차가 그렇게 만들고 있다.

처음 공격은 받아주는데, 받아주자마자 해소시켜 버린다.

"크크! 누가 할지 말해줘야지?"

뚱뚱한 사내가 여인을 보며 말했다.

"내가 해."

"직접?"

"화 좀 풀어야겠어. 신경질 나서 못 참겠어."

"흐흐흐! 오늘 어떤 놈…… 참 재수없게 돼지겠군."

뚱뚱한 사내가 입을 쭉 찢으며 웃었다.

"어떻게 될지 모르니 뒤끝을 깨끗이 해야 한다는 소리는 어디 간 겐가?"

노인이 미간을 찌푸렸다.

"우선 화부터 풀고."

여인은 씩 웃었다.

화가 나는 걸 억지로 참으며 얼굴만 일그러뜨리는 웃음이었다.

3

만총림 부림주, 그는 북무림에서 일어나는 크고 작을 일들을 누구보다도 정확하고 빠르게 전달받는다.

분주혈전이라고 명명된 치욕적인 사건도 싸움이 일어난 당일에 보고받았다.

'단차가 이 정도?'

그는 솔직히 많이 놀랐다.

개방의 타구진이라면 내단주나 외단주도 잡을 수 있다.

석두개는 구백 명 전원을 정예만 골라서 배치시켰다. 그런 타구진이라면…… 잘하면 북지단주도 잡을 수 있지 않을까 하는 생각을 해본다.

단차는 그런 싸움을 이겼다.

그의 무공을 모르는 바는 아니지만 솔직히 이건 너무하다 싶다.

'석두개의 군막에 버젓이 누워 있어?

이것도 그가 예측했던 것과는 거리가 멀다.

대체 어떤 미친놈이 살인 현장에 버젓이 누워 있을 수 있단 말인가.

천 명이 넘는 개방도가 주위를 에워싸고 있다. 그보다 훨씬 많은 군웅들이 산과 들을 메우고 있다.

그 한가운데에서 큰대 자로 누워 잠을 청하는 건…… 이건 아무리 생각해도 미친놈이다. 실제로 그렇기도 하지만 무공이 하늘을 가린다고 치자.

천하인의 공분을 스스로 불러들여서 어쩌겠다는 것인가.

도무지 납득이 되지 않는다.

그는 또 다른 정보도 안다.

다행히 새로 수집한 정보 중에는 단차를 확실히 제거할 만한 요소가 두 가지가 포함되어 있다.

그는 당장 자리를 박차고 일어섰다.

“말을 준비해라!”

그는 한 시진을 내리 달렸다.

엉덩이가 헐어버리는 느낌이 들지만 잠시도 시간을 지체할 여유가 없다.

“끼럇! 끼럇!”

그는 힘차게 달리는 말에게 연신 채찍질을 했다.

말을 잘 타는 무인에게 심부름을 시킬 수 있는 일이면 얼마든지 그렇게 한다. 발 빠른 자에게 연통을 넣거나 전서구 한 장으로 될 수 있는 일이라면 벌써 그렇게 했다.

이 일은 자신이 직접 나서야 한다.

“안홍(安鴻)이라면 저깁니다.”

길을 안내하던 금룡대 무인이 손가락으로 객잔(客棧)을 가리켰다.

그의 눈에도 안홍객잔이라고 적힌 깃발이 보였다.

단층에 방이라고는 서너 개밖에 안 되는 허름한 객잔이다. 길 가는 나그네가 한 푼, 두 푼에 하룻밤을 보내는 초라한 곳이다. 아침 이슬을 맞는 것보다는 나으니까 투숙하는 것이지만 겉보기에도 너무 형편없다.

이런 곳에 천하제일의 무인이 거주하고 있다.

“휴우!”

그는 목적한 객잔 앞에 이르자 그제야 안도의 한숨을 내쉬었다.

다행히 그녀는 아직 떠나지 않고 머물러 있었다.

남으로 내려가던 그녀가 천우개와 만난 후, 다시 북으로 올라오기 시작했다.

목적지는 두말할 것도 없이 예천이다.

한데 예천 가까이 와서 발길이 뚝 멈췄다.

그때는 이미 칠살문의 종적이 사라진 후다. 살림의 종적도 묘연해졌고, 금룡대는 흔적도 없이 사라졌다가 화산파에 불쑥 나타나 청진자를 살해했다.

그녀가 이 일을 알고 올라온 것이라면 한발 늦었다.

'이번 일은 쉽게 끝날 거야. 후후!'

"전에는 결례가 많았습니다."

그는 포권을 취한 후 깊이 읍했다.

"아니오. 괜찮아요."

사약란…… 그녀의 웃음은 엄동설한에 꽁꽁 얼어버린 얼음 조각도 녹일 정도로 화사하다.

'너무 아름답다!'

용건이 생각나지 않을 정도로 미모에 취한다.

"부림주님?"

그녀가 다시 물어왔을 때에서야 부림주는 자신의 실태를 깨달았다.

"아! 죄송합니다."

"호호호! 지금까지 한 말이 뭔지 아세요? 결례가 많았다. 죄송하다. 계속 사과만 하시네요.”

“아! 예, 죄송합니다.”

“호호호!”

그녀의 웃음에 부림주는 다시 얼굴을 붉혔다.

여색에 미치는 치한은 아닌데 그녀 앞에서는 도저히 정신을 차릴 수가 없다.

‘오늘 왜 이러지?’

자신이 생각해도 이해되지 않을 만큼 심장이 두근거린다.

전에도 그녀를 만난 적이 있다. 그때도 너무 아름다워서 눈길을 떼지 못했지만 지금처럼 정신이 쑥 빠져나가지는 않았다. 그래도 그때는 냉정하게 마음을 가다듬고 용건을 말할 수 있었다.

지금은…… 이게 뭐 하는 짓인가.

“소저, 부탁이 있어서 찾아왔습니다.”

“부탁이요?”

“단차를 제거해 주십시오.”

“……”

일순, 그녀는 말을 잇지 않았다.

앵두같이 붉은 입술을 살짝 깨문다.

아! 저 입술…… 입술이…… 붉은 앵두가 터질 것 같다. 깨물면 안 되는데…….

부림주는 침을 꿀꺽 삼키며 말했다.

“소저가 개방과 한 일을 알고 있습니다.”

순간, 사약란의 눈빛에 살기가 감돌았다.

부림주도 말을 꺼내는 순간 '아차!' 하는 느낌이 들었다.

아주 큰 흥정을 할 수 있는 중요한 보물인데 너무 손쉽게 놓아버린 것 같은 허탈감이 몰려왔다.

'이게 무슨 추태인가! 미색에 현혹되어 말하지 말아야 할 것을 말하다니!'

하지만 이미 쏘아진 화살인데 어쩌랴!

"개방 천우개와 하신 일…… 하하! 힘들게 찾아냈습니다. 덕분에 한동안 칠살문과 살림의 흔적을 잡지 못했잖습니까."

"힘든 걸 알아내셨네요."

부림주는 확실히 살기를 예감했다.

그런데…… 이건 또 무슨 조화인가? 그녀 손이 목에 닿을 수 있다면 힘껏 졸려도 상관없다는 느낌이 든다.

'아주 미쳤구나! 단단히 미쳤어!'

그는 머리를 세차게 흔들었다.

"칠살문…… 살려주겠습니다. 대신 단차를 제거해 주십시오. 이번 일로 개방과의 거래도 깨끗이 종료되는 겁니다. 천우개의 처리는 제가 알아서 하지요."

비로소 사약란의 안색이 풀렸다.

"그 말, 사실인가요?"

"사실입니다."

"단차만 제거하면 되나요?"

"확실하게 죽여주십시오."

“좋아요.”

그녀가 흔쾌히 승낙했다.

용건은 끝났다. 그래도 부림주는 미적거리며 일어서지 못했다. 머릿속에서는 빨리 일어서라고 말하지만 몸이 말을 듣지 않는다. 마음이 두 발을 붙들어놓고 있다.

“더 하실 말이라도……?”

부림주는 쥐어짜 내듯 말했다.

“굳이 하나 더 말씀드리자면…… 소저와 시각랑의 관계를 압니다. 낭군께서…… 하지만 이미 지난 일, 시각랑이 칠살문을 만드는 순간부터 그들과의 관계는 끊어진 것으로 봅니다만…… 할아버님을 생각하셔서라도 자중을 해주셨으면 합니다.”

“충고 고마워요.”

부림주는 마지못해 일어섰다.

허전하다. 이대로 돌아가려니 마음 한가운데가 뻥 뚫린 것 같다. 같이 앉아서 차라도 마셨으면…… 담소라도 더 나눴으면…….

그는 사약란을 쳐다봤지만 그녀의 눈길은 이미 다른 곳을 향하고 있었다.

‘내가…… 오늘 단단히 미쳤군.’

그는 고개를 살래살래 흔들며 객잔을 나섰다.

또 한 사람, 단차를 확실히 죽일 수 있는 사람이 있다.

그는 말에 올라타서 잠시 망설였다.

이 세상에는 손을 잡아야 할 사람이 있고, 잡지 말아야 할 사람이 있다. 지금 머릿속에 떠올린 자는 무총이 무너진다고 해도 손을 잡아서는 안 될 자이다.

'어쩐다……'

사약란을 믿지 못하는 것은 아니다.

그녀는 검산을 무너뜨렸다. 그가 보기에도 그녀의 기도는 날이 갈수록 강해진다.

얼마 전, 바로 며칠 전에 봤는데 그때와 지금이 또 다르다. 천양지차(天壤之差)라는 말이 무색하지 않을 정도로 기도가 높아졌다. 눈부시게 강해 보인다.

그녀의 미색에 정신을 차리지 못한 것도 그 때문일까?

이건 단지 짐작일 뿐이지만 정말로 그녀가 수련하는 무공이 그녀의 아름다움까지 더해주는지도 모른다.

가능성이 전혀 없는 생각은 아니다.

기공을 수련하여 피부가 백옥 같아지는 경우는 얼마든지 있다. 눈빛이 맑아지고, 혈색이 좋아진다.

이 정도의 효과만 보더라도 훨씬 예뻐지는 것은 당연하다.

그녀가 그런 경우일까?

"휴우!"

한숨이 새어나왔다.

사약란을 믿지만…… 그가 겪어본 단차는 악마다. 그런 자는 오직 악마만이 상대할 수 있다.

‘다치기라도 하면…….’

그는 사약란의 안위가 염려되었다.

평상시 같으면 생각할 수도 없는 일이다. 아니, 말을 달려올 때만 해도 그녀를 이용할 생각만 했지, 그녀의 안위 따위는 눈꼽만큼도 염려하지 않았다.

한데 이제는 그녀의 안위까지 염려된다.

단차와 싸워서 이길 수는 있을 것이다. 그녀가 단차와 싸운다는 소문이 퍼지면 어쩌면…… 무총주가 직접 나설 수도 있다. 황보세가로 향하고 있는 사일도와 십일영자가 발길을 되돌릴 수도 있다.

그녀가 나서면 많은 사람들이 움직인다.

하나 그렇더라도 역시 악마의 손길은 매섭다. 혹 악마의 칼이 그녀의 곱디고운 살결에 흠집이라도 낸다면 어쩔 것인가.

그녀가 죽고 사는 생과 사는 염려하지 않는다. 그녀가 상처입을까 봐 그게 더 염려된다.

‘이게, 이게 무슨 생각!’

그는 황급히 제정신을 수습하느라 고개를 내저었다.

그러나 그때뿐이다. 곧 다시 수줍은 듯 고개를 숙이고 있는 그녀의 모습이 눈앞에 아른거린다.

“고우진! 고우진이 머물고 있는 곳으로 가자!”

“넷? 정말 고우진을…….”

“시끄럿! 따라오기나 해!”

그는 말고삐를 신경질적으로 낚아챘다.

‘내가 정말 왜 이러지? 미쳤나? 여색에 홀린 건가? 혹시 미안공(美顔功). 아냐, 그런 흔적도 없었어. 제길! 정말 미쳐 가는구나. 제정신이 아냐!’

“끼럇!”

그는 힘껏 고삐를 당겼다.

두두, 두두두……!

말은 힘차게 질주했지만 그의 마음은 답답하기만 했다.

『패군』 17권에 계속…

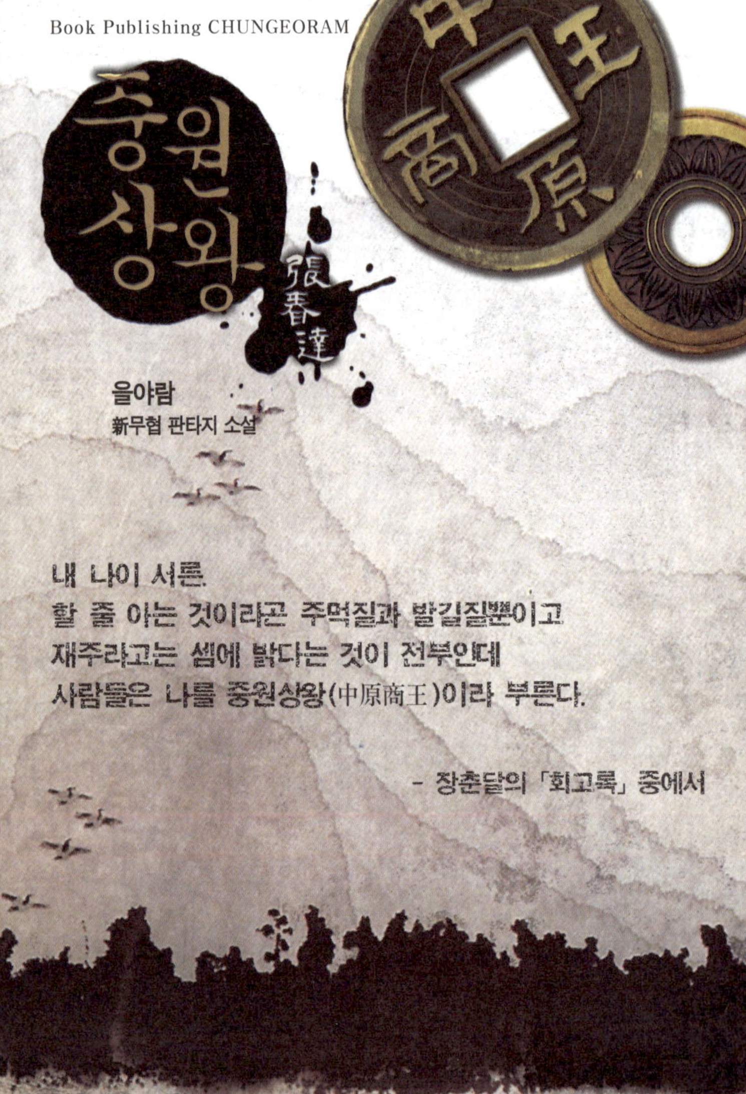

Book Publishing CHUNGEORAM

중원상왕

張春達

을야람
新무협 판타지 소설

내 나이 서른.
할 줄 아는 것이라곤 주먹질과 발길질뿐이고
재주라고는 셈에 밝다는 것이 전부인데
사람들은 나를 중원상왕(中原商王)이라 부른다.

- 장춘달의 「회고록」 중에서

Book Publishing CHUNGEORAM
유행이 아닌 자유추구 -
WWW.chungeoram.com

이제는 그 전설조차 희미해진 옛 신계, 아스가르드.

그 멸망한 신계의 전사가 새로운 사명을 품고
다시금 인간들의 곁으로 내려온다.

렘런트라는 이름의 적들, 되살아나는 과거, 그리고 가치관의 차이.
그 모든 것들과 맞서 싸우려는 그녀 앞에 신은 단 한 사람의 전우를 내려준다.

그는 붉은 장발의, R의 이름을 가진 남자였다!

초대작 「가즈 나이트」의 부활!
신의 전사들의 새로운 싸움이 지금 시작된다!

화마경

火魔經

허담 新무협 판타지 소설

대호산의 다섯 산적이 자칭 천하제일인을 만난다.

괴노 마효(魔梟)!
그는 정말 천하제일인이었을까?
그의 화마경은 정말 천하제일무경일까?

인간의 마음속에 억압된 자아를 끌어내는 자(者)의 무공!
그 화마경의 세계로 다섯 산적이 뛰어든다.

"본래 사람 사는 세상이 화마의 세계인 거다."